Gatineau 28 Avril 2007

JUDAS LE BIEN-AIMÉ

Du même auteur

Un personnage sans couronne, roman, Plon, 1955.
Les Princes, roman, Plon, 1957.
Le Chien de Francfort, roman, Plon, 1961.
L'Alimentation-suicide, Fayard, 1973.
La Fin de la vie privée, Calmann-Lévy, 1978.
Bouillon de culture, Robert Laffont, 1986.
        (En collaboration avec Bruno Lussato)
Les Grandes Découvertes de la science, Bordas, 1987.
Les Grandes Inventions de l'humanité jusqu'en 1850, Bordas, 1988.
Requiem pour Superman, Robert Laffont, 1988.
L'Homme qui devint Dieu :
1. Le Récit, Robert Laffont, 1988.
2. Les Sources, Robert Laffont, 1989.
3. L'Incendiaire, Robert Laffont, 1991.
4. Jésus de Srinagar, Robert Laffont, 1995.
Les Grandes Inventions du monde moderne, Bordas, 1989.
La Messe de saint Picasso, Robert Laffont, 1989.
Matthias et le diable, roman, Robert Laffont, 1990.
Le Chant des poissons-lunes, roman, Robert Laffont, 1992.
Histoire générale du diable, Robert Laffont, 1993.
Ma vie amoureuse et criminelle avec Martin Heidegger, roman,
        Robert Laffont, 1994.
29 jours avant la fin du monde, roman, Robert Laffont, 1995.
*Coup de gueule contre les gens qui se disent de droite et quelques
        autres qui se croient de gauche*, Ramsay, 1995.
Tycho l'Admirable, roman, Julliard, 1996.
La Fortune d'Alexandrie, roman, Lattès, 1996.
Histoire générale de Dieu, Robert Laffont, 1997.
Moïse I. Le Prince sans couronne, Lattès, 1998.
Moïse II. Le Prophète fondateur, Lattès, 1998.
David, roi, Lattès, 1999.
Balzac, une conscience insurgée, Édition 1, 1999.
Histoire générale de l'antisémitisme, Lattès, 1999.
Madame Socrate, Lattès, 2000.
25, rue Soliman Pacha, Lattès, 2001.
Les Cinq Livres secrets dans la Bible, Lattès, 2001.
Le Mauvais Esprit, Max Milo, 2001.
Mourir pour New York ?, Max Milo, 2002.
L'Affaire Marie-Madeleine, Lattès, 2002.

www.editions-jclattes.fr

Gerald Messadié

JUDAS LE BIEN-AIMÉ

Roman

JC Lattès
17, rue Jacob 75006 Paris

ISBN : 978-2-7096-2850-1
© 2007, éditions Jean-Claude Lattès.
Première édition janvier 2007.

Prologue

Le vent de l'aube éveilla les fleurs à peine écloses des amandiers. Demain ou peut-être après-demain, il en disperserait les pétales, neige fanée sur la terre.

Les fruits devaient naître.

De la colline de Béthanie, les deux hommes observèrent les murailles de Jérusalem que la première lumière du jour s'efforçait de dorer.

Jérusalem, écrin d'une splendeur antique, forgée dans la souffrance et l'espoir, mais aujourd'hui humiliée par l'occupant romain et rongée par le Mal. Les Mauvais Prêtres.

Tel le premier Josué, dont il portait d'ailleurs le nom, Jésus avait, depuis trois ans, fait le tour de la citadelle, enseignant la puissance et la bonté de l'Esprit, le seul Dieu bon, et dénonçant l'erreur des Mauvais Prêtres.

Ils n'avaient pas compris qu'il en faisait le siège. Maintenant, l'assaut.

« Le temps est venu », dit-il, posant la main sur l'épaule de son voisin.

Judas l'Iscariote tourna vers lui un regard anxieux. Dans l'ombre du verger, ils semblaient deux frères. Ils avaient le même âge, trente-sept ans. Cependant, l'un était galiléen et l'autre judéen, et dès leur première rencontre, dix-sept ans plus tôt, le Galiléen avait été l'aîné et le maître.

Judas, barbe drue et cheveux courts, frissonna. La main sur son épaule diffusait dans tout son corps une chaleur irrésistible. Sa mâchoire carrée frémit, il allait parler...

« La colère de l'Esprit monte, tu le sais, dit Jésus. Nous ne pouvons plus laisser les Puissances indifférentes Lui contester ce monde. Bientôt nous ne serions plus qu'une poignée à nous souvenir de l'Esprit et puis les autres seraient dévorés, comme des brebis par les loups et les chacals. »

L'Iscariote s'efforça de deviner ce que ces mots présageaient.

« Que feras-tu ?

— Je te le dirai quand l'heure sera venue. Et tu feras ce que je t'ordonnerai. »

La main du maître serra l'épaule du disciple.

« Tu te rappelleras alors les leçons du désert. Tu es le seul que j'aie initié. »

L'Iscariote détacha la main de son épaule, la baisa et la garda sur sa poitrine.

« Nous avons bu le Vin de Délivrance, conclut Jésus. Il nous faudra boire du fiel. Mais je sais que ton âme est forte. Tu la mèneras vers l'Esprit.

— Et les autres ?

— À chacun selon ses moyens », répondit Jésus avec un soupir presque imperceptible.

Il laissa l'Iscariote dans les fleurs qui tremblaient.

Les formes livides du Temple se dessinèrent au loin, d'une blancheur d'ossements.

1.

La provocation

Un fil d'argent étincela entre le ciel et la terre. Mais c'était le fil d'un glaive, qui creva les noirs nuages accourus du nord, des toparchies de Gophna, Thamna, Joppa, de la mer, de l'infini. Des nuages? Plutôt des légions d'esprits gonflés de colère, prêts à vomir des sanies vengeresses. On croyait reconnaître là-haut leurs masses fessues et lubriques, leurs panses violacées, leurs génitoires monstrueuses, leurs faces boursouflées de haine... Mais des démons dans le ciel? Et pourquoi de la colère, Ô Très-Haut, en ce 14 du mois de Nisân, à la veille de la Pessah, double célébration du printemps, c'est-à-dire de la vie, et du subterfuge qui avait jadis trompé l'Ange de la Mort, en marquant d'une main de sang les maisons des juifs, afin qu'il crût sa sinistre besogne accomplie?

Oui, pourquoi tant de colère? Personne n'eût su le dire.

Comme pour proclamer la solennité du courroux, le tonnerre éclata et répandit ses imprécations incompréhensibles sur les collines et plusieurs autres lui répondirent, aveuglant les multitudes qui achevaient les préparatifs de la première des trois grandes fêtes juives. Les échos s'en mêlant, aucune voix humaine ne fut plus audible. À ce fracas s'ajouta celui des torrents de pluie qui se déversèrent sur la contrée, trempant les pèlerins qui cheminaient sur la route du Tyropoeion, au-dessous des murailles de Jérusalem aussi bien que les sentinelles romaines qui faisaient la ronde sur la terrasse de la tour Antonia, qui dominait le Temple.

Les laveuses se lamentèrent sur le linge mis à sécher. Les femmes qui préparaient la vaisselle spéciale de la semaine sainte s'interrompirent, inquiètes, songeuses. Les rabbins qui relisaient les versets du *Cantique des Cantiques* exaltant la splendeur du printemps clignèrent des yeux et allumèrent des chandelles.

Nul ne le savait encore, mais cette Pâque-là, qui commencerait le lendemain, allait changer le monde.

Rien ne serait plus jamais comme avant.

« Les voilà ! », crièrent des apprentis, quittant soudain leurs établis pour s'élancer au dehors, la voix frémissant dans l'expectative.

Quelques têtes se tournèrent vers le bas de la chaussée d'Hérode, la grande rue en arcades qui traversait Jérusalem du nord au sud, le long de la vallée du Tyropoeion. Elles cherchèrent du regard ces gens apparemment attendus. Mais qui étaient-ils ?

« De qui parles-tu ? demanda à un garçon d'une quinzaine d'années un corroyeur, s'interrompant de lisser le gros cuir où il découperait des lanières de sandales.

— Jésus, maître ! Jésus ! Le prophète, ne le connais-tu pas ? Le Messie ! Et ses disciples ! »

Le Messie? se demanda le corroyeur. Oui, il en avait entendu parler. L'homme qui parlait de la bonté du Seigneur. Un Messie? Quelqu'un qui aurait reçu la double onction de roi et de grand-prêtre? Pas possible! Mais comment ce gamin était-il informé de sa venue? Il était vrai qu'il frayait avec des inconnus et qu'il en savait parfois plus que son maître.

Un petit attroupement s'était formé de part et d'autre de la chaussée d'Hérode, du côté sud, celui de la Porte des Esséniens. À vrai dire, on ne savait où regarder : comme chaque année, à la période de la Pâque, les pèlerins affluaient par dizaines de milliers. Et comme chaque année, tout le monde se demandait où ces gens-là allaient coucher. On ne le savait que trop bien : dans les granges des fermes voisines et jusque sur les toits. Pas un coin abrité qui ne fût loué pour la semaine.

Mais enfin, dans la cohue, le corroyeur distingua un cortège singulier. Des cris jaillirent.

« Hosanna! »

Des badauds s'attroupèrent, ignorant tout de l'événement, se passant le nom de Jésus et le mot de « Messie ». Jésus, oui, cet homme qui, depuis trois ans, donnait du fil à retordre au clergé, pour la plupart des Sadducéens et quelques Pharisiens. Un Galiléen qui annonçait des choses extraordinaires, qui parlait de la bonté du Seigneur et des événements terribles à venir, et dont les propos tranchaient avec les discours papelards des rabbins par leur véhémence prophétique. On raconta des histoires de miracles, de guérisons de malades, d'aveugles, de défi à la mort et même, incroyable, d'une résurrection. Certains paraissaient tout savoir de l'arrivée de Jésus à Jérusalem; ceux-là étaient les plus agités.

Soudain, quelques-uns se défirent de leurs manteaux et, les déployant dans une vaste envolée, les étalèrent à terre, sur le passage du prophète. Geste inouï. Puis ils poussèrent d'autres hosannas, attisant la perplexité populaire et déclenchant même l'enthousiasme çà et là.

« Dieu sauve le Messie d'Israël! Dieu protège le descendant de David! »

Le descendant de David? Le premier roi de Jérusalem? Cette fois-ci les artisans quittèrent leurs échoppes pour aller voir le héros de cet accueil inimaginable. Leurs clients les suivirent. Des fenêtres s'ouvrirent, aux étages, et des têtes intriguées par les clameurs se penchèrent sur la rue.

Un homme avançait sur un âne. Un homme d'une quarantaine d'années, au visage sévère, à l'expression indéchiffrable. On ne pouvait s'empêcher de le regarder. Il semblait en savoir plus long que les mots pourraient jamais le dire.

Trois ou quatre douzaines d'hommes et quelques femmes le suivaient à pied, sans peine, la monture allant à pas comptés.

En quelques minutes, la foule avait crû, comme une marée. Ils furent bien deux mille, puis trois mille, et le nombre ne cessait d'augmenter. Non seulement des partisans exaltés continuaient de jeter leurs manteaux sur la chaussée, mais quelques-uns lançaient des rameaux, des palmes. Des souvenirs se bousculèrent dans les mémoires: n'était-ce pas ainsi qu'on avait accueilli jadis le roi David? N'était-il pas entré, lui aussi, sur un âne dans la ville conquise aux Jébuséens? Un roi revenait-il à Israël? La semaine de la Pâque? Oui, cela devait signifier quelque chose, qu'il revînt cette semaine-là! Ils s'étreignirent, convulsés par un espoir hallucinant.

Un roi! Ce prophète! Les temps étaient solennels! Un roi! Un roi qui rachèterait enfin l'humiliation de la déportation et de la destruction du Premier Temple! Et celle de l'occupation par les idolâtres romains!

L'émotion se propagea comme le feu. Elle étendit son emprise sur des gens qui, une heure auparavant, ne se souciaient que de leurs commerces, des femmes qui essoraient du linge, des apothicaires qui malaxaient leurs onguents et faisaient dégorger leurs plantes médicinales, des fileuses qui engraissaient leurs fuseaux...

Un roi entrait à Jérusalem! Seigneur, Ta miséricorde s'est-elle enfin condensée pour tomber sur nous, comme la rosée céleste? Les yeux se mouillèrent.

Ils quittèrent les affaires de l'heure pour être présents au moment éternel.

« Hosanna! Dieu sauve le descendant de David! »

Le cortège mené par Jésus était à peine parvenu à mi-chemin du Temple qu'il ne lui resta plus qu'un passage pour avancer. Ce n'était pas la peine de compter : dix mille? Vingt mille? Est-ce que l'on compte dans des moments pareils?

Ceux qui les connaissaient et ceux qui ne les connaissaient pas regardaient intensément les hommes qui le suivaient de plus près. André et son frère Simon, Jean et son frère Jacques, Philippe, Bartholomé, Thomas, Judas de Jacques, Judas l'Iscariote... Mais bien peu savaient vraiment leurs noms. Et derrière, des femmes.

« Mais regardez! Celle-là, c'est la femme de l'intendant d'Hérode! »

Les bras s'agitaient.

« Hosanna! »

Au moment où Jésus atteignit les portiques dorés du Temple, le rassemblement impromptu menaça de virer à la cohue. Du haut de la tour Antonia, la citadelle romaine qui dominait impudemment les parvis, les légionnaires romains s'avisèrent soudain, stupéfaits, de

13

cette manifestation inattendue de ferveur. Ils en observèrent le héros gravir lentement les degrés pour attein-
dre le parvis des Gentils.

« Que se passe-t-il ? demanda l'un d'eux à un camarade. Tu es au courant ?

— Non, répondit l'autre, bougon. Peut-être une
fête que nous ne connaissons pas.

— Mais voyons, ils n'ont pas d'autre fête que leur
Pâque, samedi prochain. Et pourquoi tant de gens
suivent-ils cet homme ? »

L'autre secoua la tête en signe d'ignorance.

« Il faut prévenir Pilate.

— Oui. Je vais y aller.

— Non, attends ! Regarde ! Regarde ! »

L'ombre des aiguilles, sur les gnomons de la cour
des Gentils et la terrasse de la tour Antonia, approchait
alors des encoches noires sur le marbre blanc indiquant
le début de la dixième heure du jour depuis minuit. Le
vent devint frisquet. En bas sur la chaussée, après le
passage du cortège, les hommes avaient ramassé leurs
manteaux et les secouaient avant de s'en revêtir.

Dans les maisons de la ville haute et de la ville
basse, les femmes qui n'avaient pu quitter leurs foyers
et auxquelles on avait rapporté l'événement fondirent
en larmes.

« Un roi ! Nous l'attendions depuis si longtemps ! »

Mais le roi futur préparait décidément son
règne avec violence.

Dès son arrivée dans la cour des Gentils, il se dirigea à droite, là où se tenaient les marchands d'animaux
sacrificiels et d'offrandes : des colombes dans leurs
cages, de l'encens, du vin et du lait pour les libations,

des pains au miel entassés en piles sur les étals. Il les interpella :

« Ne savez-vous pas ce qui a été écrit ? », tonna-t-il.

Sa voix résonna sur les dalles, comme un écho du tonnerre.

« Le Seigneur a dit : Ma maison sera un lieu de prière ! », cria-t-il.

Les pèlerins et les fidèles qui se pressaient autour des marchands furent saisis. Qui était donc cet homme ?

« Vous en avez fait un repaire de voleurs ! », rugit-il encore.

Et, le masque convulsé par la colère, il renversa les étals, balaya les offrandes d'un revers de main, brisa une cage d'un coup de poing. Des colombes s'envolèrent aussitôt. Les pains étaient tombés par terre et quelques flacons d'huile, de vin, de parfum s'étaient cassés. Les marchands roulèrent des yeux épouvantés. Toute une foule se tenait derrière l'imprécateur, vociférant maintenant des injures à l'égard de ces gens qui avaient transféré leur commerce dans la maison du Seigneur. Courbant la nuque sous l'invective, les marchands se hâtaient de récupérer leur marchandise et leurs pièces pour déguerpir.

Le hourvari se changea en cohue. Cris, horions.

Mais que faisait donc la police du Temple ? L'homme était déjà parti sur la gauche, là où se tenaient les changeurs. Il renversa aussi les tables. Les pièces tintèrent sur les dalles. Des cris s'élevèrent, des injures fusèrent, des protestations.

« Voleurs ! »

Un enfant ramassa une pièce et la tendit à son père. L'un des changeurs grommela des imprécations et, le visage convulsé de rage, le poing tendu, s'élança contre Jésus. Son élan fut interrompu par un disciple qui lui saisit le bras et l'envoya bouler rudement sur les dalles, dans les jambes des fidèles. Un autre disciple, Matthieu, accourut :

« Judas ! Tu es blessé ?

— Non. J'ai dû calmer cet agité. »

Des appels retentirent :

« Dieu protège le fils de David ! »

Toujours escorté de ses disciples, l'auteur de ces troubles se fraya un passage dans la Cour des Femmes, gravit les marches circulaires menant à la porte de Nicanor et parvint dans la Cour des Israélites. De là, suivi désormais des seuls hommes, il gagna la Cour des Prêtres et s'arrêta devant le grand autel à gauche, pour réciter ses prières.

Alors que l'Iscariote, qui fermait le petit cortège, l'œil vigilant, s'apprêtait à franchir la porte de la Cour des Femmes, un cri de détresse retentit juste derrière lui. Une jeune fille était tombée dans la bousculade causée par l'irruption de la police du Temple. On la piétinait, dans quelques instants elle mourrait étouffée et broyée. Il l'arracha aux jambes des fidèles, la prit à bras-le-corps, en larmes, haletante, la robe déchirée, et parvint à forcer un passage vers la porte la plus proche.

Il l'assit sur les marches, elle fondit en sanglots.

« Rien de cassé ? »

Elle secoua la tête. Il lui sembla la reconnaître. Mais où donc ?... Oui, c'était une servante de la maison de Nicodème, l'un des partisans de Jésus. Seize ans à peine.

« Tu m'as sauvée, hoqueta-t-elle. Sans toi...

— Rentre chez toi », conseilla-t-il.

Mais elle ne tenait pas sur ses jambes. Il l'aida à se mettre debout. Pour cela, il dut l'enlacer.

Une fois de plus, il éprouva le contact de ce corps tendre et souple contre lui. Il fut troublé. C'était bien le moment! Mais il ne pouvait la laisser à elle-même. Il la soutint donc sur tout le chemin jusqu'à la porte de Nicodème.

« Comment t'appelles-tu?

— Judith. Et toi, je te connais... Tu es Judas... Judas l'Iscariote. »

Elle l'étreignit. Nouvelle épreuve. Enfin il se détacha d'elle pour retourner au Temple.

Alertée, la police du Temple s'était en effet répandue dans la vaste Cour des Femmes, cherchant des yeux le coupable dénoncé par des témoins geignards, puis elle avait gagné la Cour des Gentils, créant ici et là des bousculades par sa brutalité. Elle ne trouva qu'un marchand éploré et reniflard, ramassant ses pièces, qui lui fit un récit haché de ses malheurs.

« Cet homme, tu le connais?

— Non... On m'a dit que c'est notre futur roi... Jésus. »

Notre futur roi? Jésus? Les policiers se consultèrent d'un œil bilieux.

Une vieille connaissance.

Près d'eux, se tenait un petit homme aux jambes torses, dont les sourcils formaient une seule barre noire au-dessous du front; il balayait la scène du regard. Saül.

Quand les policiers parvinrent enfin à la Cour des Israélites, ils ne trouvèrent que quelques fidèles égarés, les uns extatiques, les autres figés, comme en transe. Jésus? Oui, il était venu faire ses dévotions tout à l'heure. Il était parti. Que voulait-on à ce saint homme?

Judas observa leur dépit d'un œil goguenard. « Saucisses de porc ! »

Puis il songea à Judith, sans même savoir ce qu'il pensait. Un oiseau blessé qu'il avait arraché à la mort. Un présage ?

2.

Un verset méconnu
du Deutéronome

Des nuages lourds voilèrent le soleil, mais peu auparavant, l'ombre de l'aiguille, sur le gnomon dans la cour du palais du grand-prêtre, avait frôlé la deuxième heure de l'après midi. Les serviteurs de Caïphe, qui surveillaient tout particulièrement son parcours durant les sept jours de la Pessah, l'avaient bien relevé.

À la onzième heure, Saül, le chef de la milice parallèle du Temple, s'était présenté devant son maître, le grand-prêtre Caïphe, pour lui faire un rapport. Rien de plus que ce que les prêtres et les marchands affolés avaient déjà raconté, sinon que la suite immédiate de Jésus comptait bien trois cents personnes. Mais que le total de ses partisans devait avoisiner les trois mille.

Et tous passablement échauffés à l'évidence : quand un groupe de marchands avait tenté de se rebiffer contre les partisans de Jésus, qui continuaient de les houspiller, les algarades s'étaient poursuivies dans la rue et, horreur, les lévites chargés de la police à l'intérieur du sanctuaire avaient été, eux aussi, pris à partie et malmenés ; ils avaient dû battre en retraite à l'intérieur du Temple ! Des fidèles malmenant les lévites ? Où allait-on ?

« Trois mille ! gronda Caïphe, incrédule. Trois mille, vraiment ?

— Avec tous ces pèlerins, c'est difficile à estimer, grand-prêtre. Trois cents qui le suivent de près, peut-être trois mille qui se sont laissé influencer...

— As-tu identifié les meneurs ? »

Saül secoua la tête.

« Des gens des campagnes, des Galiléens, quelques-uns de la Décapole aussi.

— De la Décapole ? »

Chacun savait que les juifs de la réunion des dix villes romanisées avaient été trop influencés par les païens pour témoigner de ferveur religieuse, fût-elle subversive. C'était alarmant.

« On les reconnaît à leur accent, expliqua Saül.

— Et tes hommes ne sont pas intervenus ?

— Si fait, grand-prêtre. Nous avons corrigé quelques-uns des plus excités. Mais nous n'avons pas pu les arrêter. Nous nous serions fait massacrer. »

Il se garda de rapporter que plusieurs de ses sbires avaient été copieusement rossés, au poing et au bâton. Ces paysans n'étaient pas gens à se laisser dominer par des citadins. Il paraissait aussi soucieux que son maître ; dans une pareille situation, sa milice était dérisoire et il craignait que le grand-prêtre la débandât.

Il s'interrogeait aussi sur le pouvoir de ce Jésus. Un faiseur de miracles ? Mais on en avait connu d'autres, comme Dosithée et Simon le Magicien, et ils ne s'étaient jamais aventurés à défier le clergé de Jérusalem. Qu'est-ce que celui-là avait donc en tête ?

« Tiens-moi informé », recommanda Caïphe, donnant congé au nervi.

Saül était à peine sorti que le secrétaire de Pilate, Cratyle, était venu annoncer au grand-prêtre que son maître, mis au courant des incidents par les guetteurs de la tour Antonia, désirait un entretien avec lui le plus tôt possible.

« Dis au procurateur que je veux entendre au préalable tous les témoignages et recueillir tous les avis. Je le recevrai donc à la cinquième heure. »

Façon de laisser entendre au Romain qu'il ne se dérangerait pas pour aller dans une maison de païen. D'ailleurs, Pilate était depuis belle lurette au fait de l'interdit. Un juif pieux ne franchissait pas le seuil d'une maison païenne, encore moins un grand-prêtre pendant la semaine sainte.

Le Sanhédrin avait été réuni d'urgence. Soixante et onze hommes, le capitaine du Temple, des docteurs de la Loi. Caïphe avait, en effet, jugé qu'aucune décision, car il était urgent d'en prendre une, et radicale, ne serait assumée par lui seul. Il ne voulait pas courir plus tard le risque de reproches. Tous les membres de l'assemblée avaient été entre-temps informés des algarades du Temple.

« Je veux entendre vos avis, dit Caïphe. Capitaine ? reprit-il à l'adresse de ce dernier, qui avait d'emblée levé la main.

— Le mien est simple, grand-prêtre. Il s'agit d'une provocation. Les clameurs absurdes que nous avons entendues le démontrent amplement.

— Quelles clameurs ? demanda le respecté rabbin Gamaliel. On ne m'en a pas parlé.

— "Que Dieu protège le fils de David", précisa le capitaine du Temple. C'est insensé. »

Gamaliel battit des paupières.

« Cela fait trop longtemps que nous supportons de pareilles provocations, intervint Annas, le beau-père de Caïphe. Notre pusillanimité ne pouvait qu'encourager ce Jésus à enchérir. Ces cris signifient qu'il compte se faire couronner roi à la Pâque. »

À cette idée incongrue, quelques-uns secouèrent la tête d'incrédulité. Un rabbin s'impatienta :

« Mais que croit-il ? Que croient les imbéciles qui le suivent ? Qui donc lui donnerait l'onction et le couronnerait ? Caïphe est le seul qui puisse le faire et ce ne sera certainement pas lui qui nommerait son propre successeur, pendant la semaine de la Pessah, que je sache. S'il est avéré que cet homme nourrit le projet de se faire couronner, cela signifie qu'il projetterait également de renverser le clergé du Temple. Vous vous rendez compte ? C'est impossible. Cela démontre sans l'ombre d'un doute que cet homme est fou.

— S'il a réussi à rallier le peuple, c'est moins impossible que tu le dis, rabbin », objecta le capitaine du Temple.

Un bref silence suivit cet avis menaçant. Le tonnerre gronda et, peu après, la pluie crépita furieusement sur les dalles de la cour extérieure. L'obscurité tomba. Le secrétaire de Caïphe alluma les flambeaux.

« Il nourrit vraiment le projet de se faire proclamer roi, déclara Caïphe. Mes espions m'ont rapporté qu'il a envoyé deux de ses disciples à Béthanie pour y chercher une ânesse et son ânon, afin d'entrer dans la ville comme l'avait jadis fait David. Pilate s'inquiète et il a raison. Le couronnement ne pourrait se faire qu'à la faveur d'un soulèvement populaire.

— Dans ce cas, les Romains interviendraient, observa le capitaine.

— Entre-temps, le mal aurait été fait et je me refuse à imaginer le bain de sang qui s'ensuivrait.

— Nous avions jadis décidé de le faire mettre à mort, déclara Annas, d'une voix excédée. Nous y avons trop longtemps sursis. Le crime de blasphème est patent.

— Père, objecta Caïphe, je te prie de te souvenir : nous n'avons pu exécuter cette décision parce que les Romains nous refusent le droit du glaive.

— Nous avions déjà peur d'un soulèvement populaire ! cria Annas. Eh bien, ce risque n'a fait que grossir avec le temps ! Puisque tu vas voir Pilate tout à l'heure, exige l'arrestation et la mise à mort de ce Galiléen ! Ou bien c'est le Romain lui-même qui en pâtira ! »

Caïphe fit la grimace.

« Je voudrais rappeler deux points, déclara Gamaliel d'une voix calme, contrastant avec celle d'Annas. Le premier est que notre saint Talmud nous interdit de délibérer pendant la semaine de la Pessah et encore plus de rendre un jugement. Le second est que nous ne pouvons prendre une décision de mise à mort contre le Galiléen, car d'après ce que j'entends, son enseignement n'est pas blasphématoire. »

Les autres membres se tournèrent vers lui, intrigués. Le grand-prêtre réprima une autre grimace : il connaissait l'opinion de Gamaliel pour en avoir longuement discuté avec lui, mais en secret, car le point soulevé fleurait le scandale. Toutefois, ce rabbin était bien trop éminent pour que quiconque osât le censurer. L'illustre Gamaliel était sans doute le docteur de la Loi le plus influent du monde, et l'on faisait de longs voyages pour le consulter.

« Il ne nous est pas interdit de délibérer en cas de péril, rappela Annas de sa voix aigre.

— Quel était le deuxième point de notre maître Gamaliel? demanda un notable de Jéricho.

— Ce Jésus prêche selon le Deutéronome, ce que nous ne faisons pas, répondit Gamaliel.

— Le Deutéronome serait-il donc différent de nos autres Livres sacrés? demanda un rabbin, fronçant les sourcils.

— Il l'est à bien des égards, mon frère.

— Lesquels?

— Il ordonne la compassion et le pardon, mon frère. Il advient même qu'il soit en contradiction avec les autres Livres. Ainsi, dans le vingt-quatrième chapitre du Deutéronome, il est dit que les pères ne seront pas mis à mort pour le compte de leurs fils et que les fils ne seront pas mis à mort pour le compte de leurs pères : chacun mourra pour son propre péché. Cela est en contradiction formelle avec le cinquième verset du vingtième chapitre de l'Exode et avec le septième verset du trente-quatrième chapitre du même Livre sacré. »

La consternation se répandit dans l'assistance.

« Ce n'est là qu'une contradiction, dit un rabbin qui n'avait pas pris la parole jusqu'alors. On peut arguer de la punition réelle et de la punition virtuelle. Le fils ne perdra pas le souvenir de la faute du père et ce sera là sa peine.

— Il est bien d'autres contradictions, frère, que notre science serait bien en peine d'aplanir. Mais je crains que le fond de l'affaire soit bien plus complexe, répliqua Gamaliel. Certaines informations qui me sont parvenues au cours de ces derniers mois me portent à penser que Jésus prêche au nom du Deutéronome une tradition étrangère à la nôtre.

— Qu'entends-tu par là?

— Il est dit ceci dans le trente-deuxième chapitre du Deutéronome, huitième verset : "Quand le Très-Haut a réparti les domaines des peuples, lorsqu'Il a distingué les hommes, Il a fixé les frontières des peuples en fonction du nombre de ses enfants. Mais le lot de Yahweh, ce fut Son peuple." Cela signifie que le Très-Haut Créateur est différent de Yahweh. C'est la seule fois dans la Torah que cette différence est aussi clairement énoncée. »

Les nombreux rabbins de l'assistance, et plus encore ceux qui ne lisaient pas la Torah tendirent le cou, froncèrent les sourcils, échangèrent des regards alarmés. Gamaliel le savait : l'interprétation de la Loi, qui constituait l'essentiel de l'enseignement et du travail de ses collègues, portait presque toujours sur des questions de prescriptions rituelles, de partages d'héritage, de pureté rituelle, éventuellement de l'esprit divin ou *shekinah*, non sur la théologie. Et cet enseignement dérivait des quatre premiers Livres du Pentateuque, les plus anciens, le cinquième leur apparaissant comme une redite affaiblie et même suspecte ; ne l'avait-on pas découvert au retour d'exil ?

« Et alors ? demanda le capitaine avec une pointe d'impatience.

— Alors, très estimé capitaine, répondit Gamaliel, Jésus aussi distingue entre le Créateur et Yahweh...

— Blasphème ! interrompit un rabbin qui faisait partie du clergé du Temple. Voilà la preuve du blasphème ! Ce verset est mal interprété ! Ce Jésus n'est pas seulement un hérétique, c'est un impie ! Il doit...

— Rabbi, je te prie de laisser finir Gamaliel, prévint Caïphe.

— Ce verset n'est pas mal interprété, respectable frère, reprit Gamaliel d'un ton pointu. Il est confirmé par deux autres du Deutéronome. Le dix-huitième verset du trente-deuxième chapitre dit ceci : "Tu oublies l'*Eloha* qui t'a engendré." Ce singulier n'est utilisé que deux fois dans la Torah, et les deux sont dans le Deutéronome. Le douzième verset dit que "seul Yahweh conduit son peuple. Pas d'*elohim* avec lui." Dois-je rappeler qu'*elohim* est le pluriel d'*eloha*? Ces deux versets, sans compter l'autre, comportent une contradiction implicite avec les quatre Livres sacrés précédents. »

Un silence embarrassé suivit cette leçon.

« Il existe une secte, reprit Gamaliel, qui fait la même distinction et qui proclame que nous, juifs de la tradition, sommes dans l'erreur, parce que nous n'adorons pas, dans la personne du Créateur, le vrai Dieu du Bien qui est Yahweh. Or, puisque cette différence existe dans un Livre de la sacrée Torah, je ne peux conclure au blasphème. Voilà pourquoi je pense que la situation est compliquée. » Il observa une brève pause et ajouta : « Et telle est la raison pour laquelle la découverte des rouleaux du Deutéronome dans les ruines du Temple, lorsque le roi Josias entreprit de le reconstruire, causa une telle émotion. »

Un abîme s'était-il ouvert quelque part ? Pas une voix n'émit un son. Un courant d'air agita les flammes des chandelles. Caïphe se lissait interminablement la barbe.

« Cela autorise-t-il cet homme à se faire proclamer roi ? demanda un marchand de la Décapole.

— Non, mais cela ne justifie pas une accusation de blasphème, répondit Gamaliel.

— Comment ? glapit le rabbin qui avait interrompu Gamaliel, ce malfaiteur nous traite depuis des années d'engeance de vipères et de sépulcres blanchis, et nous serions désarmés contre lui et sa bande de voyous ?

— Les injures adressées à des personnes humaines sont des fautes, mais non des blasphèmes », répliqua tranquillement Gamaliel.

Un verset méconnu du Deutéronome

Et chacun savait qu'il ne faisait pas bon contredire Gamaliel : l'homme n'était certes pas vindicatif, mais quand on s'opposait à son avis, on finissait toujours par se discréditer.

« Nous ne sommes pas ici pour enrichir la Mishnah ! s'écria Annas. Nous sommes réunis ici en urgence à cause d'une situation de crise. Ce Jésus risque de provoquer une guerre intestine. Je demande qu'on l'arrête et qu'on le mette hors d'état de nuire. Nous sommes responsables de la sécurité du Temple et des juifs. Le temps presse. »

Plusieurs membres hochèrent la tête.

« Greffier, ordonna Caïphe, veuille enregistrer les voix partisanes de l'arrestation d'un homme qui sème le trouble à Jérusalem et menace de contraindre la force romaine à intervenir. »

La pluie redoubla de violence et de nouveaux courants d'air parcoururent la Chambre de la Pierre Taillée. Les plus âgés resserrèrent leurs manteaux sur eux. Le vote fut effectué à main levée. Comme prévisible, Gamaliel se récusa, de même que Joseph d'Arimathie, un riche marchand qu'on soupçonnait d'être favorable à Jésus. Ces deux hommes et quelques autres étaient hostiles à l'arrestation du prophète. Mais cinquante-neuf membres du Sanhédrin se prononcèrent en faveur de l'arrestation.

« Quel prétexte invoquerons-nous ? demanda Joseph d'Arimathie.

— L'impiété ! cria Annas, lançant un regard enflammé en direction de Gamaliel. Il a proclamé qu'il était le Messie ! Dans ce cas, il doit être instruit de la Loi, puisqu'il doit revêtir la robe de grand-prêtre en même temps que saisir le sceptre de la royauté. Or, il n'est pas instruit de la Loi. Il a également répété à l'envi qu'il était le fils de Dieu, que le Tout-Puissant me pardonne de répéter ces mots impies! Le fils du Seigneur? C'est-à-dire son égal? Mais ne voyez-vous pas l'immonde imposture! Et l'on nous demande quel prétexte nous invoquerions? Nous n'avons pas besoin de prétexte! Cet homme, si je peux l'appeler ainsi, s'est lui-même cloué sur le bois! »

Joseph d'Arimathie se caressa le bout du nez, l'air sceptique. Gamaliel parut sombre. Les assistants remuèrent sur leurs bancs. Tout cela était bel et bon, mais une insurrection menaçait.

« Sait-on où il se trouve en ce moment? demanda Annas.

— Non, répondit son gendre.

— Et comment donc l'arrêterons-nous?

— Quand il se manifestera de nouveau. Après ses provocations de ce matin, il ne manquera pas de le faire. »

Sur quoi le grand-prêtre déclara la réunion close et s'apprêta à retourner chez lui. Les soixante-dix participants se levèrent soucieux. Pour beaucoup d'entre eux, cette distinction entre le Créateur et Yahweh était préoccupante. Une fâcheuse révélation.

Très fâcheuse.

Au seuil de la salle, Caïphe s'arrêta. Un messager venait d'arriver, haletant. Une agitation extrême s'était emparée de la ville depuis une heure environ. La plupart des commerçants avaient fermé boutique pour se rendre au Temple afin de remercier le Seigneur de leur avoir envoyé un roi.

Caïphe énervé appela le capitaine du Temple et, en sa présence, chargea le messager d'un ordre pour le chef de la police : les marchands devaient regagner leurs places au plus vite et des policiers veilleraient à leur sécurité.

Ces gens-là rapportaient de l'argent, beaucoup d'argent, et il n'était pas question de laisser ce trublion venu de Galilée en priver l'administration du Temple.

3.

Les hésitations d'un procurateur et les anxiétés d'un grand-prêtre

Pataugeant dans les flaques et pestant comme un diable, mal protégé de la pluie féroce par le carré de cuir armé que son secrétaire lui tenait au-dessus de sa tête, Ponce Pilate, procurateur de Judée et représentant de la puissance romaine dans les provinces sénatoriales de Palestine, parvint enfin à l'aile gauche de l'ancien palais hasmonéen dont il occupait la droite. C'était là, de l'autre côté d'une cour vaste comme une esplanade, qu'habitait Caïphe. Un gardien le vit venir et prévint la maisonnée par un judas. Un seul battant de la porte, qui en comptait pourtant deux, s'ouvrit. Pilate connaissait la nuance et cela n'améliora pas son humeur. À l'intérieur, le grand-prêtre l'attendait à trois pas du seuil. Pilate inclina la tête avec hauteur, l'œil mi-clos, mais vigilant. Il vit le regard du grand-prêtre se poser sur le glaive que le Romain portait au flanc, symbole de la puissance refusée aux juifs sous peine de mort.

« La paix du Seigneur soit sur toi », dit Caïphe en grec.

Puis il précéda son visiteur vers la chambre prévue pour l'entretien ; une pièce nue, quatre sièges, une table, même pas de tapis au sol. Un froid de tombeau. Pilate s'assit. Son secrétaire se posta debout à l'extérieur de la porte. Caïphe revit, dans la lumière blafarde, l'étrange cicatrice sur le front du Romain. À l'évidence, une empreinte au fer rouge. La lettre L. Que signifiait-elle ? Il l'ignorait.

« Que se passe-t-il ? demanda le procurateur. Qu'est-ce que c'est que cette agitation qui règne en ville ?

— Le dénommé Jésus bar Joseph a poussé ses provocations plus loin, répondit Caïphe. Cette fois-ci, il entend apparemment se faire nommer roi.

— Roi ?

— C'est bien le sens de son entrée sur une ânesse, comme l'avait jadis fait le roi David. »

Pilate enregistra l'information. Donc les rois juifs montaient des ânes, pas des chevaux. Un mystère de plus de ce peuple incompréhensible. En tout cas, ce Jésus ne manquait pas d'illusions. Se faire élire roi de ce peuple ingouvernable !

« Par qui se ferait-il nommer roi ? »

Le grand-prêtre haussa les épaules.

« Je l'ignore. Il ne pourrait recevoir l'onction que de mes mains. Cela ne sera pas. Sans doute médite-t-il un coup de force. Il compte plusieurs milliers de disciples. La situation est donc dangereuse, procurateur. Dans un tel cas, tu devrais faire appel à tes légionnaires pour rétablir l'ordre à Jérusalem.

— Voici un certain temps qu'il fait campagne contre vous, observa le Romain. Pourquoi n'avez-vous pas réagi plus tôt ?

— Si nous l'avions fait, cela aurait causé un soulèvement. J'ai alors préféré ne pas aggraver tes soucis.

Mais il n'y a plus qu'une façon de garantir l'ordre à partir d'aujourd'hui, c'est d'arrêter cet homme dès que possible et de le mettre à mort. Toutefois, vous nous avez retiré le droit du glaive. Pour prévenir les troubles, il faut que tu souscrives déjà au jugement que nous rendrons quand nous l'aurons arrêté. »

Pilate prit son temps pour répondre. Le grand-prêtre lui demandait un blanc-seing pour clore une querelle qui menaçait sans doute l'ordre public, mais qui ne concernait pas Rome. Car il eût fait beau voir que l'Empire se mêlât des chicanes religieuses qui agitaient les juifs depuis des décennies. Il mesura mentalement les risques : un soulèvement inévitable si Jésus et sa bande tentaient un coup de force contre le Temple, un soulèvement probable s'il était arrêté et condamné à mort. Il n'avait aucun besoin d'émeutes. À Rome, il le savait, on l'accuserait de les avoir causées par sa maladresse ou sa brutalité. Et tout cela à cause d'une mystérieuse animosité qui opposait un illuminé au clergé du Temple !

Puis il se souvint de la révérence de sa femme Procula pour l'illuminé en cause : elle assurait qu'il guérissait miraculeusement les malades et il la soupçonnait d'avoir elle-même, et en plus d'une occasion, été écouter ce Jésus.

« Qu'est-ce qui me prouve que sa condamnation à mort ne causera pas aussi un soulèvement ? maugréa-t-il.

— Si nous l'arrêtons de nuit, les risques seront moindres.

— Savez-vous où il se trouve en ce moment ?

— Non. »

La situation était, en effet, critique. Pour y remédier, il faudrait d'abord trouver ce Jésus, puis l'arrêter clandestinement, en effet, puis le lapider ou le mettre en croix dans les délais les plus brefs. Trois opérations qui exigeaient un sens consommé de l'action.

« Je ne peux préjuger de l'issue de vos interventions, dit-il sur un ton froid. J'aviserai en temps dû. Commencez par mettre la main sur lui et je verrai la réaction du peuple. »

Il se leva. Caïphe aussi se leva, visiblement déçu.

Quand il raccompagna le procurateur à la porte, il scruta le ciel. La pluie avait cessé.

Mais pluie ou pas, il devait aller interroger Gamaliel.

À cette heure-là, Jésus et les Douze cheminaient vers Béthanie, où Marie de Magdala, sa sœur Marthe et Lazare possédaient une ferme, héritée des vastes propriétés de leur père, disséminées au travers de la Palestine. Depuis leur arrivée à Jérusalem, c'était leur foyer et leur lieu de ralliement. La journée avait été rude, ils étaient tous las de s'être colletés avec les lévites et les marchands.

Jésus marchait en tête, Judas l'Iscariote à droite, Jean à gauche. Thomas les rejoignit.

« Maître, dit-il, j'ai une question à te poser. »

Jésus lui lança un coup d'œil : il connaissait bien son Thomas. Frotté de philosophie païenne, irrévérencieux et passionné. Plus profond qu'il n'y paraissait parfois. C'est pourquoi Jésus lui consentait des licences qui, dans la bouche d'autres disciples, eussent passé pour des impertinences.

« Maître, reprit Thomas, encouragé par le regard, tu as dit un jour qu'on ne jette pas de perles aux pourceaux. »

Jean et Judas tendirent l'oreille.

« Mais si, en jetant une perle à un pourceau, on le transformait en chien fidèle ? »

Un autre regard de Jésus, visiblement amusé par la proposition.

« Maître, as-tu vu la manière dont Caïphe marche ? »

À cette question saugrenue, Jean et Judas écarquillèrent les yeux. Et d'autant plus qu'un léger sourire se peignait sur le visage de leur chef.

« Les jambes un peu écartées, dit Jésus.

— Exactement ! s'écria Thomas, dont la barbe rebiqua dans son animation. Il souffre d'hémorroïdes ! »

Était-ce le besoin de détente après les heures violentes qu'ils avaient vécues ? Judas fut saisi d'un rire irrépressible. Il trébucha, chancela et s'accrocha au bras de Jésus.

« Maître, si tu parvenais à toucher Caïphe, tu le guérirais de ses hémorroïdes comme la femme qui avait touché ta robe », insista Thomas.

Jean et Judas se plièrent en deux de rire et même Jésus céda à leur hilarité. Les autres, qui les suivaient, s'interrogèrent sur l'objet de ces rires et se rapprochèrent. La proposition de Thomas parcourut les rangs et Marie et Lazare pouffèrent, André et Matthieu s'esclaffèrent.

« Thomas, répondit à la fin Jésus, retrouvant son sérieux, pour qu'il guérisse, il faudrait qu'il ait foi en moi, et si je parvenais à le guérir en dépit de lui-même, je ne guérirais qu'un seul homme. Or, tu le sais, l'enjeu est bien plus vaste. C'est tout un peuple qu'il faut sauver. »

Ils arrivaient à Béthanie, livrés à leurs pensées. Ils s'égaillèrent, qui pour boire, qui pour satisfaire un besoin, faire recoudre un manteau déchiré dans la mêlée. Judas demeura seul avec Jésus.

« Mon Maître, dit l'Iscariote, je ne sais pourquoi je suis oppressé. Je ressens une peur… »

Jésus le regardait sans rien dire. Judas l'étreignit et posa la tête sur son épaule. Un long soupir s'échappa de sa poitrine.

« Tu nourris mon âme, murmura-t-il. Tu es mon père et ma mère.

— C'est l'esprit qu'il faut nourrir, dit Jésus. Lui seul t'évitera la défaillance. Je te l'ai dit, c'est le temps de l'épreuve. Sois fort. »

Judas se détacha de lui et hocha la tête.

Caïphe rabattit sa capuche sur son front et, suivi de son secrétaire et d'un policier, se rendit à dix rues de là, dans la ville haute, chez cet homme dont l'autorité morale le disputait à la sienne et qui maintenant lui posait un problème au moins aussi épineux que le rebelle galiléen. Car l'on ne pouvait négliger les avis du plus illustre docteur de la Loi d'Israël.

Une fois achevés les échanges de courtoisies et quand il eut tâté du vin de Galilée que lui avait fait servir son hôte, Caïphe attaqua son sujet.

« Rabbi, tu as tout à l'heure, à la réunion, mentionné l'existence d'une secte qui professe, le Seigneur me pardonne, que nous serions dans l'erreur. De quelle secte parlais-tu ? Et qu'en sais-tu ? »

Gamaliel acheva consciencieusement de mâchonner le raisin sec qu'il avait pris dans le bol entre eux. Regard noir sous les sourcils blancs, il répondit :

« Les disciples de Caïn. »

Le grand-prêtre parut surpris. La Palestine ne manquait pas de fous. Mais des disciples de Caïn ! Caïn ? L'abominable assassin d'Abel ?

« Des juifs ? » demanda-t-il, incrédule.

Gamaliel retint un sourire et hocha la tête. Le mot *yahoudi* suscitait toujours chez lui une certaine réserve. Était-on juif par la naissance ou par la tête ? Dans ce dernier cas, pourquoi les Samaritains ne faisaient-ils pas partie des juifs ? Et dans le premier cas, pourquoi, depuis près de trois siècles, les Esséniens réfugiés à Quoumrân, dans les solitudes arides de la mer Morte, vouaient-ils aux gémonies le clergé de Jérusalem, avec plus de violence que les païens n'en avaient jamais témoignée ?

« Explique-moi.

— Pour eux, Caïn a tué Abel parce qu'il offrait des sacrifices au Créateur, qui n'est pas le Bon Dieu. Ces sacrifices étaient donc impies.

— Mais ces gens sont malades ! cria Caïphe. L'ignorance les a rendus déments ! »

Puis il se rappela le verset du Deutéronome et le doute aggrava sa contrariété.

« Grand-prêtre, tu m'as demandé quelle était cette secte. Je t'ai répondu.

— Et Jésus bar Joseph en fait partie ? demanda Caïphe sur un ton agressif.

— Je n'en sais rien. Mais il a séjourné chez les Esséniens. Peut-être est-il toujours des leurs.

— Les Esséniens sont des adorateurs de Caïn ?

— Je l'ignore également. Mais j'ai des raisons de penser qu'ils n'en sont pas très éloignés.

— Lesquelles ? »

Gamaliel leva les sourcils. Le ton du grand-prêtre était impérieux au point de froisser la courtoisie.

« La distinction qu'ils font entre ceux qu'ils appellent les Fils de Lumière et les Fils des Ténèbres. Les premiers sont les fils du Bon Dieu, les autres, les servants du Créateur.

— Faut-il en déduire que ces gens tiennent le Créateur pour une idole ?

— Non pas. Mais pour un dieu indifférent, qui a aussi créé Satan. »

Il était bien temps de parler théologie ! Annas avait raison, l'action s'imposait rapidement.

« Ce Jésus est-il un adorateur de Caïn ? »

Gamaliel secoua la tête.

« Je l'ignore, mais j'en doute. Plusieurs rabbins troublés sont venus me rapporter ses propos, notamment sur les prescriptions de pureté rituelle. Je n'ai rien relevé dans ses enseignements qui fût contraire au Deutéronome.

— Et cette prétention à être roi ? »

Gamaliel leva un regard grave vers son visiteur :

« Il est dit dans le Deutéronome : "Un roi naîtra en Yeshouroûn lorsque les chefs des peuples se rassembleront en même temps que les tribus d'Israël."

— Mais lui ne peut pas être ce roi », déclara Caïphe d'un ton tranchant. Et il répondit au regard surpris de Gamaliel : « Non seulement je ne lui donnerai pas l'onction, mais encore, il n'est pas docteur. »

Gamaliel pesa mentalement l'explication.

« Ni Saül ni David n'étaient docteurs de la Torah, Caïphe. Quant à ta volonté, toi seul en es juge. »

Le ton était grave, presque sévère. Gamaliel était-il donc favorable à Jésus ? En tout cas, il n'était pas hostile à l'homme, le vote l'avait amplement démontré. Caïphe se leva, le front sombre. Il mesura sa solitude. Il était responsable du Temple, de la foi d'Israël et de l'ordre moral à Jérusalem, mais ni le plus grand docteur de la Loi ni le chef de la puissance romaine ne lui étaient d'aucun secours. Et il devait agir rapidement.

4.

La conversation de minuit...

Dès leur arrivée, Marthe, Marie et leur frère Lazare s'absentèrent pour vaquer aux préparatifs du souper et préparer les paillasses de leurs hôtes.

Ayant achevé leurs ablutions du soir, Jésus et les Douze prirent place dans la salle principale de la maison, devant l'âtre où le repas, des grouses cuites au vin et de l'engrain à la graisse de bœuf, chauffait dans de grandes marmites pendues à des crochets de fer.

Jésus s'assit près de l'âtre. Leurs regards se tournèrent vers lui. La brève hilarité suscitée par la saillie de Thomas s'était dissipée. Il les dévisagea un à un. Tous songeurs et plusieurs soucieux. Il devinait l'objet de leurs réflexions : l'assaut contre la citadelle du clergé avait été donné, d'abord avec l'entrée royale à Jérusalem, ensuite avec l'agression contre les marchands. Et ils avaient peur. Leur maître était venu provoquer le fauve dans sa tanière : Caïphe. Tant qu'il prêchait en Galilée et en Judée, les seuls ennemis qu'ils risquaient d'affronter étaient les maîtres des synagogues locales et quelques poignées de Pharisiens furieux. Mais le défi jeté le matin même aux autorités du Temple constituait l'épreuve suprême. Toute retraite était désormais interdite.

Lazare entra dans la salle et d'un seul regard saisit la situation. Jésus lui fit signe de s'asseoir près de lui.

« Et maintenant, Maître, que va-t-il se passer ? demanda Simon.

— Le chacal menacé rassemblera ses congénères et ils se lanceront contre le chasseur.

— Ce qui signifie qu'il faut te proclamer roi avant la Pâque. Cela ne nous laisse que six jours. »

De nouveau, les regards convergèrent vers lui. Mais il ne répondit pas. Ils le connaissaient trop pour forcer son silence. Et pourtant, il fallait battre le fer pendant qu'il était chaud ; grossi par la foule des pèlerins, le peuple de Jérusalem avait prouvé par son accueil qu'il brûlait de nommer roi ce prophète qui lui avait ouvert les yeux sur la bonté infinie du Seigneur et la splendeur du Royaume.

Tous ces juifs n'avaient connu durant des siècles que le Dieu vengeur et sourcilleux que leur représentaient les prêtres. Un Seigneur tonnant, prompt à punir sévèrement le moindre manquement aux rituels. Et lui, que la bénédiction divine l'inondât, il leur avait dévoilé un Dieu empli de compassion pour leur imperfection humaine, mais féroce à l'égard de ceux qui confondaient la Parole et l'Esprit. Un Dieu de pardon. Un Dieu qui rachetait les faibles dès qu'Il devinait Son nom sur la bouche de la créature qui avait trébuché.

Ce peuple attendait donc une autre action d'éclat. Et vite.

Et lui, Jésus, avait entendu les Douze ; ils disposaient d'au moins cinq mille partisans à Jérusalem, trente ou quarante mille, estimaient-ils, avec les pèlerins, noyautés par le second groupe de disciples, les Soixante-douze. Forts de ce contingent, ils s'empareraient du Temple, maîtriseraient sans peine sa police et destitueraient le grand-prêtre.

Cependant, l'anxiété les rongeait. Ils appréhendaient l'inévitable conflit avec les forces et les partisans du Temple et plus encore, avec les légionnaires romains qui seraient appelés à la rescousse. Ils attendaient, eux aussi, mais un plan de combat.

De surcroît, ils étaient convaincus que leur Maître aspirait à la double onction de grand-prêtre et de roi, qui ferait de lui l'Oint par excellence, le Messie d'Israël.

Oui, il savait tout cela.

La créature ne voit guère plus loin que son horizon terrestre. S'il advient qu'elle s'élève au-dessus de sa condition, elle le perd de vue et découvre l'immensité du temps qui s'étale aux pieds de Yahweh, comme un tapis mouvant. Elle a alors surmonté le stade transitoire de la créature, elle participe de la clarté divine, le monde terrestre se dissipe et disparaît comme un brouillard.

« Le Fils de l'Homme ne peut être un prétendant au trône, comme un quelconque Hérodien », dit-il après avoir croqué une olive et bu une gorgée du vin servi par un domestique.

Cette fois, l'anxiété flamba dans les regards. Avaient-ils bien compris ? Il ne briguait pas la royauté ?

« Mais alors, Maître ? s'écria Jean.

— Ne vous méprenez pas, mon heure est venue. Mais la vôtre aussi viendra. Les Fils des Ténèbres vous pourchasseront et votre seul salut résidera dans la force de la lumière que j'ai allumée en vous. »

À l'évidence, ils n'avaient pas compris. Ils tentèrent de déchiffrer l'expression de ce masque humain qu'ils croyaient connaître, depuis près de trois ans qu'ils suivaient cet homme. Ils ne trouvèrent qu'un regard sans fond au-dessus d'une bouche sereine, prompte à l'exhortation comme au sarcasme. Il soutint les questions muettes qui émanaient d'eux. Seul leur attachement les retenait de sombrer dans le découragement, un fil par lequel l'homme est retenu au-dessus de l'abîme.

Quand l'homme accomplit son destin, il est seul. Il le savait déjà, il ne fit que se le rappeler.

Il devina derrière lui le regard de Marie et se retourna. Elle se tenait à la porte, muette, drapée de la nuit qui sied aux témoins, mais son regard était brûlant. Elle avait, elle, compris.

« Quand le Maître le désirera, le souper sera servi, dit-elle, d'une voix brisée qu'il ne lui connaissait pas.

— Nourrissons donc les corps, afin que les âmes ne vacillent pas », répondit-il avec un demi-sourire.

Marthe, qui se tenait derrière sa sœur, donna des ordres aux domestiques et la longue table, tout à l'heure vide comme une plaine en hiver, se couvrit de plats. Des salades, poireaux, lentilles, concombres, poisson macéré à l'oignon, un grand bol de blé cuit à la graisse de bœuf qui mijotait tout à l'heure, un vaste plateau d'argent garni de quartiers de grouses. Un autre de quartiers d'agneau rôti. Et des pains au sésame.

« Déjà l'agneau ? observa Jésus.

— N'est-ce pas la semaine de l'agneau, Maître ? » répondit Lazare.

Ils échangèrent un regard chargé de signes que les autres perçurent à peine. Avait-il souri ? Personne n'en eût juré. Parfois, le regard de miel sombre de Jésus s'adoucissait au point qu'on croyait lire un sourire sur la bouche. D'autres fois, il s'emplissait de ténèbres chargées de foudre.

Il se leva et alla prendre place au milieu de la longue table qu'éclairaient de grands chandeliers pendus au plafond. Les domestiques posèrent ensuite sur la table quatre cruches de vin de Galilée et des gobelets de verre bleu de Syrie. L'intendant de la ferme, Joseph, un petit homme au regard vif comme un vol d'épervier, vint baiser la main de Jésus, qui l'invita à se joindre à eux.

Ils s'assirent à leur tour. Simon à droite du Maître, parce qu'il était l'aîné, Lazare à gauche, parce qu'il était leur hôte en plus du disciple de Jésus, et Judas dit l'Iscariote, parce qu'il était natif de Karyoth Yearim, en face de son maître. Simon, la quarantaine passée, le front dégarni, la barbe hirsute, semblait hagard. Lazare, en revanche, vingt ans, le visage fin et doux, la barbe naissante et soyeuse, offrait un masque serein. Lui et l'Iscariote paraissaient les seuls épargnés par l'agitation. Les trois places privilégiées.

Thomas vrillait Jésus du regard.

« Tes yeux parlent pour ta bouche. Que veux-tu dire ? lui demanda Jésus.

— Je songe, Maître, au repas de Caïphe. »

Une fois de plus, Jésus se mit à rire et Thomas rit aussi, de ce rire de Grec farceur qui lui valait parfois la désapprobation des autres.

« Me demanderais-tu de la compassion pour lui ? »

À cette idée, les autres aussi se laissèrent aller à rire.

« Peut-être la mérite-t-il, dit Jésus, il porte le poids des fautes commises par les aïeux de ses aïeux. Mais la différence entre lui et l'agneau est qu'il s'est investi du rôle de sacrificateur. »

Les rires s'évanouirent.

« S'il ne défend pas sa meute, il sera mis à mort. Il n'est plus pitoyable victime que celui qui trahit le Prince des Ténèbres, le maître auquel il a voué sa vie. Le mieux que l'on puisse lui souhaiter est qu'il n'ait pas conscience de son infamie.

— Quelle rédemption peut-on imaginer pour un tel homme? » demanda l'Iscariote, relevant sa tête carrée.

Question étrange, voire scandaleuse : la rédemption pour le grand-prêtre? Mais il était vrai que l'Iscariote avait, comme Thomas, un tour d'esprit singulier. Et que c'était le seul Judéen du groupe.

« S'il ne rompt le pacte qui le lie aux Ténèbres, répondit Jésus, il a choisi son destin, qui est de sombrer dans les ténèbres éternelles.

— Le sait-il?

— Judas, songe : si l'homme n'était doué de raison, il serait pareil aux fauves dans le désert. La raison est la faculté qui lui permet de distinguer entre la Lumière et les Ténèbres. Si l'homme n'était sur la Terre, la cause serait entendue : le Prince des Ténèbres régnerait sur elle sans partage. L'homme est la seule créature qui permette à la Lumière du Père de triompher.

— Donc, enchaîna Thomas, le conflit entre la Lumière et les Ténèbres se joue ici-bas?

— C'est comme tu le vois, Thomas. »

Il ne dit plus un mot jusqu'à la fin du repas, écoutant les commentaires de l'intendant sur l'afflux des pèlerins cette année-là et le fait qu'à Bethphagé, par exemple, il n'était plus une grange que le bétail ne partageât avec des gens venus de Jéricho, de Bethlepha, d'Hébron, d'Hérodium et d'ailleurs.

Cependant, les disciples s'échinaient dans le secret de leurs cervelles à interpréter le dernier dit : était-ce pensable que le destin du Seigneur dépendît de la Créature?

Ils se levèrent quand il se leva. Mais alors vinrent des maisons voisines quelques-uns des pèlerins qui avaient suivi Jésus à Béthanie. Ils demandaient à le voir, rien qu'à le voir avant de se confier aux abîmes du sommeil. Ils attendaient sa bénédiction.

Cet homme qui parlait de la bonté céleste les libérait de l'emprise terrible des prêtres, de la Loi qui n'était jamais observée selon les prescriptions et de l'ombre d'un Dieu éternellement courroucé. Ne libérerait-il pas Israël ?

Il était las, mais il les reçut. Il les bénit, ils le bénirent. Mais il en arrivait toujours davantage et l'heure approchait de minuit. À la fin, Marie, Marthe et Lazare durent les prier de laisser le Maître prendre un repos mérité. Alors que Jésus s'apprêtait à quitter la salle, Lazare fit un geste étrange. Il prit le verre de Jésus qui était resté sur la table et demanda :

« Maître, puis-je boire dans ton verre ?

— Oui. »

Lazare versa alors du vin dans le verre ; il le tendit à Jésus, qui en but une gorgée avant de le rendre à celui qu'il avait tiré du tombeau.

Lazare vida le verre. Jésus demeura un instant pensif.

« Que la paix du Père vous accompagne dans la nuit », dit-il avant de se retirer.

Ce ne fut pas le cas.

Le premier dehors fut Jean, les larmes dans la gorge. Les autres suivirent, un à un, le dernier, Judas l'Iscariote, portant une gargoulette d'eau.

Ils avancèrent dans le verger d'amandiers à l'arrière de la maison. Ils voyaient par la fenêtre de la cuisine les femmes ranger les pots sur une étagère, serrer le pain dans le fournil et récurer les chaudrons au sable, sous la surveillance de Marthe. Marie était à l'étage. Judas leva les yeux. Jésus occupait la chambre qui avait jadis été celle de feu le père de Marie.

Ils s'arrêtèrent à une centaine de pas, dans une clairière séparant les amandiers d'un petit bois de noyers descendant la colline. Des bancs et une table usés par les intempéries s'enracinaient là, devant une trouée par laquelle on apercevait Jérusalem. Une demi-lune baignait là-bas la ville, prêtant une splendeur glacée aux formes familières du Temple, argentant les arbres et la route serpentine vers la Cité, et faisant luire ici quelques crânes dégarnis. À droite, le Mont des Oliviers dressait sa masse de ténèbres.

Simon se laissa tomber sur un banc et soupira :

« Nous sommes à cinq jours de la fin de la semaine sainte et nous ne savons même pas ce que nous allons faire ! »

André, son frère, s'assit près de lui. Matthieu et Thomas s'accroupirent dans l'herbe, où les rejoignirent Simon le Zélote et Judas de Jacques. Les autres, plus jeunes, Jean et Jacques de Zébédée, Nathanaël, Jacques d'Alphée, Bartholomé s'adossèrent aux arbres ou bien occupèrent les bancs restants. Lazare chercha un lieu où s'installer, puis alla chercher deux tabourets dans la salle commune et s'assit sur l'un d'eux. Thomas prit l'autre.

« Nous ne savons rien ! gémit encore Simon. Nous sommes arrivés comme une armée sûre de sa victoire et après les premières batailles, nous voici dans la nuit comme des brebis perdues.

— Les événements me paraissent assez prévisibles, lança Judas de Jacques. Il ira prêcher au Temple un jour de son choix. Il enflammera plusieurs milliers de fidèles et les prêtres interviendront évidemment. Ils seront maîtrisés.

46

— Et ensuite ? demanda André.

— Je suppose qu'une délégation se rendra chez le grand-prêtre et la volonté populaire le forcera à organiser la cérémonie de l'onction.

— Et les Romains assisteront à tout ça sans broncher ?

— Les Romains, répliqua Judas de Jacques, se moquent que nous ayons un roi ou pas. Tout ce qu'ils veulent, c'est maintenir leurs garnisons et acheter à bas prix le blé des provinces sénatoriales.

— Et tu crois que, lorsqu'il sera roi, Jésus acceptera la présence romaine ? intervint Jacques de Zébédée sur un ton moqueur.

— Pourquoi pas ? S'il exerce le pouvoir religieux, sa mission est accomplie. »

Judas l'Iscariote tira de la poche de sa robe une datte sèche, y planta les dents et arracha le noyau. L'obscurité masquait son expression de commisération. Fallait-il méconnaître son Maître pour imaginer Jésus roi des juifs sous la tutelle romaine !

Son silence fut remarqué.

« Que dit l'Iscariote ? demanda Thomas.

— Que vous divaguez.

— Nous divaguons ? répéta Simon, surpris.

— N'avez-vous pas de vos oreilles entendu ce qu'il a dit : "Le Fils de l'Homme ne peut être un prétendant au trône, comme un quelconque Hérodien". »

Un bref silence suivit ce rappel.

« Cela signifie, en effet, qu'il ne sera pas un roi, mais notre grand-prêtre, ce que jamais ne fut aucun Hérodien, même pas leur père, Hérode le Grand, affirma Jacques de Zébédée. Que veux-tu que cela signifie d'autre ?

— Qu'il sera notre nouveau David ! » renchérit Nathanaël.

47

Chacun perçut dans l'obscurité le glouglou de l'eau que l'Iscariote buvait à la régalade. Il y avait quelque insolence dans ce bruit et Thomas se retint d'en rire.

Judas s'essuya la bouche de sa manche et s'abstint de répondre. Trois ans qu'ils suivaient Jésus et buvaient ses paroles, et ils n'avaient rien compris !

« Tu ne dis rien, l'Iscariote ? s'impatienta Simon.

— On ne compare pas ce qui n'est pas comparable. David n'a jamais reçu l'onction de grand-prêtre, rétorqua l'Iscariote. Aucun de nos rois ne l'a reçue.

— Moïse... commença André.

— Moïse n'a pas été roi et c'était son frère Aaron qui était grand-prêtre. Le premier de nos rois a été Saül. »

Ces brefs rappels historiques fauchèrent les constructions imaginaires que la plupart des Douze avaient sans doute élaborées ces derniers temps.

« Alors, que va-t-il se passer selon toi, puisque tu en sais tant ? demanda Jacques de Zébédée.

— Je ne sais rien des projets du Maître, répondit Judas en se levant, la gargoulette en main. Mais je me garde des hypothèses. »

Sur quoi il quitta l'assemblée pour aller se coucher, méditant l'explication de Jésus : « L'homme est la seule créature qui permette à la Lumière du Père de triompher. »

Il le savait : il était, lui, le seul des Douze qui pût comprendre cette révélation.

Quand il fut parti, les regards se tournèrent vers Lazare. Il était le frère de Marie, celui que Jésus avait tiré du tombeau, lui donnant ainsi une deuxième vie après ses parents ; ils étaient unis par une affection comme jamais, sans doute, deux êtres n'en avaient ressenti ; peut-être en savait-il davantage. Fragile et pâle, il n'avait encore rien dit. Il devina les regards dans la demi-clarté lunaire et secoua la tête :

« Le Maître ne m'a rien dit, mais je partage le sentiment de Judas. Je doute qu'il aspire au titre de grand-prêtre. Je ne peux croire qu'il en accepterait l'onction. Des mains de qui ? Y avez-vous seulement songé ? Il faudrait que ce fût d'une autorité qu'il reconnût comme supérieure à la sienne. Laquelle ? Caïphe ? Caïphe ? répéta-t-il d'une voix qui glissa vers l'aigu. Non, je ne peux le croire. Vous non plus. »

Cette fois, le silence tomba pour de bon.

5.

... et les entretiens de l'aube
et du matin

Il fut éveillé par un rêve. Le Maître lui prenait le bras et se penchait vers lui. Il revoyait son visage tout près du sien, il sentait son haleine... Le Maître avait parlé. Mais Judas ne se rappela pas ses paroles. Il ne garda que le souvenir de la terreur qui lui avait poigné les entrailles. Il se rappela avoir crié : « Non ! »

Des Douze, il était le privilégié. Le bien-aimé. Celui qui connaissait Jésus depuis le plus d'années : il l'avait rencontré dans le désert, là-bas, près de la mer de Sel. Dès la première rencontre, il avait été attiré par lui comme le papillon par la flamme. Jésus brûlait. Et dès lors, il avait attaché ses pas aux siens.

Il l'aimait. Il aimait cet homme comme lui-même. Quand Jésus parlait du Père, savait-il que, pour Judas, il était ce Père plus que son propre géniteur, Simon l'Iscariote ? Depuis les premiers mots que le Maître lui avait adressés, il l'avait formé comme le Créateur avait façonné le premier homme dans l'argile.

« D'où viens-tu ?

— De Karyoth Yearim.

— Qu'est-ce qui t'amène ici ? »

Pris de court, Judas n'avait pu répondre.

« Tu le sais sans le savoir. La flamme de la tourbe est basse, rouge et malodorante, celle du bois sec est haute, claire et aromatique. Tu ne produisais qu'un feu de tourbe. »

Judas avait ravalé sa salive.

« Tu étais fou de jouissance, n'est-ce pas ? »

Judas se rappelait qu'il avait rougi, puis hoché la tête.

« Il te fallait tirer de ton corps toutes les étincelles possibles, des oreilles aux orteils. Tu es tombé dans le vice. Et la mauvaise odeur de la tourbe s'attachait à toi. »

Cet homme lisait dans les pensées.

« Tu es donc venu ici pour changer la tourbe en bois aromatique. »

Les larmes avaient jailli des yeux de Judas.

« Maintenant tu le sais. La voie est tracée. Mais elle sera longue et difficile.

— Comment t'appelles-tu, toi ?

— Jésus. »

Josué. C'était comme s'il avait joué de la trompette autour de Judas : les murailles de celui-ci s'étaient écroulées d'un coup, sans bruit.

« Prends-moi dans ta maison. »

Jésus avait hoché la tête et demandé l'autorisation de leur maître là-bas, Élie. Judas avait donc partagé la cellule de son Maître. Et peu après, il avait entendu l'un des gens du désert murmurer : « C'est celui que nous attendons. Jean l'avait dit. »

Jean le Baptiste.

Il battit des cils.

Il était allongé sur sa paillasse, dans l'une des chambres de la ferme de Marie de Magdala, à Béthanie. Les premiers chants d'oiseaux se mêlaient aux respirations bruyantes de Bartholomé et de Jacques d'Alphée, qui partageaient ses quartiers. L'aube bleuissait la grande lucarne. Le sommeil avait sans doute fui par là.

Il sortit pour se purger le corps des déchets de la veille et le purifier à l'eau glacée du puits. Il frissonna, s'ébroua, se peigna les cheveux et la barbe. Il avait enfilé ses sandales et sa robe et s'apprêtait à revêtir son manteau quand Jésus apparut.

« Tôt levé, comme les Veilleurs », observa-t-il avec un sourire.

Les Veilleurs. Cela faisait bien des années que Judas n'avait entendu le mot. Ceux qui ne sont jamais en paix avec l'univers, parce qu'au premier instant d'inattention, le Mal peut fondre sur l'imprudent.

« Tu m'as appris la veille avant le mot, répondit Judas. Comment l'oublierais-je ? »

C'était jadis.

« Je vous ai entendus parler dans le verger hier soir. Mais je n'ai perçu que les éclats de vos voix.

— L'inquiétude les ronge. Ils se demandent si tu t'accommoderas des Romains quand tu seras roi.

— Il me semblait leur avoir répondu hier soir ? »

Judas leva les mains en signe d'impuissance.

« Je ne peux parler en leur nom. Mais ils ont certainement entendu les mots.

— Et n'ont pas compris. »

Ce n'était pas une surprise, à peine une déception. Jésus tourna les yeux vers Jérusalem. Le jour lavait le ciel des angoisses nocturnes. Des coqs chantèrent.

« Et toi ?

— Je crois t'avoir entendu, Maître. L'Esprit ne peut siéger sur un trône. Et même David ne fut pas grand-prêtre. »

Jésus hocha la tête.

« Grand-prêtre ? dit-il d'un ton de dérision. La seule véritable onction est donnée par le Père. »

Judas chercha les yeux de son Maître, les regards s'affrontèrent, se nouèrent et la même terreur qu'il avait ressentie dans le rêve étreignit le disciple. Il n'osa même pas songer qu'il savait la réponse à sa question.

Cependant, il appréhendait de les retrouver plus tard. Ils lui demanderaient : « Que t'a-t-il dit ? Tu dois savoir ce qu'il prépare, tu le connais mieux que nous. Vous étiez là-bas, dans le désert ! »

Il rassembla son courage :

« Maître, ce sont tes disciples. Ils ne comprennent pas que tu sois venu à la conquête de cette ville, citadelle des Mauvais Prêtres, et qu'une fois que celle-ci t'est donnée, tu sembles hésiter et renoncer à t'en emparer.

— Je sais. Mais comment ne comprennent-ils pas, eux, s'indigna Jésus, que la conquête des murs, du Temple et du pouvoir serait éphémère ? Rien n'est plus vite oublié qu'un roi mort. Les juifs retomberaient vite sous la coupe des Mauvais Prêtres. Mais on n'oublie jamais un roi futur... Il fallait qu'ils attendent un Messie... »

Il s'interrompit, le regard plus noir que jamais.

« Et il faut qu'ils ne l'aient pas. »

Il demeura un moment abîmé dans ses pensées.

« Je vais faire mes ablutions, dit-il, interrompant son explication de façon abrupte. Mais nous reprendrons cet entretien. »

Judas, sans voix, rentra dans la maison. Les premiers réveillés parmi les Douze étaient à la cuisine, buvant du lait chaud. La servante lui tendit aussi un bol, il saisit un morceau de pain rassis et partit prendre son premier repas de la journée, espérant se desserrer la gorge.

Il alla à l'extrémité orientale du verger, pour être seul. Là poussaient des orangers, eux aussi bourgeonnants.

Marie apparut alors qu'il trempait le pain dans le lait.

« Judas, dit-elle, je suis contente de te trouver seul », et il pressentit l'épreuve qui l'attendait.

Elle avait les yeux fardés par l'insomnie.

« Judas, je me morfonds. Parle-moi. »

Il hocha la tête.

« Tu le connais mieux que les autres, reprit-elle. Vous étiez ensemble, là-bas dans le désert. Que va-t-il faire, maintenant ? Que crois-tu qu'il fera ? »

Il secoua la tête.

« Je l'ignore, Marie, parvint-il à articuler.

— Je l'ai entendu. Ce n'est pas la royauté qu'il veut. Ni le siège de Caïphe. N'est-ce pas ? »

Il s'efforça de manger.

« Non, admit-il.

— Mais alors ? »

Il soupira.

« Tout cela est long à expliquer, Marie. Et de quel droit, d'ailleurs, expliquerais-je ce dont je ne suis même pas certain ?

— Qu'importe. Parle-moi », répéta-t-elle.

Il avait fini son pain ; il but le lait.

« Écoute-moi bien, Marie. Au début, il y eut un Créateur. Il créa tout. Yahweh et Satan. Le Bien et le Mal. La Lumière et les Ténèbres. »

Elle s'assit près de lui, cherchant le lien qui unissait le comportement de Jésus à ce rappel de la Création.

« Yahweh n'est pas le Créateur ? » demanda-t-elle.
Il secoua la tête.

« Les juifs adorent le Créateur. C'est une erreur.

— Une erreur ?

— C'est Yahweh qu'il faut adorer. C'est ce que Jésus
s'échine à dire depuis trois ans. Comment toi, toi qui
suis chacun de ses mots, chacun de ses pas, ne l'as-tu
pas compris ? »

Elle parut égarée.

« Le Créateur est un dieu indifférent. Il n'est pas le
nôtre. Seul Yahweh est le Dieu bon. »

Elle fut médusée.

« Ne t'es-tu jamais demandé, Marie, pourquoi les
prêtres et les gens du Nord appellent Dieu d'un nom
pluriel, Elohim ? C'est parce qu'ils adorent tous les
dieux, le Créateur, Yahweh et Satan ou Bélial, quel que
soit son nom maudit. »

D'abord horrifiée, elle devint songeuse.

« Nous, reprit-il, nous appelons le Dieu bon Yahweh
et rien d'autre. Ou Yahweh, notre Eloha. »

Il posa le bol sur le banc.

« Tout cela ne me dit pas ce qu'il va faire, observa-
t-elle avec une pointe d'impatience.

— Si, d'une certaine manière, si. Il ne sera jamais
le roi des juifs et des adorateurs des Elohim, conclut-il.
Ne le sais-tu donc pas, toi qui es sa femme ? »

Elle frémit. Seuls Lazare et Judas savaient qu'elle
était l'épouse de l'Insaisissable.

« Que va-t-il se passer, Judas, que va-t-il faire ?
insista-t-elle d'une voix rauque.

— Je l'ignore, je te l'ai dit. Mais le lieu du conflit
qu'il a déclenché ne se situe pas à Jérusalem. Ni même
en Palestine. Jésus est le héraut de Yahweh, le Dieu des
Fils de Lumière. »

Les Fils de Lumière. Elle connaissait l'expression. Les Esséniens s'appelaient ainsi entre eux et nommaient les autres Fils des Ténèbres.

Lazare apparut entre les orangers et se dirigea vers eux d'un pas hésitant. Il avait deviné l'objet de leur entretien. De quoi d'autre aurait-on pu parler que des intentions de Jésus ? Il savait l'angoisse de sa sœur et savait aussi que seul Judas, ancien compagnon de Jésus à Quoumrân, pourrait déchiffrer les intentions de son maître.

« Judas, dit-il, tu le sais dans ton cœur : c'est vers le sacrifice que nous allons, n'est-ce pas ? »

Judas ne répondit pas.

« Quel sacrifice ? s'écria Marie, alarmée. De quoi parlez-vous ? »

Les deux hommes ne se consultèrent même pas du regard.

« L'accomplissement des Écritures », se résolut enfin à dire Lazare.

Les mots lui écorchaient l'âme.

« Le sacrifice de l'Agneau pour racheter la faute du peuple de Yahweh, poursuivit-il, à peine audible.

— Tu veux dire... tu veux dire qu'il va se laisser arrêter par Caïphe ?

— Je le pense. Je le crains. J'en suis sûr », répondit-il, presque avec défi.

Un rugissement sortit de la poitrine de Marie.

« Ce n'est pas possible ! Vous délirez ! »

La mine des deux hommes fit office de réponse.

« Mais les autres ? reprit-elle. Ils ne le savent pas ? Ils peuvent l'en empêcher, le protéger...

— Les autres ne savent rien, répondit Judas. Quand Jésus parle, ils comprennent la moitié de ce qu'il dit. Et encore.

— Même Jean ?

— Les oreilles de Jean entendent les mots. Comme celles des autres hommes. Seuls peut-être les Pharisiens ont compris Jésus. Ils ont flairé l'ennemi de loin.

— Judas, dit Marie, tu sais ce que tu viens de dire ? S'ils arrêtent Jésus, ils le condamneront à mort ! »

Il tourna vers Marie son masque dévasté. Elle secoua la tête.

« Non, cela ne sera pas, dit-elle avec force. Vous êtes fous tous les deux et vous me rendez folle. »

Judas haussa les épaules.

Le soleil était maintenant haut sur l'horizon. La brise tiédissait. Les abeilles et les guêpes rivalisèrent de diligence.

« Et vous ne pouvez rien faire, tous les deux, pour l'en empêcher ?...

— Marie, dit Lazare, nous avons suivi cet homme parce que ce qu'il disait était juste. Voudrais-tu que nous nous dédisions ? Quel autre effet cela aurait-il que notre rejet ? Et notre mortification ? Ne le connais-tu pas ? Crois-tu que Jésus se laisse arrêter par des considérations aussi frivoles que nos angoisses ? »

L'évidence formulée par son frère terrassa Marie. Oui, elle connaissait Jésus. Il était plus ferme que la tempête. Le sacrifice de l'Agneau. Elle fondit en larmes.

Cet homme était plus que la chair de sa chair. Sa vie. Sa vie terrestre et l'autre. La douceur et la violence implacable. Aucun homme depuis Moïse n'avait sans doute formulé la Loi du Père avec autant de force.

Et la mise à mort ? Pour lui ? La mise à mort ? La lapidation ? La croix infâme ?

D es bruits de voix, des pas, les frémissements ordinaires de gens qui se déplacent lui firent lever la tête. À travers les cils mouillés, elle reconnut Joseph d'Arimathie, avançant de son allure de patriarche, puis Nicodème, le pas compté comme toujours, suivis de serviteurs.

« La paix du Seigneur sur toi, Marie, dit Joseph d'Arimathie.

— La paix du Seigneur sur toi, Joseph, répondit-elle.

— Où est Jésus ? » demanda-t-il, l'air d'un homme qui a une affaire urgente.

Le majordome de la maison arriva peu après.

« Le Seigneur est parti pour Jérusalem avec ses compagnons, annonça-t-il.

— Bien, dit Marie. Voilà la réponse. » Et se tournant vers Joseph d'Arimathie : « Quel vent t'amène ? »

Il considéra les domestiques, puis Marie, Lazare et Judas et dit à mi-voix :

« Nous souhaitons nous entretenir avec vous en privé. »

Elle congédia le majordome et les domestiques. Joseph fit alors signe à Nicodème et ils entrèrent tous les cinq dans la maison.

« Nous sommes en danger, dit-il, dardant sur Marie, Lazare et Judas un regard sombre. Annas et Caïphe ont décidé de faire arrêter Jésus pour blasphème. Ils n'en ont pas fait mystère à la réunion du Sanhédrin, qu'ils avaient convoqué d'urgence. J'y étais. »

Un silence suivit l'information.

« Ils ne peuvent le faire en plein jour, poursuivit Joseph d'Arimathie, de peur d'un soulèvement. Ils s'y prendront donc à la dérobée, de nuit. Ils sont contraints de le faire avant les fêtes de la Pâque, car le soulèvement serait encore plus violent, en raison de l'affluence. Nous sommes à quatre jours de la Pâque. Nous devons donc prévenir Jésus de faire attention à ne jamais se trouver dans un lieu isolé après le coucher du soleil. Annas et Caïphe ont certainement leurs espions. »

Personne ne dit mot. Même pas un tressaillement. Joseph d'Arimathie et Nicodème parcoururent les autres du regard.

« Vous ne me croyez pas ? s'étonna Joseph d'Arimathie.

— Si, dit Judas. Nous ne te croyons que trop.

— Trop ?

— Il était évident que Caïphe ne supporterait pas plus longtemps les avanies qu'il subit depuis trois ans.

— Mais il faut prévenir Jésus ! s'écria Joseph d'Arimathie. Qu'avez-vous donc ? »

Le visage convulsé de Marie retint enfin son attention.

« Joseph, Jésus a décidé de se faire arrêter ! lâcha-t-elle. Judas et Lazare t'expliqueront. »

Et elle quitta les lieux.

Pas longtemps, car elle revint un moment plus tard. Elle n'eut qu'à voir les expressions des deux visiteurs pour comprendre que la vérité s'était imposée à eux. Les rides de souci s'étaient creusées dans le visage de Joseph d'Arimathie. Celui de Nicodème s'était contracté.

« S'il est parti pour Jérusalem, je dois l'y rejoindre, annonça Judas.

— Attends-moi », dit Lazare.

Marie demeura seule avec ses visiteurs.

« Marie, parle-lui ce soir, dit Nicodème. S'il se laisse arrêter, il déclenchera une révolte sans précédent. Les Romains seront contraints d'intervenir... »

Ses paroles restèrent sans prise.

« Joseph, répondit-elle d'un ton buté, il faut que nous nous préparions. »

Ils s'assirent tous trois.

Les nuages de pluie se dissolvaient sur le Mont des Oliviers.

6.

L'obscure inquiétude du docteur de la Loi Gamaliel

Depuis la Cour des Gentils, Ben Sifli le Nabatéen observait l'homme qui prêchait dans la Cour des Femmes. Il n'en apercevait que le sommet de la tête. Il n'entendait pas ses paroles, amorties par la masse des fidèles, mais il pouvait juger de son ascendant sur la foule. Un bon millier de personnes. Et il en arrivait toujours plus. Une rafale de pluie balaya les cours, mais l'orateur parlait toujours et ses auditeurs se contentèrent de tirer les capuches de leurs manteaux sur leurs têtes. Ah, ils étaient vraiment vissés. Mais que disait donc de neuf ce Jésus bar Joseph? Ben Sifli n'était pas en mesure d'en juger, car il n'était pas juif, mais adorateur de Baal, et c'était la raison pour laquelle il ne franchissait pas la barrière de la Cour des Gentils. Mais il n'en était pas moins intrigué : que peut-on dire de neuf en religion?

Personne de son groupe ne le lui expliquerait : Atar Ben Sifli appartenait à la milice officieuse de mercenaires dirigée par Saül l'Hérodien et financée par le grand-prêtre Caïphe, trente gaillards chargés de surveiller les rues et les parages de Jérusalem pour un shekel par semaine; presque tous des non-juifs, car ils pouvaient poursuivre leurs activités pendant le sabbat. Un travail de finesse et de force, consistant à repérer les trafics clandestins, les officines où l'on se livrait aux jeux de hasard, les gens qui s'ivrognaient publiquement ou le jour du sabbat, les putasseries des deux sexes et autres délits. Parfois, il suffisait d'une interpellation tonitruante pour que les délinquants prissent la fuite. Parfois il fallait jouer du poing et plus rarement, si les coupables étaient nombreux et prêts à la bagarre, il ne restait qu'à recourir à la dénonciation. C'était d'une efficacité incertaine, car si le compère ou la commère possédaient un peu d'influence ou de toupet, ils rétorquaient qu'il y avait eu méprise. Ben Sifli avait même été traduit devant la justice romaine par un riche commerçant amateur de tendrons, qu'il avait surpris tâtant la marchandise et qui l'avait fait citer en faux témoignage! Or, le juge nommé par les Romains, un Syrien romanisé, en l'occurrence, avait conclu qu'il n'était pas au fait d'une loi romaine contre le commerce charnel avec des donzelles et avait prononcé un non-lieu général.

Ce genre de répression répugnait aux Romains; au début de l'occupation et plusieurs fois par la suite, ils avaient répondu au capitaine du Temple que leur tâche dans la province sénatoriale ne consistait pas à pourchasser les catins et les gitons et qu'ils ne voyaient rien de répréhensible à jouer aux osselets ou aux dés, fût-ce pour de l'argent et quelque jour de la semaine que ce fût. La police du Temple n'ayant en principe pas de pouvoir en dehors de l'aire du sanctuaire et de ses parages immédiats, Caïphe avait donc chargé Saül l'Hérodien de constituer une force de dissuasion, autorisée à dénoncer les délinquants, voire à rosser ceux d'entre eux qui n'étaient que des manants.

Depuis le début de la semaine, les agissements de ce Jésus, qu'on appelait aussi le Nazaréen, absorbaient toute l'attention des miliciens. Pour un homme voué au service du Seigneur, c'était un vrai semeur de désordres que ce Nazaréen : la veille, il s'était permis de saccager les commerces des changeurs et des marchands d'offrandes. C'est pourquoi aujourd'hui des policiers du Temple étaient postés près des marchands, la mine rébarbative et la main sur le bâton.

Ben Sifli tendit l'oreille. Le vent lui portait soudain les paroles de Jésus :

« ... Sachez que l'on ne pèche que par l'esprit et que l'on peut avoir le corps propre et l'esprit souillé. Ce n'est pas le contact d'une femme impure qui vous rend impurs, mais la concupiscence que vous aurez nourrie lors de ce contact. Ce n'est pas le fait de porter le pain à votre bouche avec une main poussiéreuse qui vous rend impurs, mais la vilenie que vous nourrirez en vous avec une main fraîchement lavée... »

Tiens, songea Ben Sifli amusé, cela ne correspond pas aux prescriptions des prêtres. Mais c'est pourtant frappé au coin du bon sens.

« ... Vous ne duperez pas Yahweh par l'accomplissement de rites hypocrites, par les offrandes coûteuses et les paroles récitées avec les lèvres, mais vous l'emplirez d'amour pour vous par la bonté de vos pensées et de vos gestes... »

La foule grossissait sans cesse et maintenant, la Cour des Gentils elle-même était pleine comme un œuf. Les marchands et les changeurs durent reculer leurs étals et quelques-uns les plièrent même et s'en allèrent. Quand ce Jésus était là, ils ne faisaient quasiment pas d'affaires.

Une main saisit le bras de Ben Sifli. Il tourna la tête : c'était son collègue Ben Wafek.

« Salut. Rien à signaler ?

— Salut. Rien. Il parle. Je comprends que ce qu'il dit agace les juifs. Écoute-le… »

Mais à ce moment-là, deux lévites sortirent de la Cour des Femmes, se frayant difficilement un passage dans la cohue, et se dirigèrent vers les mercenaires, l'air maussade.

« La paix du Très-Haut sur vous. Vous devriez vous rapprocher de l'orateur, dit l'un d'eux, comme ça, vous ne risquerez pas de le perdre de vue. »

Ben Sifli hocha la tête, mais n'osa pas rappeler aux lévites que lui et son compagnon n'étaient pas autorisés à passer dans la Cour des Femmes. Toutefois, puisqu'on leur en donnait l'ordre, les mercenaires jouèrent des coudes pour se rapprocher de celui que le prêtre avait désigné comme « l'orateur », sur un ton méprisant.

Ils parvinrent jusqu'à lui, mais alors un mouvement de foule se produisit. Des cris s'élevèrent.

« Miracle ! L'enfant marche ! Il marche !

— Dieu protège le fils de David ! »

Un homme souleva au-dessus des têtes un enfant souffreteux, livide, égaré, s'efforçant de sourire, mais au bord des larmes.

« Vive notre roi ! »

Un autre mouvement se produisit alors et Jésus se dirigea vers la Cour des Israélites. Ben Sifli et Ben Wafek s'étaient eux-mêmes perdus de vue et ni l'un ni l'autre n'osa franchir la barrière de la troisième cour.

Quand ils se retrouvèrent enfin, Jésus avait quitté le Temple.

À la même heure, Saül avait enfin obtenu une entrevue de Gamaliel. Le docteur de la Loi l'avait fait lanterner deux heures, arguant d'entretiens urgents. En fait, Saül soupçonnait que ce maître de la Mishnah ne lui portait pas grande estime. D'abord, parce qu'il était, lui Saül, un Hérodien, puisque fils d'Hérode Antipater, et que cette famille n'était pas en faveur auprès des prêtres, ensuite, parce que sa milice n'était pas non plus vue d'un bon œil par de nombreux prêtres, car elle était plus souvent un objet de scandale qu'un instrument pour le maintien de l'ordre. Saül ignorait une troisième réserve de Gamaliel : qu'est-ce qu'un bâtard de Nabatéen et de juive comme Saül, et qui plus était, le chef d'une bande de nervis, pouvait comprendre à la Torah et aux finesses de la Mishnah ? Allait-il lui expliquer les différences entre la Mishnah Zebahim et la Mishnah Yadaïm ? C'était gaspiller sa salive que de s'entretenir avec des gens pareils !

Mais enfin, en sa qualité de protégé du grand-prêtre, le petit homme avait été reçu. Il entra, de sa démarche dansante, causée par des jambes torses, dans la même salle où Caïphe s'était la veille entretenu avec le maître des lieux.

« Rabbi vénéré, dit-il, melliflu, je suis venu te demander de m'éclairer sur les raisons de l'hostilité de ce prédicateur Jésus à notre vénérable clergé. »

Vénérable clergé ! songea sans doute Gamaliel. Est-ce que son interlocuteur avait même fait sa *bar mitzvah* ? Les Hérodiens étaient tous des *kittim*. Notre vénérable clergé en vérité !

« Notre grand-prêtre m'a déjà fait l'honneur de me consulter sur ce point », répondit Gamaliel, façon de signifier que si Saül était vraiment intéressé par les idées de Jésus, il n'avait qu'à aller interroger Annas. Mais il était aussi vrai qu'à l'instar des gens instruits, il traitait les ignorants comme des nécessiteux.

« On lui prête des prodiges, des miracles qui troublent les gens crédules. Serait-il possible qu'il les accomplît en complicité avec les démons ?

— Il y a des années que Honi et Hanina ben Dosa font des prodiges, rétorqua Gamaliel. Ils font pleuvoir quand la sécheresse est trop longue, ils guérissent les gens même à distance. Ce sont des *hassidim*. Personne ne leur a jamais cherché querelle ni songé à le faire. Les miracles de Jésus démontrent qu'il est l'un des leurs, un saint homme. Pour répondre plus précisément à ta question, il n'opère pas par les démons, puisqu'il les chasse. Mais comme il a été formé par les Esséniens, il diffère comme ces ermites sur de nombreux points de la pratique rituelle.

— Est-ce pour cela qu'il a vilipendé et malmené les marchands du Temple ?

— Les Esséniens condamnent les prescriptions rituelles sur les sacrifices telles que les décrivent deux des Livres de la Torah. »

Saül demeura songeur. À l'évidence, Gamaliel était partisan de Jésus.

« Dois-je comprendre que c'est à cause de pareilles différences de détails que ce Jésus vitupère les prêtres, Sadducéens et Pharisiens, avec tant de violence ? »

Nabot, mais pas sot, songea Gamaliel.

« Non, répondit-il. Leur querelle est plus ancienne. Elle remonte à la nomination du grand-prêtre Jonathan sous les auspices du roi païen Alexandre Balas. Ce titre ne lui revenait pas ; c'était la prérogative des descendants du grand-prêtre Zadoq. »

Saül parut surpris. Jésus avait-il donc pris le parti des Esséniens pour une sombre affaire dynastique ? Il ne posa pas la question, mais Gamaliel la comprit :

« Par la suite, la situation s'est envenimée. Le clergé de Jérusalem a rejeté les enseignements et les critiques d'un éminent personnage essénien, le Maître de Justice. Celui-ci a été mis à mort. Les Esséniens se sont révoltés contre le clergé de Jérusalem. Puis ils ont jeté l'anathème sur lui, en raison de ce qu'ils appelaient ses compromissions avec les païens. Les Romains les ont décimés. »

Il pesait chacun de ses mots. Il n'allait quand même pas révéler à un *kitm* le fond de la divergence entre les gens du désert et le clergé de Jérusalem. Ces affaires ne regardaient pas les non-juifs. Cependant Saül le scrutait de ses yeux de belette.

« Est-ce tout ? demanda Saül. Ou bien estimes-tu que ces questions ne concernent pas quelqu'un tel que moi ? »

Ce culot !

« Ces questions exigeraient bien des heures pour être exposées et commentées, répondit Gamaliel. Elles remontent au retour de l'Exil et je m'interroge, il est vrai, sur l'intérêt qu'elles présentent pour ta mission.

— Que crois-tu que soit ma mission ?

— Faire arrêter Jésus à un moment opportun afin d'éviter un soulèvement populaire.

— Tu crois ce risque sérieux ? »

Gamaliel fit une moue d'incertitude.

« Tout ce que je peux dire est qu'il existe. Il semble que les dispositions du procurateur Pilate soient ambiguës », répondit-il d'un ton morose.

Un temps passa.

« Cet homme veut être couronné roi et grand-prêtre ? reprit Saül.

— Ne l'ayant pas entendu de sa bouche, je ne peux rien en dire. »

La dérobade fit tiquer Saül : tout le monde savait maintenant que Jésus avait organisé son entrée dans la ville avec d'évidentes références à celle du roi David et qu'il s'était fait acclamer comme roi.

« Un bâtard peut-il être Messie ? »

La question prit Gamaliel de court.

« Non, évidemment. Mais je ne vois pas...

— Il passe pour être le fils illégitime du légionnaire syrien Bar Pantera. »

L'expression de Gamaliel demeura de pierre.

« Cela n'est pas de ma compétence. »

Saül hocha la tête.

« Très estimé rabbi, dit-il, je te remercie profondément de l'honneur que tu m'as fait de me recevoir. Je me sentirais coupable d'abuser de ton précieux temps. Permets-moi de prendre congé. »

Il se leva. Gamaliel l'accompagna à la porte et, son visiteur parti, revint s'asseoir, songeur, en proie à des sentiments à la fois confus et contradictoires. Une obscure inquiétude l'agitait d'autant plus qu'il ne parvenait pas à en saisir la cause. Les événements de ces deux derniers jours réveillaient en lui des méditations qu'il avait jadis jugées périlleuses, sinon impies, et il y avait renoncé. Mais voilà que l'agitation suscitée à Jérusalem par ce prophète galiléen leur prêtait soudain une acuité presque insupportable.

Aucun docteur de la Loi n'avait jamais résolu la question d'une distinction entre Yahweh et Elohim, entre le Créateur et Yahweh.

Et ce ne serait pas lui qui s'y risquerait.

Bref, il était mécontent et il reporta son humeur sur le compte de la visite de Saül d'Antipater.

Personnage étrange et douteux.

7.

L'empreinte d'une nuit blanche, jadis

Marie n'eut pas le loisir d'alerter son Maître comme l'avait souhaité Joseph d'Arimathie. À la troisième heure, l'un des gens de sa maison qui suivaient Jésus, pour veiller à ses besoins éventuels, rentra de Jérusalem pour la prévenir que le Maître et les Douze souperaient dans la Ville sainte chez un riche marchand, qui venait de rallier la cohorte grandissante des disciples. Ensuite, les Douze, qui étaient en fait treize, car Lazare s'était joint à eux, se rendraient au Mont des Oliviers, un lieu que Jésus affectionnait, parce qu'il lui offrait l'espace et l'abri.

Elle se tourmenta.

Assise devant la porte qui donnait sur le verger, elle était l'image de l'angoisse. Marthe tenta de la rassurer :

« Nous ne sommes qu'au troisième jour de la Pessah, observa-t-elle. Tu pourras toujours l'alerter demain matin.

— Mais où le trouverai-je ?

— Ils passeront sans doute la nuit sur le Mont des Oliviers. Si toi ou moi y allons à l'aube, nous l'y trouverons et nous pourrons le mettre en garde.

— L'hostilité du Sanhédrin est déjà déclarée, Marthe ! protesta Marie. Le temps presse. Joseph l'a affirmé : ils sont décidés à l'arrêter dès que possible. Si quelqu'un à Jérusalem a vent ce soir de l'intention de Jésus d'aller au Mont des Oliviers, Caïphe peut y dépêcher la police du Temple et l'arrêter ! Ce ne sont pas une douzaine d'hommes et mon frère avec qui pourraient le défendre. Jésus disparaîtrait dans un cachot et les disciples n'oseraient pas affronter la police pour le faire libérer... »

La lumière de l'après-midi avança et lui baigna les pieds.

Elle fondit en larmes.

« Que crains-tu donc ? demanda Marthe.

— Ils le condamneront, c'est sûr... Ils le crucifieront... hoqueta Marie. Ils... »

Elle fut secouée par les sanglots. Marthe lui posa la main sur l'épaule.

« Crois-tu qu'il ne sache pas tout cela ? » demanda-t-elle.

Marie leva vers elle un visage abîmé par le chagrin, débordant de pensées qu'elle n'osait pas, ne pouvait pas, ne savait pas comment exprimer.

« Tu penses qu'il le sait et qu'il y est résigné ? »

Marie hocha la tête.

« La résignation n'est pourtant pas dans son caractère, observa Marthe. C'est alors qu'il affronte volontairement le sacrifice. »

Marie, soudain muette, lui lança un regard horrifié.

« Tu n'y peux rien, Marie, personne n'y peut rien. Tu le connais. S'il l'a décidé, il le fera. »

Marthe s'appuya au chambranle de la porte et considéra le paysage ensoleillé.

« J'ai d'abord trouvé incompréhensible qu'il se lance ainsi à l'assaut de Jérusalem, et puis qu'il ne donne aucun ordre de conquête. Puis j'ai compris : il veut que la décision de son sacrifice soit prise par le Sanhédrin, afin que la faute retombe sur ceux qu'il a choisis comme ennemis. » Elle se retourna vers Marie : « Non, tu n'y peux rien. Nous pouvons aller le prévenir demain au Mont des Oliviers, mais c'est comme planter un couteau dans l'eau. »

Marie poussa un cri rauque, presque un feulement.

« Lazare m'a expliqué ce que pense Jésus. Et j'ai encore mieux compris cet assaut sans lendemain. C'était une provocation.

— Ils ne le tueront pas ! s'écria Marie d'une voix rauque. Je ne les laisserai pas le tuer, Marthe, tu m'entends !

— Et que feras-tu ? »

Marie se leva et alla se planter devant sa sœur :

« Marthe, je te le jure, ils ne le tueront pas ! criat-elle, tendant le cou, les yeux presque exorbités.

— Comment feras-tu ?

— J'ai mon plan », murmura Marie.

« Et quand vous croirez que le Seigneur vous abandonne, en dépit de tout l'amour que vous lui avez voué, sachez que vous serez dans l'erreur. Vos tourments proviendront des gages que vous avez trop souvent donnés au Prince de ce Monde, dans l'illusion que vous satisfaisiez à votre Père, qui est le Dieu de la bonté. »

La voix résonnait dans la clairière et la mince clarté que diffusaient trois lampes à huile posées dans l'herbe. Elle semblait émaner du sol et des arbres, car Jésus était assis dans l'ombre et l'on ne voyait pas ses lèvres bouger.

« Vous vous poserez la même question qu'Éliphas le Témanite : "L'homme peut-il être à Dieu de quelque utilité? Et même l'homme sage le peut-il? Est-ce un avantage pour le Tout-puissant si vous êtes justes? Gagne-t-il quelque chose si votre conduite est parfaite?" Et tout ce qui subsistera de votre foi pourra être résumé dans la réponse de Job : "Dieu, dans sa puissance, renverse même les puissants, ils peuvent s'élever, mais ils n'ont pas d'espoir de vie certain. Il les enivre de l'illusion de la sécurité et de l'assurance, mais ses yeux surveillent ce qu'ils font." Cependant vous serez alors proches du désespoir, comme Job lorsqu'il refusa de répondre au Tout-puissant qui lui demandait : "Oserais-tu nier que je suis juste? Ou bien rejetterais-tu la faute sur moi, afin d'avoir raison?" Vous vous ferez l'image d'un Dieu impénétrable, qui a raison, même lorsqu'il laisse souffrir ses créatures. »

Judas parcourut du regard les onze disciples et Lazare, immobiles autour de Jésus. Comprendraient-ils pour une fois ce qu'ils entendaient? Il en douta. Seul, sans doute, Lazare. La voix de Thomas s'éleva :

« Maître, Job n'a-t-il pas fini par admettre qu'il ne comprenait pas les desseins de Dieu? En quoi sommes-nous différents de lui?

— Vous n'êtes sans doute pas différents de lui, répondit Jésus, en ce que vous ne pouvez comprendre les desseins du Tout-puissant, car ils sont impénétrables à la créature. Mais vous comprendrez les desseins de votre Père si vous vous unissez à Lui. Car je vous l'ai déjà dit : si vous faites de deux Un, vous devenez le Fils de l'Homme et alors, si vous dites : "Montagne, éloigne-toi", elle s'éloignera. »

Là, Judas fut certain qu'ils n'avaient pas compris. Jésus aussi le devina. Dès qu'on emmenait ces hommes dans le calme des bois, l'obscurité leur donnait sommeil. L'on entendait d'ailleurs deux ou trois respirations lourdes, proches du ronflement.

« Bien, j'achèverai votre instruction demain, avant d'aller au Temple, dit-il.

— N'est-il pas trop tard, Maître ? » dit Judas à mi-voix.

Il perçut le mouvement de tête de Jésus dans sa direction.

« Judas ?

— Oui.

— Trop tard, dis-tu ?

— Cette journée est finie. La semaine de la Pâque s'achève dans quatre jours.

— Et alors ?

— Je pressens ton projet, Maître. Tu es entré dans cette ville sur une ânesse, en suivant les Écritures et tu n'en sortiras sans doute que selon les Écritures. Je doute que mes compagnons aient le temps de te comprendre d'ici là. Une vie entière y suffirait à peine. »

Un silence suivit ces mots.

« Mais toi, tu m'as donc compris.

— N'ai-je pas été avec toi dans le désert ? Ne m'as-tu pas enseigné ce qu'il fallait savoir ? »

Nouveau silence.

« Il faut dormir, maintenant, dit Jésus, s'allongeant et rabattant la couverture sur lui. La journée qui vient sera longue. »

Judas suivit son exemple.

Mais le sommeil ne vint pas. À sa place défilèrent des images et le souvenir d'une conversation nocturne

73

qui lui avait valu une nuit blanche. Une conversation ?
Non, une révélation qui avait changé l'âme et le destin
de Judas...

« Quel fut donc le premier crime de Caïn ? »
La question avait frappé Judas comme un caillou
dans le visage, et d'autant plus qu'aucun propos an-
nonciateur n'en avait auguré. Lui et Jésus venaient de
se retirer dans la cellule qu'ils partageaient, là-bas, à
Quoumrân. Deux paillasses sur des planches étroites,
de part et d'autre de la porte et de la lucarne, étaient
leurs couches.
La lampe à huile accrochée au mur dorait le visage
de Jésus, masque sculpté par une force inconnue, im-
prégné d'une douceur sauvage et buriné par les extases.
Trente-six ans, mais un regard sans âge.
Ils étaient rompus par leur journée de travail, Jésus
construisant des bancs supplémentaires pour le réfec-
toire, Judas réparant les toits des maisons endommagés
par une récente tempête de grêle.
« Quel fut donc le crime de Caïn, pour que le Tout-
puissant ait rejeté ses sacrifices, alors qu'Il avait accepté
ceux d'Abel ? » avait répété Jésus.
Judas s'était tourné vers lui.
« Mais... Les Écritures ne le disent-elles donc pas ?
avait balbutié Judas, pris de court.
— Non. Elles disent seulement qu'Abel élevait des
troupeaux et que Caïn travaillait la terre. L'un devait
donc faire des offrandes de ses bêtes, et l'autre, des
fruits de la terre. Il n'est pas une seule explication de
la raison pour laquelle le Tout-puissant avait rejeté les
offrandes de Caïn. »
Judas avait été déconcerté.
« Quelle raison crois-tu qu'Il avait ?

— S'il en existait une, les Écritures l'auraient dit.

— Caïn aurait-il fait une offrande avare ?

— Ce n'est qu'une supposition.

— Mais alors ?

— Ne t'es-tu jamais posé la question ?

— Non. Mais puisque tu te l'es posée, toi, quelle est la réponse ?

— L'injustice du Tout-puissant. »

Derechef, Judas avait reçu les mots dans la face comme un coup de poing.

« Jésus… comment peux-tu ?…

— Je lis les Écritures. Caïn a été rejeté pour une raison inconnue, qui ne peut être que l'injustice du Créateur.

— Jésus ! C'est un blasphème !

— S'il y a blasphème, il est dans l'histoire.

— Mais Caïn a quand même commis un vrai crime… Il a tué son frère…

— Il l'a tué par révolte contre l'injustice du Tout-puissant.

— Peut-être l'histoire est-elle mal rapportée…

— Ce n'est pas le seul exemple de l'injustice du Tout-puissant. »

Judas avait ravalé sa salive.

« Mais Caïn, avait repris Jésus, a échappé à la colère du Tout-puissant. Celui-ci l'avait condamné à être un vagabond sur la terre. Il l'avait livré à la justice des hommes et marqué d'un signe infamant. Caïn avait protesté que sa peine était trop dure. Il a erré un certain temps. Mais il a fini par fonder la ville d'Enoch, dans le pays de Nod, à l'est de l'Éden. Enoch, c'était le nom de son fils aîné. Car il a eu des enfants. La malédiction ne s'est pas accomplie jusqu'au bout.

— Mais Enoch n'est-il pas donné par les Écritures comme le fils de Seth ?

— Oui. Il y a là un autre mystère. Tout comme celui des épouses que Caïn et Seth ont trouvées. »

Judas avait rassemblé ses esprits, troublé par ces questions qu'il n'eut jamais osé se poser.

« Tu parlais d'autres exemples d'injustice ?

— Oui. Prends Abraham. Quand lui et son frère Lot se sont installés à Harrân, où leur père les avait emmenés après être parti d'Ur en Babylonie, Abraham a soixante-quinze ans. Or, c'est à cet âge avancé qu'il reçoit du Tout-puissant l'ordre de tout quitter, sa maison, sa famille et ses proches, et d'aller dans un pays qu'Il lui indiquera. Pourquoi a-t-Il choisi ce vieillard ?

— Pourquoi, en effet ?

— Nul ne le sait. J'ai interrogé les rabbins à Jérusalem et nos maîtres ici. Personne ne sait pourquoi le Tout-puissant a choisi Abraham.

— C'était un bon choix. Le Tout-puissant avait la vue longue, avait dit Judas, heureux d'avoir trouvé un argument qui le rassurât enfin.

— Mais nous en ignorons les raisons.

— Connaissons-nous les raisons du Seigneur ? Et toi, connais-tu d'autres exemples d'injustice présumée du Tout-puissant ?

— Oui. Considère l'histoire de Job. Voilà un homme que les épreuves ont accablé sans pitié et jeté dans les basses-fosses de la misère physique et morale. Pourquoi ? Parce que le Tout-puissant l'avait désigné à Satan. Rappelle-toi les paroles des Écritures : "Le jour vint où les membres de la cour du ciel prirent place en présence du Seigneur, et Satan comptait parmi eux"... »

— Satan comptait parmi eux ? avait interjeté Judas, ébahi.

— C'est ce qui est écrit. Écoute la suite. Le Seigneur lui demanda où il avait été. "Je parcourais la terre de part en part", répondit-il. Puis le Seigneur lui demanda : "As-tu considéré mon serviteur Job ? Tu ne trouveras nul autre pareil sur Terre, un homme sans reproche et droit…"

— Mais que veux-tu dire à la fin ? s'était écrié Judas, accablé.

— Que le Tout-puissant est le maître de Satan.

— Au nom du ciel ! N'avons-nous donc pas de Dieu ?

— Si, mais ce n'est pas le Tout-puissant. Jamais notre Dieu n'aurait recouru aux puissances du mensonge pour persécuter les humains.

— Où ? Quand ? Comment ?

— C'est dans le Livre des Rois. Ne l'as-tu pas lu ? Le prophète Michée s'écrie : J'ai vu le Seigneur assis sur son trône, avec toutes les phalanges célestes, à sa droite et à sa gauche. Le Seigneur a dit : "Qui poussera Achab à attaquer Ramos-Guil'ad et qu'il y tombe ?" Les uns dirent ceci et les autres cela. Puis un esprit apparut et se tint devant le Seigneur et dit : "Je le séduirai." "Comment ?" demanda le Seigneur. "Je partirai, dit l'esprit, et je serai un esprit de mensonge dans la bouche de tous ses prophètes."

— Et alors ? avait demandé Judas, troublé par cette citation qu'il ignorait.

— Michée fut souffleté par le chef des prophètes, Sidqyahou ben Kena'ana, puis il fut jeté en prison par le roi. Lequel mourut le soir même. Le Tout-puissant avait triomphé grâce à l'esprit du mensonge qui s'était infiltré dans les prophètes. L'esprit du mensonge, c'est Satan. Non, notre Dieu n'aurait pas usé d'une pareille ruse. Vois-tu le bien triompher par le recours au Mal ? Mieux vaudrait alors confier son âme aux dieux des païens ! »

Judas s'était assis sur sa couche, maintenant incapable de dormir.

« Notre Dieu ne peut être le maître ni l'employeur de Satan. Il est Son ennemi.

— Y a-t-il donc deux Dieux ? »

Jésus avait tiré la couverture sur son torse et découvert l'un de ses pieds.

Même le pied semblait doté d'intelligence, avait songé Judas.

« C'est aussi dans les Écritures, Judas. »

Et au bout d'un temps :

« Il est écrit dans le Deutéronome : "Quand le Très-Haut a réparti les domaines des peuples, lorsqu'Il a distingué les hommes, Il a fixé les frontières des peuples en fonction du nombre des enfants de Yahweh. Mais le lot de Yahweh, ce fut Son peuple." Ne vois-tu pas ce que cela signifie ? Que le Très-Haut Créateur est différent de Yahweh. Dors, maintenant, je t'expliquerai cela plus tard. »

Mais le sommeil avait farouchement fui Judas cette nuit-là déjà.

Et que de fois, ensuite, il avait ardemment souhaité que la foudre le pulvérisât alors qu'il réparait les toits ! La foudre, oui, n'importe laquelle dépêchée par n'importe quel dieu !

Jésus avait éteint en lui le feu de tourbe, mais le feu de bois aromatique qui le dévorait à présent devenait par moments intolérable. Il avait envie de crier.

Tout autour de lui était donc faux ! Tout !

Il éprouvait le désir de tout détruire. Puis il voyait Jésus et la douceur du Maître l'apaisait.

8.

L'alerte

« Cela est impensable ! cria Annas. Impensable ! Voilà un voyou venu de Galilée, un bâtard, un bâtard dis-je ! qui s'autorise depuis trois ans à insulter les juifs et à nous agonir d'injures, qui n'a jamais été reconnu comme rabbin, mais qui prêche dans l'enceinte sacrée du Temple comme s'il était docteur, qui, avec la complicité de ses acolytes, monte son entrée à Jérusalem comme s'il était le roi désigné par le Très-Haut, et qui, comble d'impudence, déclare en quittant le sanctuaire : "Ce temple, je peux le détruire et le reconstruire en trois jours !" Et nous, que faisons-nous sous ce déluge d'offenses ? Nous délibérons ! Nous délibérons ! » criat-il de nouveau, arpentant la grande salle de l'ancien palais hasmonéen où demeurait son gendre, en proie à la colère la plus effrénée.

L'heure approchait de midi. Quelques moments auparavant, Saül était venu rapporter l'extraordinaire attaque du rebelle Jésus contre le Temple, qui avait suscité un émoi considérable dans la foule.

Caïphe affronta la colère de son beau-père avec le stoïcisme d'un capitaine de navire dans la tempête. Annas avait raison, il ne le savait que trop. Tous les arguments avaient été échangés maintes fois : si l'on faisait publiquement arrêter Jésus par la police du Temple, on prenait le risque de déclencher une révolte populaire aux conséquences incalculables.

Mais si on ne l'arrêtait pas...

Le lévite qui assistait à l'explosion de colère était muet, pétrifié par la consternation. Ailleurs dans le palais, les domestiques et la famille de Caïphe semblaient s'être terrés, terrifiés par la colère de l'ancien grand-prêtre. Annas ne détenait sans doute plus le titre, mais il conservait le pouvoir.

« Qu'a dit le Romain ? » s'écria celui-ci.

Il le savait bien : Caïphe lui avait par deux fois, en détail, fait le récit de l'entretien avec le procurateur.

« Père, je te l'ai dit : Pilate est trop content de nous voir en difficulté. Des incidents lui permettraient d'intervenir avec la brutalité coutumière aux gens de sa race et d'envoyer à Rome un récit complet de nos querelles internes. Cela justifierait une mainmise encore plus lourde sur le Temple. Je me demande même s'il ne souhaite pas ces incidents. Je lui ai cependant fait observer qu'il en porterait la responsabilité pour n'avoir pas voulu nous seconder fermement. Vais-je aller le supplier ? »

Annas s'assit et demanda un verre d'eau.

« Saül », dit-il.

Caïphe l'interrogea du regard.

« Hérode Antipas est venu nous présenter dimanche l'assurance de sa haute protection, dit Annas. Comme si l'ethnarque de Galilée possédait le moindre pouvoir en Judée ! Toutefois, ce dindon lubrique s'est proclamé protecteur du Sanhédrin et des juifs de Galilée. Il peut intervenir auprès de Pilate. Celui-ci le craint plus que toi et moi, car Antipas a des amis à Rome. Saül peut le persuader d'influencer Pilate. N'est-il pas son neveu, puisqu'il est le fils d'Hérode Antipater ? »

Caïphe baissa la tête, comme s'il avalait un morceau mal mâché. Il avait souvent mesuré l'astuce de son beau-père ; elle le surprit une fois de plus. Il fit une moue d'appréciation et hocha la tête. Puis il ordonna au lévite d'aller chercher Saül sur-le-champ.

Près d'une heure se passa avant que le lévite revînt accompagné de Saül, qu'il avait trouvé devant sa collation de la mi-journée, dans une taverne.

L'Hérodien parut d'abord surpris de la convocation, et plus encore de se trouver en présence des deux personnages les plus puissants du clergé de Jérusalem. Mais il comprenait vite. À l'expression de surprise succéda un air de contentement narquois.

« Assieds-toi, lui dit Annas. Nous sommes dans une situation d'urgence. Chaque heure double les menaces de la précédente. Je te demande d'intervenir.

— Je présume, très honoré grand-prêtre, que tu veux me parler de Jésus bar Joseph ? »

Annas hocha la tête.

« Auprès de qui devrais-je intervenir ?

— De ton oncle Hérode Antipas. »

Saül sembla mâcher l'information. Elle représentait une promotion, certes, mais restait à savoir en quoi consisterait la démarche.

« J'insiste sur ce qu'a dit mon noble père, dit alors Caïphe. La situation devient plus grave à chaque heure... Tu la connais sans doute, mais ce qui va sans dire gagne à être dit. Tout indique que Jésus et ses partisans envisagent un coup de force contre le Temple, afin de le faire nommer roi. Cela provoquerait des échauffourées. Les Romains seraient alors contraints d'intervenir. Un bain de sang s'ensuivrait. La solution préventive consisterait à arrêter Jésus, afin de le mettre hors d'état de nuire avant de tels méfaits. Mais nous ne pourrions le faire que lorsqu'il se trouve dans l'enceinte du Temple. Nous risquerions alors un soulèvement de ses disciples, qui serait également périlleux. »

Le grand-prêtre reprit son souffle :

« La solution la plus sûre serait de l'arrêter de nuit, alors qu'il ne se trouve que dans la compagnie de quelques disciples. Cela ne ferait pas de vagues. Toutefois, notre juridiction se limite à l'enceinte et aux parages du Temple et de toute façon, nous n'aurions pas le droit de le condamner, comme il conviendrait à pareil trublion. J'ai demandé son soutien à Pilate. Il est étrangement réticent.

— Il répugne probablement à intervenir dans une affaire juive, car cela pourrait lui être reproché par Rome. Et de plus, sa femme Procula, je le sais, est une disciple de Jésus. »

Caïphe hocha la tête.

« Mais il sera de toute façon forcé d'intervenir. Il ne saisit pas encore l'urgence de la situation. Il ne comprend pas que Jésus tentera son coup de force avant la fin de la semaine, pour donner à son couronnement toute sa force symbolique. Il temporise. Ce faisant, il encourt lui-même un péril.

— Et tu penses qu'Hérode Antipas peut le faire changer d'avis.

— Oui, dit Annas. Mais il faut que la décision soit prise dans la journée. Nous ne sommes plus qu'à trois jours et demi de la fin de la Pessah. Jésus doit être arrêté la nuit prochaine ou demain soir au plus tard. Je te demande d'aller voir Hérode Antipas tout de suite, afin de lui représenter l'urgence de la situation. Convaincs-le d'aller sur-le-champ chez Pilate et d'obtenir son aval.

Qu'il nous accorde le secours d'un détachement romain, afin que Jésus soit publiquement justiciable d'un tribunal romain. »

Saül médita la proposition. Une fois de plus, il avait des raisons de se sentir flatté. Il interviendrait auprès de l'ethnarque de Galilée et de Pérée, à la fois en tant qu'Hérodien et émissaire du pouvoir du Temple. Cela rehausserait indéniablement son prestige.

« Bien, dit-il. Je me rends à vos souhaits, grands-prêtres, et je rends aussi hommage à votre sagesse. Reste un point : où trouverons-nous ce Jésus ?

— C'est à toi de le savoir et de nous en informer à toute heure du jour ou de la nuit. L'un de tes hommes peut à coup sûr suivre ce Jésus depuis le moment où il quitte le Temple. »

Saül hocha la tête. Il se leva.

« Le temps m'est donc compté, grands-prêtres. Permettez-moi de prendre congé.

— Va, dit Annas. Tes pas aussi seront comptés. Hérode, tu le sais, demeure dans ce palais. Il occupe l'ancienne aile royale. Quant à ce Jésus, il doit être encore au Temple. »

L'ancien palais d'Hérode le Grand demeurait donc le centre du pouvoir à Jérusalem, songea Saül en quittant les lieux.

Après avoir chargé son lieutenant de faction à la porte d'aller ordonner à Ben Sifli et Ben Wafek de ne plus quitter Jésus et son groupe d'une semelle, afin de savoir où ils passeraient la nuit, Saül franchit les quelques dizaines de pas qui le séparaient de la demeure d'Hérode Antipas, quand celui-ci résidait à Jérusalem. Car le tétrarque y venait régulièrement pour la Pessah, s'étant découvert tardivement une appartenance juive, lui, le fils de la Samaritaine Malthace, quatrième des dix épouses d'Hérode le Grand. C'était d'ailleurs grâce à sa religiosité affichée qu'il s'était gagné la faveur de ses administrés de Galilée et de Pérée.

Lui, l'homme qui avait laissé décapiter Jean le Baptiste.

Quatre Galates montaient la garde à la porte. Un chambellan accueillit le visiteur, d'abord sourcilleux, puis melliflu quand ce dernier eut annoncé :

« Je suis Saül d'Antipater. Je désire voir mon oncle. »

Il ne l'avait pas revu depuis la Pâque de l'an passé, où ils avaient échangé quelques civilités sans empressement, tous deux survivants d'une tribu royale dont la plupart des membres avaient péri brutalement : trois des autres fils du tyran, Alexandre, Aristobule et Antipater, le propre père de Saül, avaient été exécutés sur l'ordre de leur sinistre géniteur, plus de trois décennies auparavant. Philippe, autre survivant, avait un pied dans la tombe et l'autre Aristobule, un petit-fils, ne se risquait guère à Jérusalem.

Modelé dans un excès de graisse rance et le teint cireux, l'ethnarque n'avait guère changé. L'œil reptilien, les bajoues fripées, il semblait comme toujours mâchonner un relief de repas entre ses dents cariées. Ainsi va la loi des générations : les géants engendrent des rebus. Le léviathan qu'avait été son père, Hérode, dit le Grand parce qu'on n'aurait osé dire le Gros, avait échappé aux lois terrestres ordinaires par l'arrogance de ses crimes, tels que la mise à mort de trois de ses fils sur le soupçon ténu d'ambitions dynastiques ; la monstruosité même de ses forfaits excluait toute rétribution morale ici-bas. Le fils Antipas, lui, n'était qu'une grosse salamandre.

L'alerte

Il considéra son neveu du fond d'un demi-siècle de sourdes indignités, de délits louches, de compromissions honteuses et d'humiliations, sans parler de délectations libidineuses et clandestines. Le nabot demandait à le voir ; c'est donc qu'il quémanderait une faveur. Pourtant le fils de Bérénice ne montrait aucun des signes ordinaires de la soumission.

« Quel bon vent t'amène, mon neveu ? demanda l'ethnarque.

— Sire mon oncle, l'affaire est grave. Tu es au fait des menées du Galiléen Jésus, je pense.

— J'ai entendu parler d'un Galiléen qui faisait des remous à Jérusalem, répondit l'Antipas en fronçant les sourcils, mais j'avoue que mes dévotions ne m'ont pas laissé le loisir d'y prêter grande attention. La Pessah attire souvent dans la Ville sainte des pèlerins qui se prennent pour des prophètes. Car c'est cela, n'est-ce pas ? Jésus, dis-tu ? Oui, l'on m'a dit qu'il serait un prophète.

— Il entend se faire couronner roi, sire mon oncle.

— Roi ? »

Hérode Antipas cligna des yeux.

« Roi ? répéta-t-il en tendant le cou, convulsé par l'idée d'un rival surgi de nulle part. De qui ?

— Des juifs. »

Suprême offense, Saül le savait. S'il en était un qui avait prétendu et prétendait toujours à ce titre, c'était bien son interlocuteur. Mais les jeux avaient été faits dès la mort de son père : les Romains ne lui avaient consenti que la tétrarchie de deux provinces de Palestine et son frère Archélaüs n'avait pas été mieux loti.

« Il est entré le 14 de Nisân à Jérusalem, monté sur une ânesse, comme David, sur une chaussée semée de palmes et aux acclamations de fils de David et roi. »

85

La stupéfaction modifia le visage de l'ethnarque. Personne ne lui rapportait-il donc les nouvelles dans son palais de Tibériade ? Ou bien feignait-il l'ignorance ?

Saül résuma le raisonnement d'Annas et de Caïphe : si Pilate ne prêtait pas main-forte au Temple, le pire risquait d'advenir.

« Sire mon oncle, il faut aller presser Pilate. Il y va de son intérêt autant que du nôtre.

— Du nôtre ?

— Si Jésus est couronné roi, je crains que ta position ne soit pas confortable. »

C'était asséné. Hérode Antipas leva les sourcils. Pour un peu, on eût cru qu'il darderait une langue fourchue et goberait une des mouches voletant alentour.

« Bon, dit-il, je vais prendre une petite collation, puis j'irai le voir. Si tu veux rester avec moi...

— Sire mon oncle, il me déplairait de te presser. Mais chaque heure compte. Plus tôt Pilate aura donné son accord, mieux notre sécurité sera garantie.

— Qu'est-ce qui te fait croire qu'il cédera à mon intervention plus qu'à celle de Caïphe ?

— Sire mon oncle, il suffira de lui rappeler tes nobles amitiés à Rome pour retenir son attention bien plus que les remontrances de Caïphe qui, lui, ne connaît personne là-bas. »

Hérode Antipas rumina le rappel de ses protections : depuis Tibère, en l'honneur duquel il avait nommé la ville de Tibériade, sa résidence favorite, il les avait savamment cultivées et plus d'un membre de la maison impériale de Néron et d'un sénateur romain lui savait gré de ses libéralités et présents.

Il fit plusieurs moues, puis appela son secrétaire et le chargea d'aller prévenir le procurateur de Judée Ponce Pilate de sa visite imminente en compagnie de son neveu.

L'alerte

Sur son ordre, un domestique lui apporta une brosse et un miroir et, pendant que ce dernier tenait le réflecteur d'argent poli, l'ethnarque de Galilée donna quelque volume aux rares mèches qui lui couvraient le crâne, but un peu d'eau et se leva.

« Allons », dit-il.

Précédé de trois gardes galates et escorté de trois autres, suivi de Saül, Hérode Antipas franchit le seuil de la salle où il s'était apprêté à déjeuner et se dirigea vers l'aile qui servait de résidence à Pilate.

L'alerte était donnée.

9.

« Il vient pour toutes choses ici-bas un temps de l'adieu. »

« En vérité, votre Seigneur Yahweh a dans Sa bonté dicté les lois pour l'homme, tonna la voix désormais familière à Ben Sifli et Ben Wafek. Il n'a pas créé l'homme pour les lois ! »

La mine exaspérée, deux lévites observaient l'orateur de loin.

« Seuls les hypocrites prétendront que, si leur bœuf tombe dans un fossé le jour du Sabbat, ils n'iront pas l'en tirer ! Votre Seigneur Yahweh n'est pas un publicain ni un collecteur de taxes ! Il lit dans vos cœurs et vous juge par l'amour que vous Lui rendez, car celui qu'Il vous porte est infini. Il ne vous punira pas pour la faute vénielle d'avoir mal calculé la part qui Lui revient de vos moissons et de vos troupeaux, car Il sait bien, comme vous, que ce seront les prêtres qui la mangeront. »

Des vivats s'élevèrent.

« Écoutez-le ! Écoutez-le ! C'est la voix de la vérité ! C'est la voix du Seigneur !

— Vive Jésus, fils de David ! »

89

— Jésus, libère-nous ! »

Ben Sifli se retint de rire en voyant les faces convulsées des lévites, qui criaient des imprécations, d'autant plus véhémentes qu'elles étaient noyées par les cris des auditeurs.

À quelques pas de là, Ben Wafek s'efforçait comme lui de résister aux flux et reflux de la foule grossissante. L'essentiel était de ne pas perdre Jésus de vue. Il fallait le suivre jusqu'à sa retraite nocturne, Dieu savait où, et revenir alors prévenir Saül immédiatement du lieu où il se trouverait. Pourquoi ? À l'évidence, faire arrêter ce Jésus, sur lequel Ben Sifli s'était entre-temps informé dans les tavernes. Dommage ! Le personnage forçait la sympathie. Il était énergique et beau, pas comme ce nabot de Saül, tout prince hérodien qu'il fût. Mais enfin, lui, Ben Sifli était payé pour sa besogne, il avait un foyer à entretenir, une femme et deux fils, et sa mère semi-grabataire.

Il dressa l'oreille :

« Vous le savez bien dans le fond de vos cœurs, aucun homme jamais ne peut être l'interprète des desseins de votre Seigneur Yahweh, fût-il le grand-prêtre des grands-prêtres des générations révolues, présentes et à venir. C'est dans votre cœur que gît la vérité. Elle seule vous dit si vos actions sont de nature à plaire à votre Seigneur Yahweh et à satisfaire Son amour pour vous. Seul votre cœur vous dit si vous vous comportez comme des créatures dignes de l'amour dont Il est prêt à vous combler si, dans le secret de vos cœurs, vous Le traitez comme un père et non comme un juge farouche que vous croirez duper par des récitations creuses et des dons inanimés... »

Quel orateur ! Si c'est cela le judaïsme, songea Ben Sifli, je m'y convertirais volontiers.

« Il vient pour toutes choses ici-bas... »

Un brusque mouvement de foule faillit le renverser.
Il devina que Jésus passait dans la Cour des Israélites
et, apercevant soudain Ben Wafek, lui fit signe d'aller
se poster à la Porte des Femmes, celle par laquelle
Jésus était sorti les trois jours précédents, lui-même
gardant la Porte des Jardins, qui donnait sur le pont du
Struthion, sous la tour Antonia. Les chances que leur
proie sortît par la Porte des Chants, celle de l'Offrande
ou celle de l'Eau étant quasiment nulles, ces territoires
réservés et peu fréquentés se trouvant sous la tutelle
des lévites, qui ne manqueraient pas de prendre Jésus
à partie, sinon de l'écharper.

Une heure se passa avant qu'un autre reflux signa-
lât à Ben Sifli que Jésus avait dû quitter le sanctuaire.
Il surveilla la Porte du Struthion, mais ne vit en sortir
personne qui ressemblât à Jésus ni aucun groupe qui
pût être celui de ses disciples. Le prophète avait donc
dû sortir par la Porte des Femmes, comme à l'ordinaire,
et ce serait Ben Wafek qui le prendrait en filature.

Comme il éprouvait un petit creux, il se rendit à la
Taverne d'Abrak, qui servait de repaire ordinaire à la
milice, pour manger quelques pâtés de viande arrosés
d'un ou deux verres de vin de Galilée.

Un peu moins d'une heure s'écoula avant que
Ben Wafek, engagé sur la route de Bethphagé, à la suite
d'un long cortège entourant un homme monté sur un
mulet, s'avisât qu'il s'était lancé sur une fausse piste.
Au détour d'un chemin, en effet, il aperçut le visage
de celui qu'il avait pris pour Jésus. Horreur ! Ce n'était
qu'un inconnu, qui lui ressemblait et qui drainait aussi
un groupe de familiers. Consterné, assoiffé, il se hâta
de rebrousser chemin, espérant que son collègue avait,
lui, pris la bonne piste.

91

La gorge parcheminée, il s'arrêta à la Taverne d'Abrak pour y avaler un gobelet d'hydromel avant de gagner la maison de Saül pour lui rendre compte de son échec. C'était juste au moment où Ben Sifli et deux autres de leurs collègues quittaient les lieux. Au premier échange de regards, ils furent pétrifiés : Ben Sifli et Ben Wafek comprirent le couac. Ils demeurèrent un long moment à se regarder sans mot dire.

« Il faut aller prévenir Saül », dit enfin Ben Sifli.

Ils y furent tous quatre. La seule présence des deux hommes qu'il avait délégués à la surveillance de Jésus suffit pour informer Saül de ce qu'ils avaient à rapporter.

Ils s'attendirent à une dégelée. L'heure approchait alors de la quatrième après midi.

Saül venait de rentrer du palais hasmonéen, où il avait d'abord assisté à l'entrevue entre Hérode Antipas, puis supporté un entretien éprouvant avec l'ethnarque son oncle.

« Un peu de bon sens, déclara Saül d'un ton menaçant, vous aurait appris qu'il y a huit portes au Temple. Quand je vous ai chargés tous deux de suivre Jésus, j'avais espéré que vous le sauriez et que vous auriez délégué six autres de vos collègues pour surveiller les autres portes. Mais vous êtes pareils à des faucons aveugles ou des chiens qui ont perdu l'odorat. Rompez. Vous recommencerez demain. Allez. »

Ils s'en furent penauds. Il s'assit pour réfléchir et soupira.

L'entrevue entre Hérode Antipas et Ponce Pilate avait ressemblé à une conversation entre un renard et un chien de garde. Le premier était l'Hérodien, l'autre, évidemment, le Romain.

À la fin, Pilate avait consenti à l'arrestation de Jésus, mais il avait prévenu Hérode Antipas :

« Je veux bien prêter dix légionnaires pour cela, afin de suspendre l'agitation, mais c'est tout ce que je consens. Le droit du glaive me revient. En aucun cas le prisonnier ne sera maltraité. Est-ce clair ? »

Le ton avait été sans réplique. Mais Hérode Antipas avait au moins obtenu la moitié de ce qu'il était venu demander sur les instances de son neveu et de Caïphe.

Toutefois en regagnant ses quartiers, l'ethnarque voulut, pendant sa collation, en savoir davantage sur cet agitateur nommé Jésus bar Joseph. Et là avait commencé la partie la plus pénible de l'après-midi.

« C'est un Galiléen, me dis-tu ? avait demandé Hérode Antipas, qui mangeait à la romaine, allongé sur une couche garnie de coussins brodés. D'où vient-il ?

— Il a été membre de cette communauté de protestataires obstinés, les Esséniens. Tu en as certainement entendu parler, sire mon oncle. Ces ermites du désert qui traitent le grand-prêtre et le clergé de tous les noms et ne font qu'annoncer des calamités. »

Là, le bras d'Hérode Antipas s'était immobilisé, comme paralysé, une cuisse de volaille au bout des doigts, et son expression s'était soudain rembrunie. Les Esséniens ! Dieu était témoin qu'il s'en souvenait ! Le Baptiste n'avait-il pas été l'un des plus illustres membres de cette communauté ?

Saül s'avisa qu'il avait commis une gaffe. On le savait bien dans toutes les provinces de la Palestine : Hérode Antipas avait, quelques années plus tôt, accordé la tête du Baptiste à Salomé, la fille de sa femme Hérodiade, qu'il avait arrachée au précédent époux de celle-ci, son propre frère, l'Hérodien Philippe. Ce tendron empoisonné de Salomé avait un soir séduit son parâtre en dansant pour lui et, le vin aidant, l'ethnarque avait perdu deux têtes, la sienne au figuré et celle du Baptiste au propre.

Il ne se l'était jamais pardonné, même si les prêtres lui avaient exprimé des remerciements effusifs pour les avoir débarrassés de celui qu'ils appelaient « le mangeur de sauterelles », un énergumène qui se répandait en propos séditieux sur leur compte.

L'expression de la grosse salamandre était devenue sinistre.

Qu'était-ce donc qui le tourmentait le plus ? D'avoir laissé mettre à mort un prophète pour satisfaire une passion incestueuse, ou bien d'avoir commis l'adultère suprême, convoiter la femme de son frère ? Quel crime était-il moins noir que l'autre ? Qu'importait : le poison de ses reins avait infecté son cerveau. Cet homme ne dormirait plus jamais d'un sommeil paisible.

« A-t-il quelque rapport avec le Baptiste ? demanda l'ethnarque en reposant sa cuisse de volaille dans le plat.

— Je le suppose. Ils se connaissent tous, répondit Saül. Mais il est pire que le Baptiste, qui mangeait des sauterelles et ne prétendait pas à la couronne des juifs. »

Hérode Antipas s'agita sur sa couche et but la moitié de son verre de vin. Les informations de Saül lui avaient décidément coupé l'appétit : il fit signe aux domestiques d'emporter son plat et de lui apporter des dattes.

« Peut-être alors est-il vraiment un homme de Dieu, dit-il sombrement.

— Sire mon oncle, je doute qu'un homme de Dieu prétende à la couronne d'Israël. De plus, c'est un bâtard.

— Je te le dis, bâtard ou pas, c'est peut-être un homme de Dieu.

— Sire mon oncle, serait-ce une raison pour nous exposer à une guerre civile ? Les Romains se moquent bien des hommes de Dieu.

« Il vient pour toutes choses ici-bas... »

— Mais tu as vu que Pilate lui-même hésitait à faire arrêter ce Jésus. Ce ne sont quand même pas des animaux, ces Romains !

— C'est à cause de la superstition de sa femme et du fait qu'il est trop content de faire pièce à Caïphe.

— Mouais, fit Hérode Antipas avec humeur. Il aurait quand même fallu me prévenir de tout cela avant que j'aille chez Pilate. Je vais me reposer, dit-il, pour donner congé à son neveu. Tiens-moi au courant.

— Certes », avait marmonné Saül en se levant.

La démarche avait fait chou blanc. Et maintenant, voilà que Ben Sifli et Ben Wafek avaient raté leur entreprise.

Saül se passa la main sur le visage. Les mouches volaient gaiement dans la lumière de cet après-midi de Nisân. Ah, c'était dur d'être policier et chargé de l'ordre !

10.

L'extase du Veilleur

« Nous sommes deux cents à tes ordres, Maître. Nous sommes armés. Nous pouvons prendre le Temple d'assaut à l'aube et maîtriser les lévites... »

Celui qui tenait ces propos d'un ton décidé était un gaillard d'une quarantaine d'années, le plus riche maraîcher des environs de Jérusalem. Il se nommait Salomon bar Assa'an. Il portait la barbe en dépit de son métier; sans doute ne le pratiquait-il pas lui-même, mais était-il le propriétaire des maraîchages[1]. Les quatre hommes qui l'accompagnaient et hochaient la tête n'étaient pas moins imposants.

Ils avaient suivi Jésus depuis son départ du Temple, vers la première heure de l'après-midi, jusqu'à Béthanie.

« Nous sommes certains que mille hommes au moins seront prompts à se joindre à nous. Mille hommes

---

1. Considérée comme impure, la profession de maraîcher, comme celles de joaillier et de croque-mort, était de celles qui, à Jérusalem au temps de Jésus, interdisaient le port de la barbe.

suffiront pour occuper le Temple, Maître », dit l'un d'eux.

Donc, il y avait à Jérusalem une force de fidèles qui constituerait une troupe pour le coup de main qu'avait présagé l'entrée triomphale dans la Ville sainte. Jésus, les Douze, Marie, Marthe, Lazare et plusieurs autres réunis là écoutaient ce discours en silence. Ils ne détachaient pas leurs yeux de Jésus, essayant de deviner enfin ses projets d'après ses réactions.

« Quels que soient les projets des hommes, la volonté du Seigneur sera faite », dit-il enfin.

Était-ce une approbation de ce qu'il venait d'entendre ? Cela signifiait-il que la résistance du Temple à l'assaut que décrivait Ben Assa'an ne changerait rien à la volonté divine ? Ou bien au contraire que les projets qu'on venait de soumettre au futur roi dépendraient de cette volonté ? Et pourquoi ne remerciait-il pas ces hommes qui risquaient leurs vies et leurs patrimoines pour le placer sur le trône de David ?

Les cinq volontaires hochèrent la tête. Un silence incertain, puis malaisé, finit par tomber sur cette réunion. Ce fut Judas qui y mit fin en informant les partisans que leur Maître avait besoin de repos. Ils baisèrent l'un après l'autre la main de Jésus et s'en furent.

Il se retira tout de suite après leur départ.

Ceux qui restèrent sur place échangèrent quelques regards, émirent des soupirs et se retirèrent aussi.

Judas descendit la colline et trouva un coin ombreux dans lequel il s'installa, emmitouflé dans son manteau, car le temps était frais. Il posa la tête sur le sol, au pied d'un arbre et chercha le sommeil.

Le corps est semblable à une jarre. Quand on le couche, les souvenirs déferlent vers la tête.

Mais pourquoi le ciel d'hier paraît-il plus pur, même quand c'est celui de la nuit ?

Les souvenirs emplirent donc la tête de Judas.

Ils étaient assis en cercle et, soufflant de la mer de Sel, la brise froide du désert tourmentait les flammes au centre. Leur maître, qui s'appelait Élie, comme le prophète, tenait un flacon et un gobelet et regardait le feu, dont les reflets rouges lui faisaient des yeux de fauve. Il était droit et beau, avec sa barbe comme une flamme blanche inversée.

Près d'Élie se tenait Jésus, les cheveux pareils à des ailes noires, la bouche rose vif telle une anémone du désert et l'œil naturellement fardé par des cils épais. Et contre lui, Judas.

C'était vingt ans auparavant à Quoumrân, dans leur ardente jeunesse. Jésus était l'aîné. Élie les avait distingués parmi ceux qui avaient choisi l'âpre solitude de Quoumrân, parce que, après avoir administré à Jésus le rite exclusivement essénien du baptême, le Baptiste l'avait désigné dans ces seuls termes : « Il est celui que nous attendions. »

Celui que nous attendions ! Peut-être les trompettes des anges avaient-elles répété ces mots sublimes vers le plus haut des cieux et le cœur du Seigneur Yahweh avait-il palpité d'émotion.

Enfin, l'homme qui le distinguerait du Créateur ! Celui qui révélerait aux nations Sa bonté et Sa tristesse.

Et Judas, lui, avait été distingué, parce que, à son tour, Jésus l'avait choisi en disant : « Il est le frère que l'Esprit m'a donné. »

Le souvenir le tourmenta au point de mouiller ses yeux fermés. Sa bouche se déforma. Il se retint de pleurer. Mais le temps des larmes n'était pas encore venu. Les sanglots gonflèrent sa poitrine comme un abcès.

Les autres avaient été désignés par Élie pour les vertus qu'ils avaient chacun manifestées dans la pratique de l'ascèse.

« Même dans ce désert aride, avait dit Élie en secouant la tête, ce monde d'ici-bas est le royaume de Satan. Quels que soient nos efforts et nos mérites, nous ne pouvons aspirer à la paix de notre Seigneur Yahweh qu'en élevant notre âme au-dessus de notre misérable corps. La prière et l'étude des Écritures ne font que nous retenir au bord du gouffre infâme, mais elles ne nous font pas avancer. Seul le Vin de la Délivrance nous permet de paralyser ce misérable amas d'os, de muscles et de viscères et de le dominer de toute la force de notre esprit, ce souffle que le Créateur à deux faces instilla jadis dans la glaise de notre père Adam. »

Le vent souffla, comme un encouragement céleste.

Qu'était le Vin de la Délivrance ? Le secret en courait à Quoumrân. Une macération d'un certain champignon, qu'on appelait *pantera*, à cause de son chapeau moucheté comme celui d'un fauve qu'on ne voyait plus guère dans la région.

Et c'était la troisième cérémonie de consommation de ce vin. Judas l'espérait autant qu'il l'appréhendait, tel l'amant qui tremble et rêve à la fois de saisir l'aimée dans ses bras...

Élie remplit le gobelet du contenu du flacon et le but d'un trait. Puis il le remplit de nouveau et le tendit à Jésus, qui le but aussi d'un trait.

Jésus prit le flacon, remplit le gobelet et le tendit à Judas, qui fit comme son voisin.

Et ainsi de suite. Le contenu du flacon avait été soigneusement calculé : sept gobelets.

Un temps passa.

Les flammes devinrent dévorantes. Et leurs intentions, évidentes : embraser les sept hommes assis dans la nuit du désert. Il était inutile de leur résister. Le destin de ces hommes était de se consumer dans les flammes de l'Esprit purificateur, c'était écrit de toute glorieuse éternité.

Mais quel embrasement. Judas ne regardait plus les flammes : il était ces flammes. Il exhala un soupir de délivrance. Elles le vidaient de sa misérable substance, tripes, humeurs, infamies ordinaires. Non, elles ne le vidaient pas, elles l'emplissaient de sa substance originelle, le feu divin. Le sourire fleurit sur ses lèvres. Il perçut le même sourire sur le visage de l'homme en face.

« Le nom du Seigneur de bonté soit sanctifié », dit Élie.

Ils répétèrent la bénédiction. Ils ne se lassaient pas de la répéter.

« Béni soit le véhicule qui nous permet d'entrevoir la splendeur divine », dit Élie.

Il usa pour cela d'une formule mystérieuse, d'origine sumérienne : *Élaouia, élaouia, limash baganta*. Ils le savaient, mais désormais ils savaient tout par une science infuse, *élaouia* signifiait « béni soit », et *limash baganta*, c'était le nom du végétal miraculeux.

Oui, béni était ce vin sacré : il vidait l'âme de sa substance terrestre, de ces remous épuisants et incessants créés par les contradictions de l'existence, les conflits entre le corps et l'Esprit, les désirs étouffés, les regrets, les attachements immodérés, les colères bestiales, les lubricités innommables, bref, toutes les scories des passions. Ces impuretés créaient dans l'âme, ce corps intermédiaire de l'être humain, des nappes fangeuses, bientôt pullulantes de démons. Et l'âme était trop souvent opaque. Ainsi obscurcie, non seulement la lumière divine devenait imperceptible, mais encore les ténèbres du Mauvais Dieu se répandaient en elle. Les miasmes s'enflaient, les démons criaient...

Mais le Vin de Délivrance en dissolvait les précipitations, les glaires et le pus. Il clarifiait l'âme.

« Si vous n'ouvrez la porte de votre maison, disait Élie aux initiés, vous mourrez suffoqués. Buvez le Vin, ouvrez la Porte et que votre Esprit salue la lumière du Dieu de Bonté. »

Le feu crépita, comme joyeux, et l'odeur du bois résineux emplit les narines de la vertu qu'en dégageait le feu.

Jacob, un disciple faisant face à Judas, leva les bras au ciel. Il ouvrit la bouche, un son flûté et continu en sortit, pareil à celui d'une corde de luth sur laquelle le doigt glisserait sans fin. Il sembla soudain privé de pesanteur. Allait-il s'élever au-dessus du sol ? Cela parfois advenait.

Le regard de Judas se tourna vers Jésus, comme la fleur vers le soleil. De ses yeux de chair, il observa la transfiguration coutumière que suscitait le Vin de Délivrance. Le visage rayonnait, comme s'il était éclairé par une lampe intérieure, la bouche austère devenait tendre, une beauté surnaturelle en émanait. L'Esprit l'habitait. Car l'Esprit seul pouvait entrevoir la lumière céleste.

« *Élaouia, élaouia*, murmura Jésus.

— *Élaouia, élaouia, limash baganta*, récita Judas, souriant de béatitude.

— Si vous n'essayez d'être pareils aux anges, vous serez pareils aux démons », dit Élie.

Alors pointa en eux, tel un glaive de feu transperçant la tête jusqu'aux entrailles, une conscience surnaturelle, un éveil ! Un éveil ! Oui, ils ne céderaient plus jamais aux pesanteurs du corps, ils étaient éveillés. Ils étaient les Veilleurs de ce monde, les flambeaux du

Seigneur, les lumières appelées à vaincre les noires nuées des Fils des Ténèbres.

Ceux-là qui siégeaient dans le Temple, à Jérusalem, dans tous les temples du monde, ceux-là qui ne connaissaient que la substance des mots et non la vibration de l'Esprit, ils étaient repoussés aux bords de l'Enfer par la seule présence des Veilleurs.

La prière monta dans le corps de Judas tandis que son corps se dissolvait. De ce corps, il ne resta bientôt plus que le squelette, et le vent du désert le traversait, arrachant les derniers grains de matière. Le bonheur de se fondre dans le désert ! L'extase... Il s'élevait, oui, il apercevait sa carcasse de haut, de plus en plus haut.

Mais il éprouvait une difficulté. Était-ce le vent qui le faisait dériver ainsi vers Jésus ? Ou la puissance spirituelle de cet homme ? Une force irrésistible le poussait à poursuivre son ascension, mais il se fondait dans Jésus, il respirait l'air brûlant qui l'enveloppait... Là-haut, il atteignait ses pieds. Et pourtant, il était pleinement éveillé et il savait qu'il atteignait aussi la divinité.

Là-haut, l'infini n'était qu'amour.

Là-haut régnait la pureté.

Il l'avait dit le lendemain à Jésus. Il avait été contraint de le lui dire, parce que, s'étant éveillé à l'aube, il avait baisé ses pieds et que le geste avait tiré celui-ci du sommeil.

« Je fais ici-bas, Maître, ce que je faisais hier soir dans notre extase. »

Jésus était resté songeur. Puis il lui avait dit, la main sur l'épaule :

« Alors tu sais désormais ce qu'est le pur amour.

— Tu savais déjà celui que je te porte, Maître. N'est-ce pas pour cela que tu m'as choisi ? »

Oui, il aimait Jésus de tout son être. Et maintenant, il souffrait aussi de tout son être.

Dormait-il ?

Elle entra dans la pièce les pieds nus, plus silencieuse que son ombre. Elle l'observa. Une fois de plus, elle prit conscience qu'elle n'était rien et que cet homme allongé dans sa robe claire, les cheveux épars sur le drap de la paillasse et les mains jointes sur son torse était tout. Et pourtant, la seule existence de cet homme l'emplissait tout entière.

Il l'avait devinée : il ouvrit les yeux, tourna la tête et sourit. Elle éprouva le désir de se jeter vers lui, de serrer dans ses bras l'époux qui l'emplissait d'angoisse mortelle... Elle se retint. Comment supporter le contact d'un époux qui va à la mort ?

« La servante sera-t-elle toujours exclue des pensées de son maître ? », demanda-t-elle enfin.

Un frémissement impalpable, pareil aux rides que le souffle crée sur l'eau, parcourut le visage de Jésus.

« Le seul détenteur des pensées du maître et de la servante est le Seigneur, répondit-il. Élève les tiennes vers le Seigneur et tu connaîtras celles du maître.

— Mon cœur se déchire quand il les entrevoit.

— C'est ton cœur terrestre qui saigne. Il vient pour toutes choses ici-bas un temps de l'adieu. Mais si nous sommes dans le Seigneur, nous ne pouvons être séparés. Enseigne à ce cœur terrestre à dire aussi adieu à ta douleur. »

Elle ne sut que maîtriser ses larmes. Il imposait aux siens une force surhumaine. Elle avait le cerveau paralysé. Il venait de répondre : il se donnerait donc en sacrifice. Et quitte à défier la volonté du Seigneur, elle savait qu'elle ne s'y résoudrait pas. D'ailleurs, ce sacrifice était-il dans la volonté du Seigneur ?

Elle prit conscience de sa témérité, de sa folle arrogance. Contrarier la volonté suprême, en vérité ! Mais puisqu'il savait tout, le Seigneur saurait aussi que ce n'était pas Satan qui l'inspirait, mais l'amour.

Elle hocha la tête.

« Dors », dit-elle.

Il parut intrigué par l'apparente impassibilité de cette femme. Mais elle referma la porte.

À peine descendue au rez-de-chaussée, elle convoqua son intendant et lui donna des ordres. Marthe et Lazare alertés par le son de sa voix accoururent et l'interrogèrent du regard.

« Tu l'as vu ? Que t'a-t-il dit ? demanda Lazare.

— "Il vient pour toutes choses ici-bas un temps de l'adieu". »

Le jeune homme s'appuya sur l'épaule de sa sœur. Ses lèvres tremblèrent. Il pleura. Pas elle.

À la même heure, suivi d'un prêtre portant une lampe à huile et un sachet d'encens, Caïphe pénétrait dans la Sainte Chambre. Il changea une à une les sept chandelles de la menorah d'or massif, puis les alluma lui-même avec la lampe. Elles brûleraient jusqu'à l'aube.

Il prit le sachet d'encens que le prêtre avait ouvert avant de le lui tendre, y préleva une pincée des grains brunâtres et les dispersa sur les braises des deux vases de cuivre emplis de charbons ardents.

Il jeta un regard vers l'ouest et le double voile qui fermait le Saint des Saints, là où personne jamais ne pénétrait. Il prononça une longue prière, à laquelle son compagnon fit écho fidèlement.

Puis il quitta le sanctuaire. Chacun observa qu'il semblait bien sombre. Il avait, en effet, le cœur lourd et ne savait même pas pourquoi.

Fallait-il parvenir au sommet de sa vie pour s'apercevoir qu'on posait le pied au bord d'un précipice ?

11.

L'épreuve

« T'opposerais-tu aux desseins du Seigneur ? demanda Joseph d'Arimathie, l'œil exorbité d'indignation. Si Jésus veut que les Écritures s'accomplissent, qui es-tu, toi, et qui suis-je, moi, pour contrecarrer sa volonté ? Comment affronterais-tu son regard si ton projet fou réussissait ? »

À sa stupeur, Marie venait d'exposer le moyen qu'elle avait imaginé pour arracher Jésus à la croix alors qu'il serait encore vivant.

Nicodème, Marthe, Lazare et Judas assistaient à l'entretien.

« Ce n'est ni à la volonté du Seigneur ni à celle de mon Maître que je m'opposerais, Joseph, répondit Marie d'un ton ferme, mais à celle des Fils des Ténèbres. Rien ne dit que l'on ne puisse contrecarrer leur infamie ! Au contraire : rien ne dit non plus que le sacrifice doive entraîner la mort. En nous opposant à la crucifixion, nous accomplissons la volonté de notre Maître jusqu'à sa limite céleste. Nous le faisons triompher des Fils des Ténèbres. »

Le raisonnement les saisit par son audace. À force de vivre avec Jésus et de réfléchir, cette femme avait acquis l'agilité mentale d'un docteur de la Loi. Mais ce n'était pas une argutie spécieuse qu'elle développait : si Jésus triomphait de la mort, la victoire du Seigneur n'en serait que plus éclatante. Peut-être était-ce même l'esprit du Seigneur qui inspirait Marie.

Ils demeurèrent un moment silencieux. Judas prit enfin la parole :

« Je suis tenté de croire qu'un ange a visité Marie. Ce qu'elle propose est absolument conforme à l'enseignement de notre Maître. »

Chacun savait la dévotion de ce disciple à Jésus. Son avis pesait d'un poids plus lourd que celui des autres. Jusqu'alors voûté, Joseph d'Arimathie se redressa et hocha enfin la tête.

« Qu'il en soit donc ainsi, dit-il. Rien dans cette vie ni dans aucune autre ne pourrait me donner autant de joie que d'arracher notre Maître à une mort infâme.

— Les exécuteurs… intervint Marthe.

— Ils sont tous faciles à corrompre, dit Joseph.

— Je te donnerai l'argent, dit Marie.

— Ce n'est pas pour moi une question d'argent, Marie. Tu sais la ferveur avec laquelle je donnerai ces quelques sicles. C'est l'organisation de ce qui suivra. Il est exclu que Jésus reste ensuite à Jérusalem.

— Il est trop tôt pour en parler, observa Marie. Mais enfin, tu as raison d'y penser.

— Quelles heures nous allons donc vivre jusqu'à la fin de cette Pessah ! » soupira Lazare, les larmes aux yeux.

C'était le 18 Nisân, vers la cinquième heure de l'après-midi.

L'épreuve

En se réveillant de sa sieste, Jésus surprit tout le monde en annonçant qu'il se rendrait à Jérusalem pour le souper. Il envoya Pierre et Jean préparer le repas.

« Mais où souperons-nous ? demanda Pierre.

— Allez chez Nicodème et priez-le de nous prêter une salle de la maison qu'il a louée.

— Emmenons Judas au cas où il y aurait des achats à faire, dit Jean. C'est lui qui tient la bourse.

— Il n'y aura pas d'achats à faire, répondit Jésus, je connais Nicodème, il ne vous laissera pas dépenser un liard ni acheter un pain. »

Il fit ses ablutions du soir ; ils suivirent son exemple.

Sur la sixième heure, alors que le jour déclinait, il prit Judas à part.

Le cœur serré, Judas le suivit dans le verger d'amandiers.

Ils se regardèrent. Ou plutôt, Jésus regarda Judas et celui-ci soutint son regard.

« Judas, il faut maintenant agir. Ils attendent tous que je m'empare du Temple. Mais tu le sais, mon royaume n'est pas de ce monde. »

Judas ne dit mot.

« Tu es entre tous mon frère par l'esprit. C'est donc à toi de soutenir mon destin dans les desseins de mon Père.

— Comment le ferais-je ?

— En hâtant l'accomplissement de Sa volonté.

— Maître, je te le demande de nouveau : comment le ferais-je ?

— Nul Fils des Ténèbres n'osera mettre la main sur moi en public. Ils ont trop peur d'un soulèvement. C'est toi qui dois leur révéler où je me trouverai cette nuit après le souper chez Nicodème. »

Judas sentit ses jambes se dérober sous lui. Il cherchait un soutien proche pour dominer le vertige; ce fut le tronc d'un amandier. Il aperçut Lazare qui observait la scène de loin.

« Maître... »

Il souhaita la mort pour le délivrer de l'épreuve. Le regard de Jésus était posé sur lui comme un glaive.

« C'est ta nature terrestre qui défaille, Judas. Ta nature céleste, celle qui s'est si souvent élevée vers le Seigneur, jadis, quand nous buvions le Vin de Délivrance, ne peut se révolter devant la joie profonde d'accomplir la volonté du Seigneur. Tu devrais me répondre avec cette joie. »

Judas haletait.

« Tu m'aideras à me dépouiller de mon habit de chair, ainsi qu'on nous l'a enseigné...

— Maître, demande à un autre, je ne...

— Judas, tu as été mon bien-aimé jusqu'ici. Me ferais-tu défaut à l'heure cruciale?

— Maître, la souffrance qui transperce déjà mon cœur va le fendre comme une hache!

— Qu'est ton cœur terrestre, Judas? Nous avons communié vingt ans dans l'amour de notre Père Yahweh. Ce sacrifice est nécessaire pour conjurer sa colère. Une colère à laquelle moi le premier ne saurais résister, puisque c'est moi qu'Il a choisi. Et que dire de vous. »

Judas ouvrit la bouche pour exhaler un cri, non un hurlement silencieux. Il s'effondra aux pieds de Jésus. Une voix d'enfant malheureux s'éleva de sa poitrine.

« Non, balbutia-t-il, non, je t'en supplie... Non, pas moi! »

Il baisa les pieds devant lui, les mouilla de ses larmes.

« Pas moi... Je ne peux pas!

110

— Tant d'efforts et tant de prières auront donc été vains, murmura Jésus. Vois comme tu es attaché à ce monde, Judas. L'amour d'une créature est en toi plus fort que celui du Seigneur. »

Les reproches alourdissaient le tourment de Judas ; il crut défaillir. Il souhaita que son cœur s'arrêtât de battre.

« As-tu donc oublié ce que je t'avais enseigné, Judas ? L'Esprit ne peut être la part des faibles. Si tu ne paies de souffrance, tu demeureras enchaîné à cette terre, comme tu sembles l'être en ce moment. Relève-toi, maintenant, enjoignit Jésus, s'avisant que Lazare approchait. Donneras-tu ta misère en spectacle au monde ? L'affaire est simple : ce soir, tu quitteras la table du souper et tu iras prévenir le grand-prêtre, pour lui donner le temps d'organiser ce qu'il doit faire.

— Demande à un autre, dit Judas en s'asseyant par terre.

— Tu étais mon bien-aimé. Toi seul savais où le Seigneur me conduisait. Toi seul ici as bu le Vin de Délivrance avec moi. Et maintenant, tu pleures comme un enfant auquel on demande de prier sur la tombe de son père. Relève-toi, dis-je, Lazare vient. Au moins ne trahis pas notre secret.

— Demande-lui, tu l'as tiré de la mort ! Peut-être acceptera-t-il, lui, de t'y envoyer ! » marmonna Judas avec dépit.

Mais il se releva quand même.

« C'est la Loi ! gronda Jésus. Elle exige le sacrifice ! Ou bien dois-je te retirer ma confiance ? »

La Loi : l'autre Loi, qui n'avait jamais été écrite et qui n'était que suggérée que par quelques versets du Deutéronome.

« Et c'est moi que tu sacrifies aussi », murmura Judas.

111

Il posa sur Jésus un regard qui ne cilla pas. Cet homme... À quoi bon le celer, il n'était aucun être au monde auquel il eût jamais voué tant de passion. Il ne s'était pas marié, car devant Jésus, il ne possédait plus d'existence charnelle et qu'il aurait été mauvais époux et mauvais père.

Et qui donc eût eu l'audace de fonder famille quand il fallait courir les chemins à la suite de cette étoile humaine ? Les autres le savaient bien : à l'exception de Jean et de Jacques, qui n'étaient pas mariés et qui peut-être ne le seraient jamais, ils avaient quitté femmes et familles, comme le Maître l'avait exigé.

Mais, lui, Judas, il l'aimait. Aimait ? Le mot n'avait de sens que terrestre et l'on n'aime pas ainsi sur la terre. Non, il était possédé par un amour céleste.

L'expression désolée, presque égarée, de Lazare quand il rejoignit les deux hommes n'exprimait qu'une seule question : que se passe-t-il ? Ni Jésus ni Judas ne pouvaient y répondre. Il avait bien vu Judas effondré aux pieds de son maître, et les larmes qui n'avaient pas séché sur les joues du disciple témoignaient de sa souffrance, mais personne ne lui en expliquerait donc la cause.

« Nous allons en ville, dit Jésus, s'enveloppant dans son manteau. Préparez-vous. »

Judas s'éloigna, s'efforçant de transfigurer sa souffrance en songeant à ces mots dont il n'avait alors pas saisi la sanglante signification : « L'Esprit ne peut être la part des faibles. »

Le Maître lui avait jadis assuré : « Je t'enseignerai les secrets du Royaume. » Mais, outre l'extase de l'anéantissement dans l'Esprit, quels étaient ces secrets ? La souffrance ? Toujours la souffrance, le renoncement, la domination de soi-même ? Le Seigneur n'avait-il créé l'être humain que pour lui enseigner à refuser toutes les consolations de ce monde ? Quel était ce Dieu atroce et pervers ?

Puis il se souvint de leur enseignement : le Seigneur n'était pas le Créateur. Celui-ci était un Dieu froid aux yeux de pierre. L'autre, son fils, était le Dieu de bonté. Et Jésus était le fils de ce dernier. Si lui, Judas, faisait défaut à Jésus, il ferait aussi défaut à son Père.

Lazare demeura seul quelques instants avec Jésus, le cœur près d'exploser, brûlant de poser sa question. Mais il n'en devinait que trop bien la réponse et de surcroît, Jésus venait d'appeler les autres disciples. Pendant que ceux-ci rassemblaient leurs effets, il courut prévenir ses sœurs.

Il n'eut pas besoin de beaucoup de mots ; son visage suffisait à délivrer le message.

« C'est ce soir, articula-t-il d'une voix étranglée. Je crois, je suis même sûr que c'est Judas qu'il a chargé d'aller le dénoncer. Pauvre Judas... Je l'ai vu de loin. Il s'est écroulé à ses pieds, en larmes. »

Marie plaqua la main sur sa bouche pour étouffer un cri.

« Pauvre Judas ! dit aussi Marthe.

— Nous allons souper chez Nicodème, dit Lazare, comme s'il annonçait qu'il retournait à son tombeau. Nous irons sans doute après sur le Mont des Oliviers.

— Va, dit Marie à son frère, d'un ton ferme, le fixant d'un regard effrayant, presque fou de détermination. Va. Rapporte-moi ce que tu auras vu. »

Il alla revêtir la robe de lin qui avait été son premier vêtement après que Jésus l'eut baptisé, l'année précédente, puis s'enveloppa dans son manteau. Il s'attendait à mourir. À coup sûr, ceux qui viendraient arrêter Jésus massacreraient tous ses compagnons. Il mourrait donc dans sa première robe de disciple. Et cette fois, personne ne le tirerait du tombeau.

Quelques moments plus tard, Jésus en tête, les douze hommes avançaient sur le chemin qui menait à Jérusalem. Une seule torche, tenue par Jean, éclairait le chemin. Ils y seraient en moins d'une heure.

Lazare ne quittait pas des yeux Judas. À la fin ce dernier s'en aperçut. Il tourna vers lui un visage lamentable. Lazare le rejoignit et lui toucha le bras.

« Je crois savoir, non, mon cœur sait ce qu'il t'a dit », chuchota Lazare.

Judas restait muet, intrigué. Lazare lui serra le bras avec force :

« Judas, même s'ils l'arrêtent, il ne mourra pas. »

L'autre parut stupéfait.

« Ils l'assassineront là-bas, au Mont des Oliviers, dans la nuit, murmura-t-il.

— Il faudrait qu'ils nous tuent nous aussi, rétorqua Lazare, luttant contre un danger qu'il avait aussi imaginé.

— Comme s'ils étaient gens à reculer devant quelques morts de plus.

— Non, je te le dis. Ils ne le tueront pas au Mont des Oliviers. Je les connais. Ils voudront faire un exemple. Je te le dis. Aie confiance. »

Mais le regard de Judas était mort.

Lazare l'attira vers lui et l'étreignit. Mais il eut le sentiment de serrer un corps sans vie. Puis ils reprirent leur marche et se fondirent dans la longue file.

Nicodème leur avait réservé la salle au premier étage de la maison qu'il possédait dans la ville haute. Comme Jésus l'avait prévu, il avait pourvu à tout. Pierre et Jean n'avaient eu qu'à disposer les plats.

L'épreuve

Ils étaient quatorze. Ils s'assirent par sept sur les bancs de part et d'autre de la longue table, en fait des planches posées sur des tréteaux. Jésus au centre de la banquette face à la porte. Des domestiques vinrent disposer sur la table un grand plat de quartiers d'agneau rôti, des salades de poireaux et de laitues, des bols d'olives, du pain et sept cruchons de vin, ainsi qu'un panier de dattes et de figues sèches.

Jésus considéra les préparatifs et demanda aux domestiques une cuvette, un broc d'eau et une serviette, puis à la stupeur générale, il se dévêtit, ne gardant que ses braies.

« Asseyez-vous », ordonna-t-il.

Ils s'exécutèrent, interloqués. Et il commença par laver les pieds de celui qui était à l'extrémité d'un banc, Matthieu, et les essuya. À l'exception de Judas et de Lazare, qui savaient bien que ce lavement de pieds était une forme abrégée du baptême initiatique des Esséniens, les apôtres ne comprenaient rien.

« Mais quoi, Maître, toi tu vas me laver les pieds ? s'écria Pierre.

— Tu ne comprends pas ce soir ce que je fais, mais un jour tu le comprendras.

— Il n'est pas question que tu me laves les pieds !

— Si je ne le fais, tu ne seras pas en communion avec moi, répondit Jésus sans se départir de son calme.

— Alors lave-moi aussi la tête et les mains !

— Un homme qui s'est déjà lavé n'a pas besoin de le refaire. »

Mais la cérémonie devenait de plus en plus incompréhensible : puisqu'ils s'étaient tous lavés, pourquoi se relaver les pieds ? Avaient-ils donc une valeur symbolique ? Et laquelle ?

Quand ce fut le tour de Judas, celui-ci se laissa faire sans mot dire. Tandis qu'il lui séchait les pieds, Jésus leva les yeux vers le disciple. Les regards s'accrochèrent un bref instant. Seul Lazare le remarqua.

Enfin, Jésus se releva et se rhabilla, puis il s'assit.

« Avez-vous compris ce que j'ai fait pour vous ? Vous m'appelez "Maître" et "Seigneur", et vous avez raison, parce que c'est ce que je suis. Si moi donc, Seigneur et Maître, j'ai lavé vos pieds, vous devrez en faire autant les uns avec les autres. Je vous ai offert un exemple : vous devez faire pour les autres ce que j'ai fait pour vous. En vérité, je vous le dis, un serviteur n'est pas plus important que son maître, ni le messager plus important que celui qui l'envoie. Si vous le savez, vous serez bienheureux d'agir en conséquence. »

À leurs expressions, il était douteux qu'ils eussent compris. Si le serviteur n'était pas plus grand que son maître, pourquoi donc le maître s'abaissait-il à laver les pieds du serviteur ?

Il rompit le pain, le distribua et, sur un signe de lui, ils commencèrent à se servir des salades et des olives, tandis que Pierre et Bartholomé de part et d'autre remplissaient les gobelets de vin.

« Je ne parle pas de vous tous, reprit-il. Je sais qui j'ai choisi. Mais il est un texte des Écritures qui doit être accompli : "Celui qui mange du pain avec moi s'est rebellé contre moi." Je vous le dis maintenant, avant qu'advienne ce qui doit advenir, afin que vous puissiez croire ce que je suis. Rappelez-vous mes mots. En vérité, je vous le dis : celui qui reçoit l'un de mes messagers me reçoit et en me recevant, il reçoit Celui qui m'a envoyé. »

Tout en faisant honneur au plat de viande, ils s'efforçaient de suivre le cours des pensées de leur maître, mais en vain. Qui donc s'était rebellé ? Et pourquoi ?

Et quel était l'événement qu'il annonçait ? Soudain, il sembla dans un état de grande agitation.

« En vérité, je vous le dis, en vraie vérité, l'un de vous me livrera. »

Ils se consultèrent du regard : le livrer ? Mais à qui ? Caïphe ? Pourquoi une telle abomination ? Et qui était ce traître ?

« Demande-lui donc qui est-ce », murmura Pierre à Jean, assis près de Jésus.

Jean transmit la question. Un remous traversa les dîneurs, les uns se penchant, les autres reculant, tournant les torses et les têtes. Lazare, les yeux exorbités, lança un nouveau regard à Judas. Jean attendait la réponse :

« C'est celui à qui je donnerai ce morceau de pain quand je l'aurai trempé dans le plat », répondit Jésus.

Sur quoi il prit, en effet, un morceau de pain et le trempa dans la sauce de l'agneau, puis le tendit à Judas.

Judas le regarda longuement et finit par prendre le quignon.

« Mange-le, maintenant. »

Judas s'exécuta.

« Fais rapidement ce que tu sais, lui ordonna Jésus. Va. »

C'était de plus en plus incompréhensible. Mais Judas, lui, avait compris ; il se leva et sortit. Quel plan obscur exécutaient-ils donc ?

Un silence insupportable s'abattit sur les convives.

« Maintenant le Fils de l'Homme est glorifié, dit Jésus, et en lui Yahweh est glorifié. Et si Yahweh est glorifié en lui, Yahweh sera glorifié en Lui-même et Il le glorifiera. »

Ils attendaient une clef à tous ces mystères.

« Mes enfants, reprit-il, je suis avec vous pendant quelque temps encore, puis vous me chercherez et comme je l'ai dit à tous et comme je vous le redis maintenant, vous ne pourrez pas me suivre là où je vais. Je vous donne un nouveau commandement : aimez-vous les uns les autres comme je vous ai aimés. Si cet amour règne entre vous, vous saurez tous que vous êtes mes disciples. »

Paroles de plus en plus énigmatiques.

« Où vas-tu, Seigneur ? demanda Pierre.

— Là où je vais, tu ne pourras pas me suivre, mais un jour tu le feras.

— Pourquoi ne puis-je pas te suivre maintenant ? Je donnerais ma vie pour toi.

— Tu donnerais vraiment ta vie pour moi ? En vérité, je te le dis, avant que le coq chante, tu m'auras renié trois fois. Je vais là où je vais pour vous préparer une place. Et si je le fais, je reviendrai pour vous accueillir afin que vous soyez aussi avec moi. Et vous connaissez le chemin que je vais prendre.

— Comment pouvons-nous connaître ce chemin, Seigneur, si nous ne savons pas où tu vas ?

— Je suis le chemin, je suis la vérité et je suis la vie. Personne ne va au Père sinon par mon intermédiaire. La paix est le don que je vous fais en partant, une paix comme le monde ne peut en donner. Calmez vos cœurs troublés et maîtrisez vos peurs. »

Il but un peu de vin et conclut :

« Je ne peux vous parler plus longtemps, car le Prince de ce Monde approche. Il n'a pas d'emprise sur moi, mais il faut montrer au monde mon amour pour le Père, il faut lui montrer que je fais exactement ce qu'Il ordonne. Levez-vous donc et allons de l'avant ! »

Ils se levèrent, de plus en plus perplexes.

Qui était le Prince de ce Monde ? Ils l'ignoraient et ils ignoraient aussi bien que l'un d'eux le savait.

Et où donc était parti Judas ?

12.

Le baiser à Judas

De la maison de Nicodème à celle de Caïphe, il y avait à peine une demi-heure de marche. Hoquetant, étranglé d'horreur et d'angoisse, Judas mit une heure à la franchir, la démarche saccadée, erratique, tel un paralytique sur le point de choir ou un pantin ensorcelé, près de se désarticuler.

Le ciel d'avril était d'un pur indigo. L'heure approchait de la neuvième de l'après midi.

« Que veux-tu ? »

Il fut tiré de sa transe de somnambule par la voix rude de l'un des gardes romains à la porte du palais hasmonéen, veillant sur la tranquillité de Pilate, d'Hérode Antipas et du grand-prêtre.

« Je veux voir Caïphe. »

Le garde, un Oriental, Syrien ou Nabatéen, comme la plupart de ses collègues dans la région, avait acquis la morgue romaine : il le toisa. Judas comprit le regard : un juif, cela se voyait à la tenue, à la barbe, à je ne sais quoi. Le garde lui fit du menton signe de passer.

Six torches éclairaient la vaste cour séparant les trois grands corps de bâtiments ; Judas titubait, ne sachant où aller, fasciné par un chat qui allait nonchalamment son chemin.

« À gauche ! » cria le garde, qui le suivait du regard, le prenant sans doute pour un ivrogne ou un allumé.

Sa voix retentit comme un ordre infernal sur les pavés de la cour.

Judas sursauta et franchit la colonnade d'un portique obscur, soudain terrifié par son ombre, que projetaient les flammes d'une torche fixée au mur et dansant une danse alarmante sur un portail monumental. Peut-être, si la porte s'ouvrait, des démons aux dents acérées bondiraient-ils sur lui et le déchiqueteraient-ils.

Il fut surpris par la promptitude avec laquelle on répondit aux coups du heurtoir de bronze. Un lévite entrebâilla un battant et le toisa.

« Qu'est-ce que tu veux ? »

C'était la deuxième fois qu'on lui posait la question en quelques instants, et il s'avisa justement qu'il ne voulait rien : il *était voulu*. Il n'avait plus de volonté propre. Judas l'Iscariote était un fantoche inventé par Dieu savait quelles puissances inhumaines. À ce moment-là, il avait épuisé sa provision de larmes. Il pensa aux autres, dans la maison de Nicodème. Ils avaient sans doute fini de souper et ils avaient quitté la maison, en route pour Gethsémani. Devant lui s'ouvrait une grande salle, éclairée par un luminaire à sept lampes.

« Je veux voir le grand-prêtre.

— À cette heure-ci ?

— J'ai quelque chose d'important à lui dire.

— Reviens demain.

— Il veut savoir où se trouve Jésus à cette heure-ci. Va seulement lui dire que je le sais. »

Le lévite sembla piqué par une vipère. Il tressaillit, l'œil fixe et rond.

« Qu'est-ce que tu dis?

— Je te dis que le grand-prêtre veut savoir où se trouve Jésus à cette heure-ci.

— Qui es-tu?

— Judas.

— Judas quoi?

— Judas l'Iscariote.

— Comment saurais-tu où se trouve ce Jésus?

— Je suis un de ses disciples. »

Le lévite cloua son regard dans le visage de Judas comme on enfonce des clous dans une planche.

« Ezra! cria-t-il. Ezra! »

Un mafflu apparut, semblant traîner ses formes pansues hors de ténèbres que nulles lampes jamais ne dissiperaient.

« Ezra, préviens le grand-prêtre. Un disciple de Jésus vient nous révéler où se trouve l'apostat. »

Ezra sembla sidéré par l'information, puis disparut prestement. Judas fut introduit dans la demeure et le lévite referma la porte derrière lui, comme s'il craignait que l'autre changeât d'avis et prît la fuite. Quelques instants plus tard, Caïphe apparut. Il marchait à pas lents, méfiants, fixant des yeux l'énigmatique et providentiel visiteur. Judas considéra un moment ce chef du culte honni du Créateur. Il entendit confusément le lévite répéter l'objet de sa démarche.

Caïphe s'immobilisa devant le visiteur, sourcils froncés.

« Tu es un disciple de ce Jésus?

— Oui.

— Et tu viens m'informer de l'endroit où il se trouve en ce moment?

— Dans une heure ils seront au Mont des Oliviers.

— C'est grand, le Mont des Oliviers.

— Je sais où. »

Caïphe digéra l'information.

« Fais appeler le capitaine et Saül, puis le procureur, ordonna-t-il à Ezra, qui suivait la conversation. Et préviens tout de suite mon beau-père. »

Cinq personnes étaient apparues dans la grande salle de l'entrée du palais hasmonéen. Elles furent bientôt huit. Judas devina que l'un de ceux qui venaient d'entrer, un vieillard impérieux, était le beau-père de Caïphe, Annas. Mais à ce moment-là, il aurait vu le Très-Haut ou Bélial eux-mêmes surgir devant lui qu'il n'aurait pas manifesté plus d'émotion.

Vint bientôt un curieux personnage, un nabot aux jambes torses qui alla se planter devant Judas et le dévisagea. Puis un officier que Judas avait déjà vu au Temple, le capitaine de la police du sanctuaire.

Annas s'approcha et tendit le cou :

« Tu viens nous informer de l'endroit où se trouve ce Jésus ? demanda-t-il.

— Oui.

— Pourquoi ?

— Il n'est pas le Messie que j'attendais. »

Où donc avait-il trouvé ces mots ? Peut-être correspondaient-ils après tout à une idée secrète. Il avait jadis imaginé que le Messie n'apporterait aux siens que la paix et la félicité, pas des tourments comme ceux qu'il endurait.

Les mêmes mots eurent cependant un effet différent sur eux : celui d'une claque. Quel Messie attendait donc ce transfuge ? Mais ce n'était pas l'heure de discuter théologie. Ils en avaient assez entendu avec Gamaliel.

« Tu dis que tu es un de ses disciples ? répéta Caïphe.

Le baiser à Judas

— Oui.
— Combien veux-tu ? »
Le grand-prêtre chuchota quelques mots à l'oreille d'Ezra, qui sortit sur-le-champ, d'un pas précipité. La question fut répétée :
« Combien veux-tu ? »
Il n'y avait pas pensé. Trahir sans vénalité, cela paraîtrait suspect.
« Combien ? » tonna Caïphe.
Judas leva les sourcils.
« C'est une vengeance ? » demanda le nabot.
Judas haussa les épaules. Il était maintenant certain que l'enfer était sur la terre. Jésus avait raison : la terre appartenait au Prince de ce Monde ; pas de doute, ce lieu était l'antichambre de la Géhenne. Il comprenait maintenant que Jésus voulût se dépouiller de son enveloppe charnelle.
Ezra revint, suivi d'un lieutenant romain en uniforme, casque, cuirasse et jambières rutilant sous les feux des lampes.
« Combien sont-ils ? demanda Saül.
— Douze.
— Douze ? Avec toi ici, il ne devrait alors y en avoir que onze.
— Il y en a un de plus. Le ressuscité. Lazare. »
Ils se consultèrent du regard.
« Combien veux-tu ? »
Toujours cette question.
« Trente shekels », dit Caïphe, d'un ton sec, sans réplique.
Le prix du rachat d'un esclave.
Pourquoi ne meurt-on pas quand on le désire ? Simplement pour en finir avec ce monde ? Mais on ne meurt sans doute plus en Enfer.

123

« Trente shekels ? »

Judas hocha la tête.

« Tu les auras quand nous l'aurons arrêté, si ce que tu dis est vrai.

— Tu viendras d'abord avec nous, dit Saül. Il faut que tu nous indiques cet homme. Dans la nuit, nous risquerions d'en arrêter un autre. »

Quelques instants plus tard, encadrant Judas, le capitaine de la police du Temple, le lieutenant romain et Saül sortirent du palais. Une soixantaine d'hommes attendaient dans la cour, dont vingt militaires romains, glaive au flanc, pareils à une armée d'ombres dans le rougeoiement des torches. Une heure s'était écoulée depuis l'arrivée de Judas, en dépit des ordres qui avaient claqué dans la cour.

Ils se mirent enfin en marche. Jérusalem s'endormait.

Judas se rappela qu'en entrant dans la ville où il devait se faire couronner, Jésus avait pleuré sur elle. Il en prévoyait la fin.

Ils s'étaient munis de torches et suivaient Judas.

Dès qu'ils sortirent de la ville, ils affrontèrent un vaste spectre, de plus en plus épais et dense au fur et à mesure qu'ils approchaient du Mont des Oliviers. Une brume s'élevait du sol jusqu'à la poitrine, étouffant les sons, exaspérant Saül dont seule la tête dépassait, lui prêtant l'apparence d'un décapité qui s'entêterait à survivre et disparaîtrait parfois au-dessous du niveau de cette nuée trop basse. Vision d'épouvante. Dorée par la clarté des torches, elle enveloppa ces escouades comme un linceul sans fin, ensorcelé et visqueux, qui les conduirait à leur damnation.

Le baiser à Judas

Ou plutôt c'était un spectre, un fantôme formé des âmes de morts sans nombre. En tout cas, c'était un présage funeste.

Ils gravirent de la sorte les flancs de la colline menant à un pressoir appelé Gethsémani. Respirant mal, certains éternuant à l'occasion, ils parvinrent, dans un fracas d'armures cliquetantes, de halètements et de branches cassées, à une clairière dégagée de brume. Près de la margelle du plus grand pressoir, on distinguait des formes humaines allongées et un homme debout.

Judas se libéra du linceul brumeux et alla vers celui-là :

« Ta volonté est faite », dit-il d'une voix qu'il ne reconnaissait pas lui-même.

Puis la terreur le prit. Ils allaient tuer Jésus sur-le-champ. Comme un brigand anonyme. Puis ils l'enterreraient n'importe où.

Il cria.

Les autres, jusqu'alors endormis, totalement ou à moitié, se redressèrent, clignant des yeux, ahuris. Que se passait-il donc ?

Jésus fit face au détachement qui se déployait dans la clairière, légionnaires au premier rang, et devant les disciples qui s'étaient enfin redressés, paniqués, il posa sa main sur l'épaule de Judas, l'attira vers lui et lui donna un baiser sur la joue. Celui-ci le dévisagea, épouvanté : du sang coulait du front, des joues, du cou de Jésus... Même ses mains saignaient. Qu'était-il advenu ? S'était-il écorché sur des ronces ? Cela ressemblait à une sueur de sang.

Les yeux mal dessillés, les disciples ne comprenaient rien d'autre que la présence de ces gens en armes. Pourquoi Jésus avait-il donné un baiser à Judas ? Mais n'était-ce pas l'inverse ? N'était-ce pas Judas qui avait donné ce baiser ?

125

La gorge tellement serrée qu'il ne parvenait plus à ravaler sa salive, Lazare s'apprêta à se jeter sur le premier qui lèverait la main sur Jésus.

Dépité de ce que sa mission du lendemain eût été annulée par la délation de Judas, et se croyant fort de la présence de la police du Temple et des légionnaires, Saül cria :

« Arrêtez-les tous ! »

Mais Jésus s'avança et demanda au lieutenant romain et aux officiers du Temple :

« Qui cherchez-vous ici ?

— Jésus.

— Et vous avez levé une armée pour m'arrêter ? C'est moi, maintenant vous le savez. Laissez les autres partir. »

Mais, pareils à une meute excitée par l'odeur du sang, les sbires de Saül s'avançaient vers les disciples. Dans un corps à corps enragé avec l'un d'eux, Pierre tira alors un couteau de sa poche et le blessa à l'oreille. Le nervi beugla. Une mêlée commença. Le chef des officiers du Temple cria des ordres à Saül et celui-ci les répercuta vers ses hommes. Ceux de Saül relâchèrent leurs proies en jurant. L'un d'eux se retrouva avec une robe de lin dans les mains. On vit son propriétaire s'enfuir nu vers le haut de la colline.

Les apôtres avaient détalé dans tous les sens. Ne restaient que Jésus et Judas pour reconnaître Lazare dans le fuyard nu.

« Allons, ordonna le commandant des officiers du Temple. À Jérusalem. »

De loin, Lazare épia le convoi. Il pleura de soulagement. Non, ils ne l'avaient pas tué.

13.

« La sentence que tu as inspirée retentira pendant les siècles des siècles ! »

Quand les chiens aboyèrent, elle ouvrit la porte et scruta la route. Un homme nu s'engageait sur le chemin.

« Lazare ! »

Elle courut dans la maison, fourragea sur une étagère et ressortit en hâte, tenant une couverture à la main. Elle la lui tendit et il s'en enveloppa.

« Viens près du feu. »

Il grelottait, mais à l'évidence, ce n'était pas seulement de froid : sa tenue disait tout. Il s'assit sur une chaise, devant l'âtre.

« Il est vivant ? » demanda-t-elle en remplissant un gobelet de vin.

Il hocha la tête et but du vin qu'elle lui avait servi.

Les chiens aboyèrent de nouveau.

Cette fois, c'était Judas. Ou bien son fantôme ? À peine entré, il s'assit par terre, contre un mur, la tête penchée. Il serait sans doute demeuré dans cette posture pendant le reste de l'éternité, si Marie ne lui avait aussi tendu un gobelet de vin. Il mit un temps infini à le saisir et ne fit que tremper ses lèvres dans le liquide.

« Trente shekels, marmonna-t-il au bout d'un temps.

— Trente shekels ? Que veux-tu dire ?

— C'est le prix qu'ils m'ont proposé.

— Et tu les as pris ? »

Il secoua la tête. Caïphe avait assujetti le paiement à l'arrestation de Jésus. Heureusement, Judas n'était pas retourné à la maison de Caïphe.

« Il ferait beau voir !

— Dès que l'un de vous deux sera en état de marcher, il faudra aller à Jérusalem pour savoir ce qui s'est passé, dit-elle. Mais l'essentiel est qu'ils ne l'ont pas assassiné là-bas. »

Judas leva vers elle des yeux ternes. Savoir ce qui s'était passé ? Que pouvait-il se passer de pire ? Puis il se le rappela : elle avait décidé que Jésus ne mourrait pas.

« Ils l'ont certainement emmené chez Caïphe, dit Lazare.

— Si je pouvais y aller moi-même, je le ferais », s'écria-t-elle.

Démarche impensable.

« Laisse-moi me remettre un moment et j'irai, répondit Judas.

— J'irai aussi, dit Lazare. Mais que pouvons-nous faire ?

— Menacer Caïphe », dit Judas.

L'extravagance de la suggestion laissa Marie et son frère sans voix.

« Comment menacerions-nous Caïphe ? demanda-t-elle.

— En lui représentant que s'il menaçait la vie de Jésus, nous obtiendrions de Gamaliel qu'il prenne la défense de l'accusé. Jésus n'a fait qu'enseigner la Torah selon le Deutéronome. Et cela serait fâcheux pour l'autorité du grand-prêtre.

— Qu'est-ce qui te fait penser que Gamaliel serait l'avocat de Jésus ?

— Pose la question à Joseph d'Arimathie, puisqu'il est membre du Sanhédrin. »

Elle parut troublée. Elle avait l'assentiment de Joseph pour un autre projet. Mais peser sur une décision de Caïphe, autocrate jaloux qui n'écoutait que son beau-père ?

« Tu crois que Gamaliel accepterait de prendre la défense de Jésus ? »

Judas hocha la tête. Il savait que le docteur avait envoyé un élève s'informer auprès de Jésus. Lazare aussi demeura pensif : menacer Caïphe entraînerait un séisme à Jérusalem. Mais combien minime serait celui-ci comparé à l'arrestation de Jésus !

Il commençait à se réchauffer. Il se leva et annonça qu'il allait s'habiller. Quand il revint, Judas lui tendit la bourse qu'il tira de sa poche.

« Tiens, dit-il. Je ne crois pas que je serai plus longtemps le trésorier. Donne-la-leur, que les autres ne pensent pas que je me suis enfui avec. »

Lazare glissa la bourse dans la poche de son manteau.

Ils parvinrent dans la ville avant le jour et gagnèrent la ville haute. Une animation inhabituelle y régnait. Dans plusieurs maisons des parages du palais hasmonéen les lampes avaient été rallumées.

Si l'arrestation clandestine de Jésus avait évité le soulèvement populaire tant redouté du grand-prêtre, elle était cependant loin d'être passée inaperçue. Aussi l'entrée d'une soixantaine d'hommes à une heure avancée de la nuit en avait-elle réveillé plus d'un. Puis les domestiques des trois palais avaient commencé à parler. Et de maison en maison, la rumeur avait couru : ils avaient arrêté Jésus, l'homme qui était entré à Jérusalem cinq jours plus tôt comme un futur roi.

La cour principale du palais hasmonéen grouillait de monde quand Lazare et Judas y pénétrèrent. Légionnaires, policiers du Temple et sbires de Saül se restauraient avec un bol de lait ou de vin chaud, une galette, des figues sèches, groupés autour des braseros que les domestiques de Pilate, d'Hérode et du grand-prêtre avaient disposés sous les porches; car le froid de Nisân s'était avivé et doublé d'humidité aux dernières heures de la nuit. Des badauds venus en voisins et plusieurs autres : tout ce monde connaissait les nouvelles et attendait la suite des événements. Judas et Lazare identifièrent rapidement Nicodème et Joseph d'Arimathie et plus loin, plusieurs des Douze.

Parcourant la foule du regard, Joseph d'Arimathie aperçut Lazare et se dirigea vers lui et Judas. Ils s'étreignirent.

« Sais-tu où est Jésus ? demanda Lazare.

— Il a d'abord été conduit chez Annas et Caïphe. L'entrevue a été brutale.

— Comment cela ? s'écria Judas, alarmé.

— Caïphe l'a interrogé sur les raisons pour lesquelles il enseignait des idées hostiles à la religion juive et Jésus lui a répondu qu'il n'avait fait qu'enseigner publiquement ce qui était écrit dans le Deutéronome et rien d'autre. "Demandez à ceux qui m'ont entendu, ils le savent." Sur quoi Caïphe s'est mis en colère. "C'est toi que j'interroge ici, pas eux !" et l'un des lévites a giflé Jésus. Mais notre maître ne s'est pas laissé intimider : "Si j'ai omis quelque chose, dites-le, et si j'ai dit la vérité, pourquoi me frapper ?" Maintenant, il est à la garde de la police du Temple. J'ignore quels sont leurs projets. »

Nicodème vint les rejoindre.

« Joseph, Nicodème, déclara Lazare d'un ton presque exalté, je vais de ce pas chez Caïphe. J'entends lui dire que s'il projette de faire juger Jésus, Gamaliel prendra la défense de notre Maître et que lui et son beau-père en pâtiront.

— J'irai avec toi, dit Nicodème.

— Et moi aussi, enchérit Joseph d'Arimathie.

— Reste à s'assurer que Gamaliel ne se récusera pas, observa Judas.

— Non, protesta Joseph. Je le connais. C'est un homme droit et pieux, et il détruirait lui-même sa maison s'il s'avisait qu'elle a été construite sur un terrain volé.

— Quelqu'un l'a-t-il vu depuis l'arrestation ? demanda Lazare.

— Je l'ai fait prévenir », répondit Joseph.

L'aube pointait quand le domestique de Caïphe annonça à son maître la visite des quatre hommes. Quatre, car Gamaliel s'était spontanément joint à eux. Ils furent introduits. Mais Caïphe n'était pas seul : son beau-père était avec lui. Les deux hommes, assis devant une table basse, buvaient du lait chaud. À la vue des visiteurs, ils posèrent les bols, sur leurs gardes. Que signifiait donc la présence de Gamaliel ? Les trois autres, on le savait, étaient des amis ou des disciples de Jésus ; mais Gamaliel ?

Ils se firent face un long moment, sans mot dire. Les mots, à la fin, sont misérables en face des réalités. Que signifie le mot « souffrance » pour celui qu'on égorge ? Et que signifie donc le mot « joie » pour celui qui surgit du tombeau ?

Sans doute saisi par le froid de l'aube, qui courait au ras des dalles comme ces minables petites divinités infernales que les Romains appelaient lémures, Annas remua ses orteils arthritiques dans les sandales de veau. C'était étrange, cet unique signe de vie dans un tas de lainages au sommet duquel s'étaient perchés un nez et des yeux d'épervier sur une barbe neigeuse.

« Où est Jésus ? » demanda Joseph d'Arimathie.

La brutalité de la question saisit Caïphe et son beau-père.

« Quelle est cette question ? » repartit Caïphe.

Les mots avaient claqué comme un coup de fouet.

« C'est la question que je te pose en tant que membre de notre sacré Sanhédrin, répliqua Joseph. Nous savons que tu l'as fait arrêter cette nuit comme un malfaiteur, avec la complicité des païens. »

Caïphe s'empourpra.

« Joseph...

— Cet homme est innocent. Et la preuve en est que Gamaliel ici présent défendra sa cause. »

Caïphe se leva, ivre d'une soudaine colère, les nerfs avivés par une nuit blanche.

« Joseph, tu me défies ? Pour défendre ce Galiléen qui est entré à Jérusalem dans le but de se faire proclamer roi ? Sais-tu ce que signifierait son couronnement ? Le sang de milliers de juifs répandu dans les rues !

— Il n'a pas été couronné.

— Si nous n'y avions pas mis le holà, il l'aurait été le jour même de la Pessah ! Et toi, Gamaliel, aurais-tu pris-tu la responsabilité d'un tel massacre ?

— Qui dit qu'il y aurait eu un massacre? coupa Nicodème. Pilate est bien disposé à son égard!

— Pilate est un imbécile, intervint Annas, qui n'avait dit mot jusqu'alors. Il ignore tout de cette terre qu'il occupe et de son peuple. Quand il aurait vu nos partisans et ceux de Jésus s'entr'égorger dans les rues, il aurait bien été obligé de rétablir l'ordre. Quant à l'innocence de Jésus, je serais curieux d'entendre la plaidoirie de Gamaliel. »

C'était un défi.

« Il n'a commis aucun crime selon notre Loi. Il n'a pas blasphémé et…

— Il a dit qu'il était le Fils du Tout-Puissant! glapit Annas.

— En tant que créatures engendrées par le Tout-Puissant, nous sommes tous, depuis Adam, Ses fils selon la chair et selon l'esprit, rétorqua Gamaliel. Le combat que vous engagez contre lui est fratricide avant même que celui que vous redoutez se déclenche. »

Ils observèrent tous une pause.

« Je prends ton souci en considération, Caïphe, dit Joseph. Dans ce cas, libère Jésus après la Pessah.

— Cela n'aurait aucun sens, répondit Caïphe. Il récidivera. » Il toisa Joseph : « Quand il compte des partisans tels que toi et Nicodème, sans parler du révéré Gamaliel, cela signifie que le danger demeurera après la Pessah. Jésus le Nazaréen sera jugé par notre tribunal.

— Et quelle sentence prépares-tu? demanda Joseph.

— La mort. »

Lazare poussa un cri. Il tendit le doigt vers les deux grands-prêtres :

« Cet homme m'a tiré du tombeau! dit-il d'une voix rauque. Vous voulez envoyer à la mort un homme choisi par Yahweh!

— Le pays est plein de magiciens, répondit dédaigneusement Caïphe. Dosithée, Simon, Apollonios, je ne sais qui encore... D'ailleurs, le bruit court que tu n'étais pas vraiment mort... »

Lazare poussa un autre cri et craignant qu'il ne s'élançât contre Caïphe, Joseph et Nicodème le retinrent par les bras. Un autre silence suivit, qu'interrompit la voix calme et sépulcrale de Gamaliel :

« Tu t'en repentiras, Caïphe. Car tu auras ainsi prononcé la division de notre peuple.

— Le Très-Haut est témoin que je défends notre peuple, dit le grand-prêtre. Il avisera dans Son impénétrable justice. En mon âme et conscience, je ne peux faire autrement. »

Joseph d'Arimathie se lissa la barbe.

« Pouvons-nous le voir ?

— Vous le verrez dans peu de temps au tribunal », répondit Caïphe.

Une fois de plus, les visiteurs et les grands-prêtres s'affrontèrent du regard.

« Venez ! s'écria Nicodème à l'adresse de ses compagnons. Il n'y a rien à espérer ici. Allons-nous-en. »

Les trois hommes se drapèrent dans leurs manteaux et s'apprêtèrent à sortir. Ils s'aperçurent qu'un homme était entré silencieusement dans la salle ; il avait sans doute tout entendu. C'était Saül.

« Gamaliel ! » cria Annas.

Le docteur de la Loi se retourna. Joseph, Nicodème et Lazare suspendirent leur pas.

« Gamaliel, reprit Annas, tu sais que le fond de cette affaire est différent. »

Le rabbin attendit, muet. Lui et Annas se connaissaient depuis des lustres ; ils s'étaient maintes fois consultés, et même si la science d'Annas ne pouvait rivaliser avec celle du rabbin, ils se respectaient.

« Tu sais comme moi, Gamaliel, que Jésus se rebelle contre le Très-Haut et que c'est la pire impiété imaginable. Nous ne pouvons prononcer d'autre sentence que la peine de mort.

— Dans ce cas, répondit calmement Gamaliel, il faudra tous nous trancher le cou. »

Paroles tellement provocatrices que les autres en restèrent pantois.

« Que veux-tu dire ? demanda Annas.

— Annas, Annas ! Ne sommes-nous pas toi et moi les enfants de Jacob ? Ne sommes-nous pas les enfants de celui qui s'est battu toute une nuit contre le Très-Haut, contre El ? N'est-ce pas la raison pour laquelle, au matin, le Très-Haut lui a fait changer son nom en Ezra-El, Celui Qui s'est Battu Contre El, le Très-Haut ? Nous portons donc tous le poids ineffaçable de sa rébellion, nous tous, les enfants d'Israël. »

Les autres écoutaient, pétrifiés.

« Jésus est le successeur de Jacob, Annas. Il se rebelle contre El, pas contre Yahweh ! La sentence que tu as inspirée à ton beau-fils retentira pendant les siècles des siècles. Renonce au pardon ! »

Sur quoi, dans son emportement, il tourna le dos aux deux grands-prêtres et quitta la salle, devant Joseph d'Arimathie, Nicodème et Lazare.

Aucun d'eux ne vit le visage de Saül, défiguré par la frayeur. Ni celui de Caïphe, le regard hanté.

14.

« Mon Père est l'esprit. »

Dans la cour du palais, emplie d'une foule fris-
sonnante de plusieurs centaines de personnes, les cri-
nières des torches s'évertuaient à diluer l'encre de la
nuit. L'encre avec laquelle on écrit les songes, les crimes
et l'amour. Pas celle du jour, avec laquelle on écrit les
lois et les sentences.

La nouvelle s'était répandue, d'abord par les disciples égaillés dans Jérusalem, puis les gens de la bande
qui avait arrêté Jésus.

En sortant de la maison de Caïphe, Joseph, Nicodème et Lazare repérèrent ceux qui, alertés par Marie
de Magdala, attendaient de connaître le résultat de leur
mission : Marie, la mère de Jésus, Lydia et Lysia, les
deux demi-sœurs de Jésus, Marthe de Magdala, Marie
de Cléophas, Salomé, Suzanne, l'épouse de l'intendant
d'Hérode, Procula, l'épouse de Pilate, Simon et Judas,
deux des quatre demi-frères de Jésus, un grand nombre des Soixante-douze, puis quelques disciples, Jean et
Jacques, Thomas, Bartholomé... Éprouvé par l'entrevue
avec Annas et Caïphe, Gamaliel prit congé de ses compa-

gnons et quitta les lieux, suivi du domestique qui l'avait accompagné jusque-là. Joseph, Nicodème et Lazare se retrouvèrent dans le cercle que semblait présider Marie de Magdala.

« Qu'a dit Caïphe ? » demanda-t-elle.

Nicodème secoua la tête.

« Il ne veut même pas nous laisser voir le Maître », dit-il.

Marie, la mère de Jésus, poussa un cri. Lydia et Lysia la soutinrent. Des murmures d'indignation parcoururent le groupe.

« Mais Gamaliel ?...

— Ses derniers mots à Annas et Caïphe équivalaient à une malédiction, expliqua Lazare, résumant l'entretien en quelques mots.

— Je voudrais savoir comment ils ont réussi à l'arrêter, demanda Nicodème. Il a soupé hier soir chez moi, que s'est-il passé ensuite ?

— Il a donné l'ordre à Judas d'aller révéler où il se trouvait.

— L'ordre ? s'écria Nicodème incrédule.

— J'étais présent, dit Lazare. Je t'expliquerai tout. »

Le brouhaha dans la cour attira Pilate à l'une des fenêtres de sa résidence. Il reconnut son épouse parmi les autres femmes : elle était la seule à porter un manteau clair.

Cratyle observait l'attroupement par-dessus l'épaule de son maître.

« Ce sont les partisans de Jésus, dit-il.

— Je n'y comprends rien ! s'écria Pilate irrité, quittant la fenêtre pour s'asseoir. Cet homme passe pour un

prophète. Ma femme me jure qu'il l'a guérie de ses dou-
leurs. Pourquoi donc les prêtres veulent-ils sa mort ?

— Parce qu'ils craignent qu'il se fasse couronner
roi des juifs, expliqua Cratyle, quittant la fenêtre à son
tour. Et qu'il déclenche une rébellion contre nous. Ou
qu'il y ait en tout cas une guerre intestine entre les partisans des prêtres et le peuple. »

Pilate fronça les sourcils.

« Ça ne tient pas debout. Ils ont eu des rois avant
celui-ci et nous nous sommes entendus avec eux.

— Oui, mon maître, mais le peuple attend un libérateur. Caïphe craint une guerre de libération contre
Rome. Il sait que, si elle se produisait, il serait balayé.

— C'est un prophète ou un chef de guerre, ce
Jésus ?

— D'après tous les rapports que j'ai obtenus, c'est
un prophète. Mais il pourrait se changer en chef de
guerre.

— Bref, conclut Pilate avec humeur, personne ne
sait qui il est ni ce qu'il veut, et Caïphe tremble dans ses
braies. »

Cratyle retint un petit rire.

« En Orient, mon maître, ils raisonnent avec le
cœur, pas avec la tête.

— Et ils vont évidemment me l'amener pour que
je prenne une décision. Et quelle que soit celle que je
prendrai, je passerai pour un tyran, grommela Pilate.
Va prévenir Hérode. Demande-lui d'aller interroger ce
prisonnier, qu'on en ait le cœur net. Ce vieux fourbe y
verra sans doute plus clair que nous.

— Oui, mon maître », dit Cratyle en décrochant
son manteau de la patère et songeant par-devers lui
qu'en plus de la réaction d'une faction ou l'autre des
juifs, Pilate appréhendait celle de son épouse.

Justement, celle-ci venait de rentrer dans la résidence. Elle était en larmes. De l'escalier, le secrétaire de Pilate entendit ses imprécations larmoyantes.

Dans un angle de la cour, à l'écart de la foule, deux hommes étaient assis par terre, contre le mur, épuisés. Pierre et Thomas. Ils étaient debout depuis l'arrestation. Ils avaient marché des heures, désespérés. Et faisaient maintenant face au désastre total. Ils défaillaient presque.

Devant eux se tenaient les autres. À la fin, André et Bartholomé s'assirent aussi.

« C'est Judas qui l'a livré, dit Simon le Zélote d'une voix rauque. Je l'ai entendu confier par Lazare à Joseph d'Arimathie.

— Pourquoi, pourquoi, Seigneur! se lamenta Matthieu.

— Par cupidité, Matthieu, répondit Jean.

— Mais le Maître le savait! Pourquoi ne nous a-t-il pas chargés de nous emparer de lui? Nous l'aurions maîtrisé, ce fils de chien!

— Il fallait que les Écritures s'accomplissent, dit Jean d'une voix à peine audible.

— À propos, où est-il? Il me semble l'avoir aperçu tout à l'heure?

— Il a disparu.

— Une trahison pareille... Non, ce n'est pas pensable! » dit Pierre, d'une voix qui se brisait.

Thomas et Jean lui lancèrent un long regard réprobateur.

« Qu'avez-vous à me regarder ainsi?

— Tu ne le sais que trop, Pierre.

— Quoi?...

140

« Mon Père est l'esprit. »

— Pierre, quand Jésus a été ramené ici, tu es allé te réchauffer près du brasero là-bas, dans ce coin, et une domestique du grand-prêtre t'a demandé si tu faisais partie de ses disciples. Tu as protesté que non. J'étais derrière toi et je t'ai entendu. Alors tu es mal venu de t'indigner de la trahison de Judas…

— Ce n'est pas une trahison », dit fermement un arrivant.

C'était Lazare, suivi d'un domestique portant des pains dans un panier. Les disciples le criblèrent de regards tandis qu'il distribuait des pains, des fromages, des œufs durs, des dattes sèches.

« N'accusez pas sans savoir et quand vous saurez, ne jugez pas, dit-il fermement.

— Et où est notre bourse ? demanda Matthieu.

— La voici, répondit Lazare en la lui tendant. Il me l'a confiée pour que je vous la remette. »

Il les laissa, interloqués, pour retrouver ses sœurs et le groupe dont il s'était écarté pour subvenir à leurs besoins.

« Mais où est-il donc, qu'il s'explique ! » lui cria Jean.

Lazare ne l'avait sans doute pas entendu ; il ne se retourna pas.

Matthieu ouvrit la bourse et ils se penchèrent tandis qu'il comptait l'argent : quarante et un deniers. Ils se regardèrent, une fois de plus déconcertés.

« S'il avait été malhonnête, dit Thomas, il l'aurait gardée. »

Encore un motif de perplexité. Mais ils avaient déjà assez de raisons d'anxiété.

À l'intérieur du palais hasmonéen, dans les quartiers du grand-prêtre, il y avait une petite cour. Onze hommes se trouvaient là : dix de la police du Temple, se chauffant à tour de rôle devant un brasero.

Et Jésus.

Il les dévisagea. Ils le tenaient enfin, le trublion qui, trois jours plus tôt, avait déjoué leur surveillance et malmené les marchands. Pourtant, ils ne semblaient qu'indifférents. Aucun de leurs visages ne portait les grands stigmates de la méchanceté ; rien que les petites griffures de la lâcheté, de la goinfrerie, du cynisme ordinaires. Peut-être avaient-ils même eu des moments de pitié, de générosité, d'esprit, peut-être avaient-ils sur leur chemin aidé la vieille femme impotente à porter un sac, avaient-ils arraché l'enfant étourdi au passage d'un cheval fou et soutenu le blessé jusqu'à la tente du chirurgien.

Sans mot dire, un lieutenant lui tendit une gargoulette. Jésus but à la régalade.

L'homme lui donna ensuite un pain et Jésus le prit et le considéra un moment. Puis il le rompit et le mangea tranquillement. Il l'avait achevé quand, vers la quatrième heure, deux lévites vinrent et ordonnèrent de lier les mains du prisonnier.

« Avez-vous donc peur que je m'enfuie ? » demanda-t-il.

Ils ne répondirent pas et le poussèrent devant eux.

L'instant d'après, il se trouvait devant les Soixante et onze du Sanhédrin.

Soixante et onze barbes blanches ou grises. Les capuches des manteaux rabattues, à cause du froid, sur les crânes dégarnis, par-dessus les yeux à peine visibles sous les sourcils en broussaille. De bouches, point, masquées par le poil. Rien que des nez. La vieillesse prépare le travail de la mort ; elle égalise.

Soixante et onze cadavres en sursis. On les avait tirés du sommeil, pour faire vite, car ils ne pourraient se réunir le lendemain; leurs yeux clignaient encore et quelques-uns en essuyaient les commissures chassieuses. Seule la lumière agitée des flambeaux échevelés par les courants d'air prêtait quelque vie à ces juges.

L'un d'eux, au premier rang des estrades, avait attaché sur l'accusé un regard anxieux. Jésus le reconnut. C'était Gamaliel. Pauvre Gamaliel, déchiré entre deux désastres.

Ce fut Caïphe qui, de son fauteuil surélevé, ouvrit la séance.

« Jésus bar Joseph, de quelle autorité prétends-tu enseigner les Sacrées Écritures? Tu n'es pas rabbin.

— Le Seigneur Yahweh a-t-il inspiré les Cinq Livres pour le seul usage des rabbins? L'homme écoute la parole de son Seigneur et la répand comme le semeur répand les graines.

— As-tu eu des maîtres?

— Oui, les rabbins du désert. »

Des frémissements imperceptibles parcoururent l'assemblée. Des mains noueuses se crispèrent sur les plis des manteaux. Les rabbins du désert. Ceux qui avaient jeté l'anathème sur le clergé de Jérusalem. Mais quel rabbin oserait jamais, publiquement tout au moins, rejeter l'anathème sur un confrère?

« Que t'ont-ils enseigné?

— À élever mon âme selon la parole de Yahweh, seul vrai Dieu, notre Dieu, fils du Très-Haut. »

L'allusion au Deutéronome suscita un geste brusque d'Annas et de quelques autres.

« De quel droit opposes-tu secrètement le Cinquième Livre aux quatre autres?

— Mon enseignement était public, répliqua Jésus d'un ton sec. Je l'ai donné dans les synagogues et dans le Temple, où les juifs se réunissent. Je n'ai rien enseigné en secret. Quelles sont ces questions ? Demandez à ceux qui m'ont entendu, ils savent ce que j'ai dit. »

Caïphe serra les mâchoires. L'un des lévites gifla Jésus.

« Tu crois que c'est une façon de répondre au grand-prêtre ? » glapit-il.

L'effroi se peignit sur plusieurs masques.

« Si ma réponse n'est pas vraie, qu'on le prouve. Si elle est véridique, pourquoi me frapper ?

— Toi et tes gens n'avez cessé de répandre le trouble et la sédition, depuis la Galilée jusque dans cette ville et dans ce pays ! tonna Caïphe. Tu es entré à Jérusalem la veille de la semaine sainte et tes séides ont jeté des palmes sur ton passage, comme si tu étais un roi. Pis : ils t'ont acclamé comme le roi descendant de David ! Cela n'a pu se faire à ton insu. Tu es donc un imposteur. De surcroît, tu as semé le désordre dans le Temple où tu prétends prêcher, en fouettant les marchands et les changeurs qui permettent aux fidèles d'acheter leurs offrandes...

— ... À un taux usuraire, dit Jésus.

— Qui es-tu pour juger des taux ? Pour t'arroger des droits qui ne reviendraient qu'au grand-prêtre ? En plus d'un imposteur, tu es donc un usurpateur !

— La maison de mon Père est, selon Sa volonté, un lieu de prière. Elle ne peut être une caverne de voleurs.

— La maison de ton Père ? s'écria Caïphe. La maison de ton Père ? Mais pour qui te prends-tu, bâtard ? »

Le regard de Jésus le transperça.

« Crois-tu donc avoir été créé par les seules œuvres de ton père ? rétorqua-t-il. Mon Père est l'Esprit qui préside à toute matière et à toute chair. Il est aussi le tien, quand ta chair le laisse s'exprimer.

— Mais écoutez-le ! s'écria Caïphe, indigné, s'adressant au Sanhédrin en pointant le doigt vers l'accusé.

« Mon Père est l'esprit. »

Jugez de l'impudence ! Voilà des jours que cet individu profane la fête la plus sainte de notre peuple, mais de surcroît, il abuse les crédules de ses discours d'ignorant et me tance, moi, le grand-prêtre ! Et il ose dire qu'il est le fils du Seigneur ! »

Sa voix monta d'une octave trop haut et se brisa dans un glapissement suraigu. Au comble de sa fureur, Caïphe saisit de ses deux mains l'échancrure brodée de sa robe et déchira celle-ci de haut en bas. On vit la toison grise sur la poitrine haletante et les longues braies sur les jambes.

L'assistance médusée cillait à peine.

« La seule sanction que je puisse imaginer pour ce criminel est la sentence de mort ! » cria une voix au premier rang, non loin de Gamaliel.

C'était celle d'Annas. Gamaliel se tourna vers lui d'un air désapprobateur.

« Gamaliel, ordonna Caïphe d'une voix rauque, qualifie le blasphème ! »

Pour émettre une opinion aussi grave, le docteur de la Loi eut dû se lever ; à la stupeur générale, il demeura assis. Caïphe, scandalisé, tendit le cou vers lui.

« Rien dans la Mishnah ne permet de qualifier ce propos de blasphème », répondit-il calmement.

Un murmure d'étonnement s'éleva de l'assistance.

« Comment ! s'écria un rabbin, partisan connu de Caïphe. Nous savons par des témoins que cet homme a dit et redit qu'il serait assis à la droite du Très-Haut et tu ne trouves rien de répréhensible dans ses propos ?

— Mon frère Ezra, rétorqua Gamaliel avec une impatience à peine dissimulée, le roi David a dit la même chose dans ses Psaumes. Si tu veux juger que les Psaumes sont blasphématoires, libre à toi ! Mais moi, je dis et répète que rien ne m'autorise à conclure au blasphème ! »

Le brouhaha devint orageux. Des bras se levèrent.

Au deuxième rang, Joseph d'Arimathie et Nicodème rabattirent avec humeur les pans de leurs manteaux sur leurs girons. Caïphe et Annas virent bien les gestes de colère. Déjà, un ancien se penchait vers Gamaliel pour lui demander son avis, et Joseph d'Arimathie et Nicodème s'entretenaient avec leurs voisins sur un ton coléreux. Joseph leva le bras et s'adressa à Caïphe :

« Grand-prêtre, je pense que le docteur Gamaliel ici présent ne me contredira pas. J'entends rappeler que cette réunion est illicite. La Mishnah interdit formellement de tenir un procès pendant la semaine précédant la Pessah !

— Cela est exact ! confirma Gamaliel. Cette réunion est illicite et condamnable. »

Des cris jaillirent.

L'égarement se peignit sur les traits du grand-prêtre. Allait-il perdre la partie devant le condamné et le Sanhédrin tout entier ?

Jésus les considérait avec une résignation méprisante.

Même les lévites paraissaient inquiets. De mémoire d'homme, personne n'avait jamais vu pareille dissension dans le conseil suprême des juifs.

« Ce n'est pas un procès que nous tenons ici, dit alors Caïphe d'une voix où perçaient la rage et le dépit. C'est un conseil, justifié par des circonstances extraordinaires. Nous délibérons pour savoir s'il y a ou non lieu d'envoyer le coupable au procurateur afin qu'il prenne, lui, la décision qui s'impose.

— Si nous jugeons, c'est que nous tenons un procès, rappela Joseph d'Arimathie, réprimant mal son exaspération. Je le déclare impie et hypocrite. Car nous n'avons pas le droit du glaive. Et nulle sentence ne peut être prononcée sans un vote !

« Mon Père est l'esprit. »

— Emmenez le prisonnier ! » s'écria Caïphe, se prenant les pieds dans sa robe déchirée.

On reconduisit Jésus dans la petite cour, les mains toujours liées.

Le ciel pâlissait. Qu'importait. La nuit avait été blanche.

Les policiers semblaient avoir sommeil. On ne peut pas demander à tous la vigilance de l'esprit.

15.

Le Jeu du Roi

La même foule attendait dans la grande cour. Marie, la mère, Marie de Magdala, Marthe, Lydia, Lysia, Johanna, Lazare, les Douze qui n'étaient plus que onze, un grand nombre des Soixante-douze.

Un domestique de Joseph d'Arimathie se faufila près de Marie de Magdala :

« Le Sanhédrin délibère. Annas et Caïphe ont requis la peine de mort. »

Elle poussa un cri. Il disparut. Lazare et Marthe retinrent leur sœur chancelante. Les autres entendirent le cri. Ils accoururent. Marthe répéta l'information. Lydia et Lysia durent emmener Marie, la mère, défaillante, vers les cuisines de Pilate. Simon de Josaphat, un familier de Joseph d'Arimathie et l'un des Soixante-douze, approcha, le visage crispé.

« Ont-ils spécifié le supplice ? demanda-t-il.

— Non, répondit Lazare à la place de sa sœur.

— Si c'est la lapidation, dit Simon de Josaphat, nous avons tout prévu. Nous ferons front et nous emporterons notre maître au galop. Nous avons trois chevaux. »

Vers quelle destination l'emporteraient-ils, cela n'était pas dit. La Syrie, sans doute, loin de la juridiction du Temple. Marie de Magdala regarda Simon avec ce qui lui restait de regard.

« La lapidation ? répéta-t-elle d'une voix étranglée.

— C'est la peine habituelle pour les transgresseurs. »

Elle ne répondit pas.

« Attendons Joseph, dit-elle, attendons de savoir. »

À distance de la foule et à l'extrémité des arcades devant le siège du Sanhédrin, qu'on appelait la Chambre de la Pierre Taillée, un tas informe gisait au pied d'un pilastre. À première vue, dans la lumière glauque de l'aube, on l'eût pris pour un monceau de hardes jetées là pour le bénéfice des miséreux. Il était inerte. C'était Judas l'Iscariote, la tête entre les genoux et recouverte de la capuche. Il avait entendu la nouvelle. Respirant par la force de l'habitude, privé des sensations ordinaires, faim, soif, froid. Un paquet de souffrance. Hier plein, le masque s'était vidé, comme un sac qui ne contiendrait plus qu'un crâne.

L'oreille cependant restait aux aguets.

Il perçut le silence soudain. Puis les cris :

« Libérez-le ! »

Il redressa le torse, saisi, et tourna la tête vers la cour. Un cortège la traversait, en direction de la maison du procurateur. Dix policiers du Temple encadraient Jésus. Il ne fit qu'entrevoir la tête familière, à peine reconnaissable entre la clarté blafarde de l'aube et les fuligineuses clartés des torches. Puis plus rien. Il demeura figé.

On emmenait Jésus chez Ponce Pilate. Pourquoi ?

Il se leva péniblement et s'adossa au pilastre, égaré.

Il n'avait pas entendu Joseph d'Arimathie et Nicodème apporter à Marie de Magdala, Marthe et Lazare le résultat des délibérations : la peine de mort avait été votée par une forte majorité. Mais il le savait déjà dans son cœur.

Les policiers du Temple et leur prisonnier attendirent un moment dans le vestibule de la résidence du procurateur que ce dernier fût averti et qu'il descendît. Mais Pilate avait dormi au Prétoire, près des casernes ; ils repartirent donc vers le bâtiment qui abritait à la fois Procure et Prétoire, près des murailles d'Hérode, à quelques minutes de là.

On les annonça. Ils attendirent une fois de plus, sous l'œil narquois des légionnaires et des centurions en cuirasses coiffés de casques étincelants. Des pas dans l'escalier. Pilate apparut, en toge, pas rasé, le visage renfrogné, suivi d'un jeune homme, sans doute son secrétaire. Il parcourut du regard le détachement et l'homme qu'on lui amenait.

« Qu'est-ce qui vous amène ? demanda-t-il, bougon, en grec.

— Procurateur, répondit également en grec le lieutenant des policiers, nous t'amenons le coupable de nom présumé Jésus bar Joseph, dont le grand-prêtre Caïphe t'avait parlé. »

Un coup d'œil de Pilate sur cet homme légendaire et qu'il n'avait jamais vu jusqu'alors suffit pour accroître sa mauvaise humeur. Tête énergique. Et une expression qui imposait le respect. Quelle langue parlait-il ?

« Coupable ? De quoi ?

— D'impiété selon notre loi.

— Quand l'avez-vous arrêté ?

— Cette nuit, tu le sais bien.

— Je ne suis pas juge dans votre loi religieuse. Vous avez prononcé une sentence, qu'il en soit ainsi. Je suis étranger à vos décisions.

— Il a été condamné à mort et tu sais que nous n'avons pas le droit du glaive », répliqua le lieutenant, surpris par cet accueil.

Pilate appuya sa mauvaise humeur par un regard irrité. Le grand-prêtre Caïphe prétendait lui imposer sa volonté, comme il l'avait d'ailleurs annoncé au cours de leur entretien ; mais il n'était pas l'exécuteur de Caïphe. Il lâcha, la bouche crispée :

« Et vous me l'amenez pour que j'exécute votre sentence ? Je ne peux appliquer que les sentences rendues par un tribunal romain selon la loi romaine. Ses partisans iront se plaindre à Rome que j'exécute des sentences religieuses des juifs.

— Tu as bien accepté la sentence de mort de Jésus bar Harkan.

— C'était différent. Celui-là a détroussé des pèlerins dans les parages de votre Temple et il en avait blessé un. »

Le lieutenant fit une tête : il se rendait bien compte du dilemme, mais celui-ci n'était pas de sa compétence.

« Pourquoi as-tu dit "de nom présumé" ? demanda Pilate.

— Parce que, selon certains rapports, il serait le fils illégitime d'un de tes légionnaires.

— Ça n'entre pas en ligne de compte. Bon, laissez-le-moi ici, conclut Pilate. Je vais l'interroger. »

Le lieutenant s'inclina, visiblement frustré, et donna aux autres l'ordre de sortir. Ils quittèrent avec empressement le bâtiment païen où ils avaient dû se commettre, ce qui les rendait impurs et leur interdirait de célébrer la Pâque avec les leurs.

« Délie-lui les mains », ordonna Pilate à Cratyle.

Sur quoi, il s'assit et tourna la tête vers une porte entrebâillée ; il était certain que son épouse Procula, informée de l'affaire, s'était faufilée au Prétoire et qu'elle écoutait derrière. Il réprima l'envie d'aller claquer cette porte. Jésus se tenait debout ; il le fit asseoir en face de lui.

« Parles-tu grec ? »

À l'évidence, le condamné n'avait pas compris la question, ce qui équivalait à une réponse. Cratyle fit office d'interprète.

« D'où viens-tu ? demanda Pilate.

— De Galilée.

— Tu es le roi des juifs ?

— Si je l'étais, serais-je ici ? »

La clarté de la réponse excluait donc une affaire dynastique dans laquelle Caïphe aurait eu des intérêts. Ç'aurait pourtant été commode pour Rome qu'un homme imposât enfin son autorité à ce peuple éternellement rebelle. Rome n'avait jamais eu la partie aussi belle qu'avec Hérode le Grand.

« On t'a cependant accueilli comme un roi à ton entrée à Jérusalem ?

— C'est d'une autre royauté qu'il s'agit. »

Ce regard ! Le Romain scruta le juif comme s'il découvrait une autre espèce d'humain. Il détailla les sourcils presque noirs, alors que la barbe se teignait de reflets roussâtres, l'œil brun sombre, le cheveu qui bouclait en désordre... Il fut frappé par le contraste entre l'âge apparent de l'homme, la quarantaine, et l'absence de rides. Il avait pourtant vu bien des juifs ; celui-ci paraissait vivre dans un autre monde.

« Quelle royauté? demanda Pilate.

— Celle de l'Esprit.

— Tu veux régner sur ton peuple par l'Esprit?

— Ai-je dit que je voulais régner? Et par quel autre pouvoir règne-t-on donc? » répliqua Jésus, avec une nuance ironique.

Même Cratyle semblait confondu par cette conversation.

« Quelle faute as-tu commise pour qu'ils t'aient condamné à mort?

— Mon autorité menace la leur.

— D'où te vient cette autorité?

— Des Écritures et du Père.

— Quel Père?

— Yahweh.

— Tu te dis fils de Yahweh, ton Dieu?

— Il est l'Esprit et donc le Père de toute créature, car il n'est de vie sans Esprit. Que ceux qui ne sont pas sourds à la vérité m'entendent. »

Du diable si Pilate s'était attendu à pareil entretien! Il avait perdu tous ses repères. Une fois de plus, il se trouvait confronté aux mystères de cet Orient où des hommes s'affirmaient en toute sincérité comme des êtres délégués des puissances divines... Et c'était l'homme que des juifs s'apprêtaient à élire roi? Mais quelle sorte de roi? Les appréhensions et la vindicte de Caïphe parurent soudain fantasmatiques. L'affaire revêtait une tout autre dimension et il ne s'y reconnaissait aucune compétence. « Que ceux qui ne sont pas sourds à la vérité m'entendent. »

« Mais qu'est-ce que la vérité... », marmonna Pilate en se levant.

Rien, en tout cas, dans les propos du prévenu, ne contrevenait à la loi romaine. Il était dans les pouvoirs du procurateur de Judée de libérer ce Jésus bar Joseph et tant pis pour le grand-prêtre !

« Maître, une foule s'amasse à l'extérieur, du côté de la rue, annonça un centurion de la garde.

— Que veulent-ils ?

— Ils veulent voir ce Jésus.

— Ils sont déjà levés ?

— Il semble que Jérusalem n'ait pas dormi. »

Des cris parvenaient de l'extérieur et ils étaient violents.

« Viens », dit Pilate à Jésus.

Le procurateur s'avança sur la terrasse surélevée à l'extérieur du Prétoire ; c'était l'estrade d'où il s'adressait aux habitants de Jérusalem, dans les grandes occasions. La cause des cris lui apparut : en bas, des gens s'invectivaient, échangeant même des horions. À l'évidence, des partisans et des adversaires de l'accusé. Les partisans acclamèrent Jésus, les adversaires beuglèrent des injures évidemment incompréhensibles pour un Romain. Les échanges de coups reprirent. Pilate affronta de plein fouet la situation qu'il s'efforçait d'éluder : un conflit entre les juifs qui risquerait de provoquer des combats de rues. Quelle décision prendre ? On lui reprocherait sans fin de n'avoir pas pris la bonne. Et les mécontents enverraient un émissaire se plaindre à Rome de son représentant.

À la vue de ce dernier, l'agitation s'interrompit. Tous les regards se tournèrent vers la terrasse. Pilate fit venir Jésus près de lui.

« Voilà l'homme », dit-il en latin.

Un silence chargé de risques suivit.

« Je n'ai rien trouvé qui permette de le condamner selon la loi romaine », annonça-t-il, pesant chaque mot.

Ceux qui, dans la foule, comprenaient la langue de Rome, traduisirent la conclusion. Les clameurs éclatèrent de nouveau. Pilate leva le bras.

« Il est dans vos coutumes que je libère un prisonnier à la Pessah, dit-il. Il y a deux Jésus que vous avez commis à mon autorité. Celui-ci et Jésus bar Harkan. Lequel voulez-vous que je libère? »

Nouvelle traduction, nouvelles clameurs. Pilate n'y comprit rien. Les uns criaient « Bar Abba », les autres « Bar Harkan ». « Bar Abba », expliqua rapidement Cratyle, signifiait « Fils du Père », c'était donc Jésus bar Joseph. Peu importait, d'ailleurs, seul comptait le fait que des troubles menaçaient réellement Jérusalem à la veille de la Pessah.

Pilate rentra dans le bâtiment. Jésus demeura seul quelques instants. Des pierres plurent sur la terrasse; deux légionnaires le firent rentrer dans la Procure.

« Emmène cet homme, ordonna Pilate, d'un ton excédé, au centurion de la garde. Fais-le fouetter. »

Dans la foule, toujours présente devant la terrasse, un homme ne parvenait pas à détacher les yeux de la porte par laquelle avait disparu Jésus. Son visage, si l'on parvenait à le distinguer sous la capuche qui le protégeait de la bise, s'était encore plus décharné; il était gris, comme du vieux bois abandonné aux intempéries depuis des lustres.

À l'intérieur de la Procure, un cri et des sanglots de femme retentirent brièvement.

Le dernier coup avait claqué.

La douleur, désormais installée, traversait la peau. Elle retentissait dans le corps entier, tordant les entrailles, comprimant les poumons jusqu'à en chasser le dernier souffle...

Jésus rouvrit les yeux et se passa la langue sur les lèvres, mais elle était sèche.

On le délia du poteau, dans la salle principale des quartiers de la garde consulaire. Il s'écroula, livide, presque étalé sur le sol dallé. Un légionnaire lui tendit un broc d'eau. Il ne put le saisir. L'autre posa le broc par terre. Le supplicié s'assit, tendit la main et but, la bouche brûlée par la fraîcheur du liquide, le dos en feu.

Il se rappela avoir crié. Mais aussi d'avoir entendu un écho de son cri.

Un écho ? Quoi d'autre ? Qui aurait pu souffrir autant que lui au même moment ?

« Nous avons tiré au sort, dit un légionnaire goguenard, un Syrien sans doute, car il parlait araméen. Tu es le roi ! »

Des rires saluèrent l'annonce.

Le légionnaire montra à Jésus un manteau qui avait jadis été pourpre, maculé de traces de sang noirci, et le jeta sur les épaules du prisonnier.

Jésus ne tourna même pas la tête.

« Tu ne connais pas le Jeu du Roi ? Et voici la couronne et le sceptre ! Il paraît que tu voulais être roi ! »

Nouveaux rires.

Le légionnaire le coiffa d'une couronne tressée de rameaux secs et lui tendit un jonc.

« Mais prends-le donc ! C'est ton sceptre. »

Il saisit le jonc.

Non, il ne connaissait pas le Jeu du Roi.

16.

L'épreuve de force

Deux meurtrières à hauteur d'homme, hautes d'une coudée et trop étroites pour laisser passer un bras s'ouvraient dans les murs de la caserne. La foule s'étant amassée sur la place, devant la terrasse, attendant le verdict du Romain, les lieux étaient déserts. Presque déserts.

Ayant vu Jésus disparaître dans les profondeurs du bâtiment et devinant les hésitations de Pilate, Judas avait compris que ce dernier tenterait d'apaiser la populace ameutée par les gens du Temple. Comment? En infligeant au condamné une peine cruelle, mais non mortelle. Le fouet.

Il avait donc contourné la vaste bâtisse, cherchant une ouverture qui lui permettrait de savoir ce qui se passait à l'intérieur. Il était arrivé aux deux meurtrières. Glissant un œil, il avait enfin vu Jésus, l'expression indéchiffrable, le regard tourné vers l'intérieur.

Deux légionnaires avaient dépouillé son maître et l'avaient attaché à un poteau. Fou d'horreur, Judas avait vu un autre, assumant le rôle du bourreau, brandir le

159

fouet. Et les claquements ! Et le corps qui se tordait à chaque coup. Le visage de Jésus éperdu de douleur. Judas avait ressenti chacun des quinze coups cinglants comme s'ils avaient lacéré sa propre chair. À l'un des coups, Jésus avait crié. Judas aussi.

Haletant, rendu fou de douleur, il s'était écarté de la meurtrière. Il s'était élancé au hasard, comme aveugle. Combien de temps avait-il ainsi dérivé ?

Il se heurta à des gens...

« Judas ! Que t'advient-il ? »

Il regarda, hébété, l'homme qui l'avait interpellé. Au terme d'un siècle, il s'avisa que c'était Joseph d'Arimathie.

Il regarda les autres. Lentement, il reconnut des visages familiers, anxieux, éberlués, alarmés. Joseph d'Arimathie, Lazare, Nicodème... Il était incapable de parler.

« Judas, mais qu'est-ce qu'on t'a fait ? D'où viens-tu ?

— Rien... Pourquoi ? articula-t-il enfin.

— Mais tu es en sang !

— Ils battent déjà les disciples ? » s'écria Nicodème.

Lui, Judas, ne comprenait pas. Il regarda ses mains : elles étaient, en effet, rayées de zébrures ensanglantées. Une goutte de sang coula sur son nez, puis une autre ; il se toucha le front. Du sang aussi...

« On t'a fouetté ? »

Il secoua la tête.

« Mais si, on t'a fouetté, voyons ! Qui ?

— Non... Ils ont... Les Romains... Ils ont fouetté le Maître ! »

Un sanglot en forme de cri de bête jaillit de sa gorge.

« Ils l'ont fouetté ? cria Lazare, saisissant le bras de Judas. Comment le sais-tu ?

— Je l'ai vu... par une meurtrière !

— Donc, Pilate ne le condamnera pas à mort », observa Nicodème.

La conclusion était prématurée. On ne savait jamais. Jésus était l'otage d'un duel entre Pilate et Caïphe et l'épreuve de force n'était pas achevée.

Judas chancelait. Joseph d'Arimathie se tourna vers un des serviteurs de sa suite :

« Emmenez cet homme chez un apothicaire... Il y en a un, un Grec expert, dans la ville basse. Nous vous attendrons ici. »

Judas suivit le domestique d'un pas si chancelant que celui-ci dut le soutenir par le bras.

« Mais qui l'aura fouetté ? demanda Nicodème, alarmé.

— Il ne semble même pas le savoir lui-même », dit Lazare, abîmé dans une sombre réflexion.

Les Romains avaient fouetté Jésus, soit. Mais ils le gardaient prisonnier. Judas, lui, était libre. Et il ne semblait même pas savoir qu'il avait été fouetté. Et pourquoi l'aurait-on fouetté ? Tout habillé ?

Mais l'avait-il été ? L'avait-il été ?

« Le païen n'a toujours pas pris de décision ? demanda Caïphe.

— Non, répondit son secrétaire. Il s'est retiré dans la Procure avec Jésus. »

Le grand-prêtre fit la grimace. On arrivait à la neuvième heure ; voilà près de deux autres qu'il avait fait conduire Jésus chez le Romain. Qu'est-ce que tramait celui-ci ? Ce procurateur obtus était bien capable de faire libérer Jésus.

161

Et le désastre s'ensuivrait !

« Il faut lui faire peur, déclara-t-il. Qu'il voie que la foule des mécontents est bien supérieure à celle des partisans. Fais appeler Saül. Qu'il réunisse encore des gens, qu'il raconte que le Galiléen veut détruire le Temple ! Qu'il veut régner sur les juifs ! Tout ce qui peut les alarmer ! Qu'ils se rendent tous là-bas, devant le Prétoire. »

Le secrétaire hocha la tête et s'en fut. Caïphe demeura absorbé dans des réflexions sans joie. Demain, la Pessah. Et il ne parvenait toujours pas à conjurer cette ombre menaçante qui s'allongeait sur lui et sur le Temple.

La cause du retard qui contrariait Caïphe était une visite d'Hérode Antipas dans la salle de garde où Jésus attendait la décision de Pilate. Puisque Jésus bar Joseph était galiléen, le prétexte était tout trouvé pour se débarrasser de ce dangereux accusé : le livrer au tétrarque de Galilée, Hérode Antipas, qui se trouvait justement à Jérusalem. Et il avait fait prévenir ce dernier.

Le tétrarque ne flaira pas plus le piège qu'il n'éprouva de scrupule à se rendre dans un édifice païen ; ces prescriptions sur la pureté étaient bonnes pour le peuple. Enfin, il verrait cet homme dont la renommée retentissait au travers des provinces. Suivi de son chambellan, il quitta le palais hasmonéen, partit dans les rues désertes et, quelques minutes plus tard, pénétra dans la Procure et fut conduit à la salle de garde. Sur l'ordre du centurion, les légionnaires sortirent dans la petite cour intérieure.

Il approcha de Jésus, qui leva une fois les yeux sur lui et baissa la tête.

« Je suis Hérode Antipas », dit-il.

Vu l'état du prisonnier, il ne fut pas étonné du manque de réaction.

« Qu'est-ce que c'est que ce manteau ignoble ? », s'écria-t-il. Et au chambellan : « Enlève-le-lui tout de suite et va demander aux légionnaires un manteau propre.

— Ce doit être celui-ci », dit le chambellan, ramassant une robe et un manteau propres jetés le long d'un mur.

Il les tendit à Jésus, qui les prit et les posa sur ses genoux. Puis il retira le manteau de pourpre souillé des épaules du supplicié et le jeta par terre.

« La couronne », ordonna Hérode.

Le chambellan ôta la couronne dérisoire du front de Jésus.

« Dans quel état il est ! se lamenta le chambellan, découvrant le dos strié de zébrures sanglantes. Il faut le faire soigner.

— Non. Il faut le laisser ainsi, dit Hérode. Cela témoignera du supplice. »

Jésus frissonna et, se relevant avec des gestes cassés, il enfila sa robe par-dessus les braies ensanglantées, puis se rassit et considéra son visiteur.

« Ils voulaient te faire roi ? demanda Hérode en tendant le cou vers Jésus. De quelle province ? »

Jésus lui lança un long regard avant de répondre :

« D'aucune province, Hérode, ne crains rien. Il n'est de royauté que de Yahweh et elle s'étend sur toutes ses créatures et sur toutes ses terres. »

Des pensées mordeuses comme la vermine s'agitèrent dans le crâne du tétrarque : cet homme humilié et blessé dans cette salle sinistre était donc celui dont le Baptiste s'était fait le héraut ! Celui qu'attendaient les juifs. Le Messie. Le Messie? Mais cet homme n'avait, à sa connaissance, reçu aucune onction. Bref, le futur Messie. Et le souvenir du Baptiste réveilla en lui de sourdes inquiétudes, lardées de remords et entretenues par les femmes de son entourage. Sa mère Malthace, d'abord, qui avait refusé de le voir pendant un an après la décapitation de Jean le Baptiste, consentie par Hérode, à l'indignation furieuse de Malthace. On ne ment pas à une mère, elle sait tout avant que le fils lui-même le sache. Elle avait donc deviné que son fils, enivré par les charmes adolescents de Salomé, digne fille de cette traînée d'Hérodiade, la femme du tétrarque Philippe, avait demandé la tête du saint homme qu'elle n'avait pas réussi à séduire.

« Tu seras maudit! avait-elle clamé. Les chiens du désert iront te déterrer pour croquer tes os! Tu espérais coucher avec ta belle-fille? Tu as sacrifié un saint homme pour une coucherie? Je te répudie, tu n'es pas le fils de mes entrailles, tu n'es qu'un Hérodien! Un renard impudique et impie! »

Hérode avait pris la fuite sous le déluge d'avanies vomies par Malthace, qui plus est, en présence du personnel de la maison royale. Pénible souvenir. Une pleine année de manœuvres, de cadeaux et d'intrigues avait à peine suffi à réconcilier la mère et le fils.

De surcroît, le personnel de la propre maison du tétrarque distillait en lui des craintes ténébreuses. Peu d'hommes, fût-ce des tyrans au faîte de leur puissance, ont échappé à la hantise d'une fin prochaine qui les dépêcherait tout nus devant le Tyran Suprême, comptable vétilleux des fautes et des bienfaits, et le tétrarque Hérode Antipas n'était certes pas de leur nombre. Même son père, Hérode le Grand, pour qui la vie d'un homme valait à peine celle d'une mouche, avait frémi d'épouvante quand les astrologues lui avaient annoncé la naissance d'un roi d'Israël.

Or, Hérode Antipas le savait par ses espions, la propre femme de son premier chambellan, Chouza, était une adepte de ce Jésus de Galilée. Et nul doute qu'elle eût influencé son époux.

Aussi le tétrarque rassembla-t-il sa cautèle et sa magnanimité, nom hypocrite de la peur des représailles, pour conjurer la menace qui pesait sur son sort.

Jésus faisait des miracles. Il chassait les démons. Peut-être pouvait-il les invoquer aussi. Peut-être pouvait-il, tout misérable qu'il fût en ce moment, le transformer, lui, Hérode Antipas, en un goret affreux qui s'enfuirait en graillant dans les jambes des légionnaires !

Sale affaire que cette arrestation ! Mais aussi, Caïphe n'avait pas eu le choix.

« Veux-tu qu'on te fasse évader ? demanda Hérode.

— Crois-tu que l'Esprit s'évade comme un agneau qui échappe au boucher ? répliqua Jésus.

— Tu es Galiléen, je peux te soustraire à la justice du Temple et à celle de Pilate », insista Hérode.

Un temps s'écoula. Qui mesure le temps ?

« La justice de Yahweh méprise ces ruses d'humain, Hérode. Les Écritures sont écrites », répondit Jésus d'un ton las.

Hérode demeura un moment, pensif, songeant qu'il pourrait malgré tout exiger de Pilate que ce prisonnier lui fût remis. Puis un sentiment oppressant, non, pressant, domina son esprit : il ne pouvait intervenir dans un conflit mystérieux, dont l'objet lui échappait.

Où gisait donc la source de l'antagonisme extraordinaire entre les gens de la mer de Sel et ceux du Temple ?

Il se retira, tourmenté, suivi de son chambellan.

Un légionnaire ramassa le manteau de pourpre. Cela servirait pour un autre Jeu du Roi.

À la demie de la neuvième heure, le domestique ramena Judas auprès de Joseph d'Arimathie. Marie de Magdala et Marie de Cléophas s'étaient jointes aux trois hommes, Marthe étant partie accompagner à la maison de Nicodème, en ville, Marie, la mère de Jésus, à bout de forces.

Le domestique paraissait perplexe. Judas était moins pâle que tout à l'heure, mais n'avait pas perdu son expression hagarde. Des emplâtres à l'argile huileuse couvraient son front.

« Qu'a dit l'apothicaire ? demanda Joseph d'Arimathie.

— Si tu avais vu le dos ! s'écria le domestique, se battant les joues des deux mains. Si tu avais vu son dos, mon maître ! Plein de marques de fouet ! »

Marie de Magdala saisit le bras de Judas :

« On t'a fouetté ? »

Il secoua la tête.

« Mais alors, d'où viennent ces traces de fouet ?

— Je ne sais pas, Marie... Ça n'a pas d'importance... Ils ont fouetté le Maître, répondit-il d'une voix lamentable.

— Mais Judas, qui t'a fouetté, toi ?

— Personne ne m'a fouetté, Marie... Je me suis retrouvé en sang après avoir vu fouetter mon Maître... Car je l'ai vu fouetter. Lui ! »

Ils étaient là, stupéfaits, quand un autre domestique vint annoncer que Ponce Pilate allait faire une nouvelle annonce au peuple. Ils s'élancèrent vers la place devant la terrasse, noire de monde. Car celle-ci s'était mystérieusement grossie. Ils ne purent s'approcher et virent la scène de loin, comme dans un songe.

Pilate sortit et toisa la foule.

L'instant d'après, deux légionnaires firent avancer Jésus près de lui.

Marie, Lazare, Joseph d'Arimathie, Nicodème et Judas poussèrent des cris étranglés.

« Je ne sais pas le crime que cet homme a commis selon votre Loi. Mais puisque vous l'avez jugé coupable, je lui ai infligé un grave châtiment. Je l'ai fait fouetter. C'est une peine dégradante pour l'homme que vous alliez élire roi ! »

Les traductions se répandirent dans la foule et aussitôt les clameurs surgirent :

« Non ! Nous n'avons pas de roi ! Cet homme est un imposteur et un impie !

— La mort est son châtiment !

— Libérez-le !

— Cet homme est l'envoyé de Dieu, vous en pâtirez !

— À mort ! »

Tout à coup, un mouvement extraordinaire se fit dans cette masse humaine. Des forcenés armés de bâtons dominèrent les partisans de Jésus et se forcèrent un chemin devant la terrasse. Ils hurlaient, agitant les bâtons.

« Cet homme se dit roi, l'égal de ton César ! Tu en répondras à Rome, Pilate ! » braillèrent-ils.

Ils formaient le plus gros de la foule et Pilate parcourut du regard cette mer de haine. Il le savait, s'il graciait Jésus, c'était le pouvoir même de Rome qu'il mettrait en danger.

Ils criaient maintenant :

« Lapidation ! Lapidation ! »

Marie s'appuya au bras de son frère.

Pilate secoua la tête et leva le bras. Qu'allait-il dire ?

« Vous voulez sa mort ? Soit. Mais son supplice se fera conformément à la loi romaine ! Je l'exige ! »

Ils grommelèrent, sans plus. Peu leur importait, sans doute, le mode de mise à mort.

« Il sera crucifié », tonna Pilate.

Et il leur tourna le dos et rentra dans le bâtiment. Une rumeur sourde s'éleva, celle des partisans. Peut-être aussi des gens du Temple, frustrés d'une lapidation. Dernière vengeance de Pilate : il leur refusait un massacre.

Les légionnaires encadrèrent Jésus et le firent rentrer dans la Procure.

« Nous avons à faire », dit Joseph d'Arimathie, donnant le signal du départ.

Lazare se tourna vers Judas :

« As-tu de quoi manger ? »

Judas ne répondit pas. Manger ?

Lazare lui glissa deux deniers dans la main. Puis il rejoignit les autres.

Ceux-ci ne s'avisèrent pas, en s'éloignant de la foule qui désertait la place, qu'ils avaient perdu Judas. Mais ils n'avaient pas besoin de lui.

17.

Élaouia, élaouia, limash baganta !

Depuis les dernières heures de la nuit précédant ce vendredi maudit entre tous, les piliers verticaux des croix attendaient, couchés sur le Golgotha, à l'extérieur des murailles de la ville. Ils attendaient depuis toujours, pareils à des lames de glaives que le forgeron n'aurait pas encore munies de leurs poignées et que la volonté humaine, instrument du Démon, l'un des Fils du Très-Haut, plongerait dans le sein de la terre, garnie d'un malandrin écartelé.

Parmi ces piliers, il y en avait de hauts, pour les condamnés qu'on voulait exhiber à la vue de tous, et de moins hauts, généralement réservés aux assassins crapuleux, au visage desquels chacun pouvait venir cracher, si l'on avait la vindicte assez chevillée au corps. Une douzaine en tout. Car le Golgotha s'était parfois hérissé d'autant de crucifiés, généralement des Zélotes.

Mais ce jour-là, trois croix seulement étaient prévues, deux étaient déjà érigées, celles où pendaient Jésus bar Harkan, et un Zélote, un nommé Zakas, qui avait assassiné un soldat romain égaré la nuit sur la

169

route de Jéricho. Le trou dans lequel on ficherait le troisième bois béait, fraîchement dégagé sur ses trois pieds de profondeur. Car c'étaient les mêmes trous qui servaient à chaque fois.

L'œil rivé à la Porte de Sion, le charpentier et une demi-douzaine d'hommes de peine attendaient le troisième condamné pour en finir et rentrer chez eux.

Le ciel était couleur d'ardoise, la terre de la colline du Golgotha, d'un noir boueux.

À la caserne, deux légionnaires vinrent, selon le règlement du supplice, livrer la poutre transversale de quatre coudées de long, taillée en entretoise pour être fixée au *stipes*, le poteau vertical. Seuls le Très-Haut ou son Fils le Démon savaient combien de fois elle avait servi : les trous déjà percés étaient noircis par l'usage.

« Tu la porteras jusqu'au Golgotha, enjoignit un des légionnaires à Jésus, en la laissant tomber par terre. Lève-la, maintenant. »

C'était un homme jeune, un balafré que la guerre, le spectacle de la cruauté, du crime et de la misère avaient aveuglé sur la souffrance des humains, sinon la sienne.

Jésus tenta de soulever la poutre. Ses doigts se crispèrent sur le bois, ses biceps se tendirent, il la détacha enfin du sol, mais la laissa choir. Trop lourde. Il était épuisé. Il résolut alors de la dresser sur une extrémité, pour mieux la manier, et s'échina à la hisser sur ses épaules; elle arracha les croûtes qui s'étaient formées. La douleur fut intolérable. Une fois de plus, il laissa retomber le bois.

« C'est toi qui dois la porter », dit le légionnaire, sur un ton de semonce.

Il reprit son souffle et se domina. À la fin, il parvint à mettre la poutre en équilibre sur un endroit de ses épaules qui n'était pas blessé.

170

Élaouia, élaouia, limash baganta!

« Où sont les deux autres ? demanda le légionnaire à la cantonade.

— Ils sont déjà là-bas depuis deux heures, lui répondit un collègue. Ils auront certainement été cloués. Nous sommes fichtrement en retard.

— Allez, on se grouille ! » dit le légionnaire à Jésus.

Jésus enfila ses sandales à l'aveuglette et suivit le militaire, escorté par un autre. Deux légionnaires attendaient à la porte. Ils seraient donc quatre pour l'encadrer, pour le cas où des téméraires tenteraient un coup de force. Le plus difficile fut de descendre les marches menant à la rue. Jésus faillit perdre l'équilibre et laisser échapper la poutre en équilibre sur son épaule. L'un de ses geôliers la retint de la main. Ils atteignirent enfin la rue, noire de monde. Le chemin du Golgotha n'était pas long, à peine dix minutes pour un homme en bonne santé, mais Jésus peinait à marcher. Quelqu'un dans la foule fut saisi de pitié et déchargea Jésus de la poutre, sans que personne lui eût rien demandé ni que les légionnaires y vissent d'inconvénient. D'ailleurs, ils étaient pressés.

Jésus regardait devant lui, ne tournant la tête ni de part ni d'autre. Il savait les visages qu'il verrait sur le passage, baignés de larmes et défigurés par l'angoisse. Il souffrirait de leur souffrance en plus de la sienne. Le temps n'était plus à ces émotions.

Le petit cortège franchit la Porte d'Ephraïm, où s'étaient amassés des gamins, incapables de comprendre le sens de ce qui s'annonçait, et parvint enfin sur la colline. Les légionnaires considérèrent un instant les deux condamnés en croix, corps écartelés, intégralement nus, bouches grandes ouvertes, aspirant l'air comme s'ils allaient se noyer. Jusqu'alors assis par terre, le charpentier et ses hommes de peine se levèrent, visiblement impatients. L'inconnu qui s'était chargé du fardeau le posa par terre.

« Comment t'appelles-tu ? demanda Jésus.

— Simon. Simon de Cyrène. »

Jésus lui posa la main sur l'épaule.

« Par ici ! » cria le charpentier.

Deux femmes, l'air éploré, s'avancèrent alors, la plus âgée portant un flacon et un gobelet. Elles s'arrêtèrent devant Jésus, en larmes.

« Maître, dit la plus âgée, d'une voix cassée, c'est du vin de myrrhe... Il atténue la souffrance... »

Il hocha la tête. Le connaissaient-elles ? Question futile. Il savait en tout cas ce qu'était ce vin, le vin des suppliciés, qui endormait l'âme à l'épreuve. Il avait aussi entendu parler de ces femmes pieuses qui ne supportaient pas le spectacle de la douleur infligée par l'être humain à l'être humain et qui s'étaient associées pour offrir aux condamnés, même criminels, un soulagement ultime.

Bien que l'objet de la crucifixion fût d'induire une mort lente, étalée sur des jours, par asphyxie progressive, les muscles du thorax ne pouvant plus se soulever, et que le stupéfiant offert atténuât l'effet du supplice, ni Pilate ni Caïphe, lequel, d'ailleurs, n'aurait pas eu d'opinion officielle à faire entendre, n'y avaient trouvé d'objection. L'essentiel pour eux était qu'on se débarrassât de ces malfaiteurs.

Jésus regarda les deux femmes, minées, taraudées, déchirées par ce qu'elles imaginaient de la souffrance des crucifiés.

La souffrance, ce déchirement de l'être entre la nature charnelle et la maîtrise de l'Esprit. Le néant et l'autre vie. Il se sentait déjà affaibli.

Élaouia, élaouia, limash baganta !

« Pressons ! » cria le charpentier, qui, sentant arriver un orage sorti des entrailles de Bélial comme un pet foireux, aspirait à rentrer chez lui.

Jésus tendit la main. La femme emplit le gobelet d'un vin presque noir. Il le but en deux gorgées. L'un des légionnaires le prit par le bras et le poussa vers le poteau étalé par terre ; le charpentier venait d'y ajuster et clouer la poutre transversale. C'était un poteau plus long que les autres. On voulait donc le signaler à l'attention du peuple. Mais qui ? On lui arracha son manteau et sa robe ; il se retrouva pieds nus, en braies maculées d'un sang déjà noir.

« Couche-toi sur le poteau. »

Il s'exécuta. Un frisson le parcourut. Le temps était froid, le bois glacé. L'un des hommes de peine lui saisit le bras et soudain la douleur convulsa le torse du crucifié. Un clou avait traversé son poignet gauche. L'instant d'après, ce fut le poignet droit. Il cria. On lui arracha ses braies. Des hommes lui tirèrent les jambes et, ajustant un pied sur l'autre après les avoir calés sur le support, les transpercèrent ensemble d'un seul long clou.

Jésus cria. Sa voix sortit-elle de sa gorge ? Il n'eût pu le dire. Les effets du vin de myrrhe se répandaient déjà en lui, émoussant les sensations.

« Vous pouvez redresser, maintenant !

— Un moment, un moment ! cria une voix en grec. Qu'est-ce que cet écriteau ?

— Il a été commandé par Pilate.

— Qu'est-ce que ça signifie ?

— *Jesus Nazarenus Rex Judeorum.*

— C'est inadmissible ! Cet homme n'est pas notre roi !

— Ah bon ? C'est pourtant ce que dit le procurateur.

173

— Je suis le représentant du grand-prêtre Caïphe. Je m'oppose formellement à...

— Va t'en expliquer auprès de Pilate ! Le condamné est supplicié selon la loi romaine et c'est Pilate qui commande ici. Moi, j'exécute les ordres. Relevez la croix, vous autres ! On ne va pas passer la journée ici ! »

L'autre se lança dans des protestations doublées d'imprécations. En vain.

Des cordes furent attachées aux bras de la croix et celle-ci fut traînée jusqu'au trou préalablement creusé. Là, tirant sur des cordes, ils relevèrent lentement la croix jusqu'au moment où le pied glissa dans le trou.

L'ensemble tomba brutalement. Le poids de son corps ne reposant désormais que sur les deux clous qui lui perçaient les poignets, Jésus poussa un cri sous l'effet du choc.

La croix fut enfin verticale. Les hommes de peine jetèrent de la terre dans le trou pour la caler, puis la tassèrent à coups de pelle.

Là-haut, tel un calice, le supplicié se laissait emplir par la douleur la plus profonde.

Un calice empli pour moitié du vin de myrrhe et pour l'autre, de l'essence qu'il avait depuis longtemps appris à distiller en lui, grâce au Vin de Délivrance...

Ils étaient à la Porte d'Ephraïm, à deux cents pas des croix, l'œil vitreux, les faces grises, cadavéreuses.

La Bonté lumineuse, le Pain de Vie étaient livrés au Démon.

Joseph d'Arimathie, Marie de Magdala, Marthe, Lazare, Nicodème, Jean et Thomas. Et Simon, Judas, les frères de Jésus. Et Lydia et Lysia, tous détruits par ce que voyaient leurs yeux. Leur maître, nu sur une croix entre deux brigands. Et Judas. Mais lui, en retrait. L'estomac plein d'un mépris écœuré pour ces hommes dont il avait été. Un mépris lointain, sans haine. Comme s'il avait, dans une tempête, mangé de la poussière, comme s'il était mort dans le désert et que, déjà cadavre, il avait la bouche pleine de terre.

Le charpentier et ses hommes de peine ramassèrent leurs outils, ne laissant sur place que l'échelle et les tenailles qui serviraient à déclouer le crucifié de la plus haute croix, Jésus bar Joseph; les deux autres étaient pratiquement à hauteur d'homme. Ils redescendirent la colline, parvinrent à la Porte d'Ephraïm et se frayèrent un passage parmi les spectateurs. Ce faisant, ils bousculèrent Judas, qui frissonna de répulsion.

Il ne restait plus là-haut que deux légionnaires pour garder les trois croix. Mais les garder de quoi? Qui voudrait dérober des suppliciés?

Les disciples. Disciples? Ils avaient un peu braillé sur la place devant la terrasse de la Procure. Mais quand la sentence de Pilate était tombée, on aurait dit des moutons apeurés.

Et les Soixante-douze? Disparus. Peut-être étaient-ils là, autour de lui. Passifs. Terrifiés par la possibilité d'une arrestation. Car Caïphe sévirait certainement contre les disciples du Maître. L'Esprit Saint eût dû les emplir d'une rage terrible, ils eussent dû fondre sur le Golgotha et descendre leur Maître de la Croix.

Un vent glacé se mit à souffler.

Et Joseph d'Arimathie? Marthe? Lazare? Jean? Thomas? Tous les autres? Pourquoi ne faisaient-ils rien? Ils avaient été les plus dévoués. Ils avaient assez de serviteurs pour agir... Qu'allaient-ils faire, maintenant?

Qu'est-ce que ferait quiconque?

175

Quand les hommes de peine enfoncèrent les clous dans ses poignets, Judas tituba.

Il espéra la mort.

La mort, vieille complice sans laquelle aucun être humain ne serait humain.

Mais il n'avait pas le droit de vouloir la mort, parce que cela signifierait qu'il avait perdu l'espoir dans son Maître. Le désespoir serait la mort en lui de l'Esprit.

Il regarda le Golgotha, mais avec les yeux d'un autre temps. Celui où Jésus lui apprenait à voir.

Il demeura ainsi un temps indéfini, infini. Les conversations voisines lui parvenaient comme au travers d'un drap épais.

Les gens du Temple continuaient de s'indigner de l'écriteau au sommet de la croix : I.N.R.I.

« Encore un coup de Pilate pour nous vexer ! »

Deux ou trois d'entre eux évoquèrent la possibilité de prendre une échelle pour aller décrocher cet écriteau injurieux.

À un certain moment, Jésus redressa la tête et cria. Le vent apporta ses paroles à la Porte d'Ephraïm :

« *Élaouia, élaouia, limash baganta...* »

Judas tressaillit. C'étaient les paroles de célébration du Vin de Délivrance, celles que Jésus et lui et quelques autres prononçaient, jadis dans le désert, quand ce breuvage libérait en eux l'Esprit. L'Essence divine qui s'était allumée en eux s'élevait alors comme une flamme pure et claire...

Donc l'Esprit brûlait en Jésus.

La poitrine de Judas se gonfla, il leva la tête, aspiré par un souffle qui l'emplissait, lui aussi ; les larmes coulèrent de ses yeux. Il s'élevait, il allait vers son Maître, il était dans son corps...

Ils s'unissaient dans l'Esprit.

Il éprouva alors le sentiment étrange que Jésus avait triomphé de la mort...

Personne d'autre ne comprit les paroles. Le supplicié appelait-il Élie? Pourquoi ce prophète? Certains parmi les gens du Temple se gaussèrent, insensibles aux gémissements des femmes présentes.

« Il appelle Élie, maintenant? Il croit que le prophète va venir le délivrer? »

Mais en fait, que signifiaient ces mots : *Limash baganta*?

« Qu'est-ce qu'il a dit? » murmura Nicodème.

Joseph secoua la tête, pour signifier qu'il ne le savait pas. Il se tourna vers Judas, qui peut-être connaissait le sens de ce cri, et fut saisi de terreur. Une fois de plus, le disciple bien-aimé était ensanglanté. Joseph poussa un cri. Les autres le dévisagèrent, surpris. À son expression, ils cherchèrent l'objet de son émotion et virent Judas, qui se passait les mains sur le visage.

Le sang coulait de deux trous dans ses poignets.

« Judas! »

Il cligna des yeux, comme tiré d'un songe, lui-même surpris de s'entendre appeler.

« Judas, tes poignets... », dit Marie.

Marie, la mère de Jésus, poussa un cri d'horreur. Thomas tendit le cou, la mâchoire pendante de stupeur.

Judas examina ses poignets et hocha lentement la tête, puis baissa les paupières.

« Regardez ses pieds! », s'écria Joseph d'une voix étranglée.

Les pieds de Judas aussi étaient ensanglantés. À travers les lanières des sandales, on voyait les trous.

Ils comprirent. Les larmes jaillirent des yeux de Marie. Lazare entoura de son bras les épaules de Judas.

177

« Judas, Judas... » murmura-t-il.

Non loin d'eux, les gens du Temple discutaient du sens des mystérieuses paroles.

« C'est un cri de désespoir, assura doctement le représentant de Caïphe. Il signifiait : "Pourquoi, pourquoi m'as-tu abandonné ?" Cet illuminé s'imaginait que le Très-Haut allait le délivrer de la croix...

— Ce n'est pas ce que nous avons entendu, objecta un autre. Il a dit *Limash baganta* et pas *Lamma sabbactani*.

— Si, si ! Mais la souffrance fait que le crucifié n'articule plus correctement. *Limash baganta*, ça n'a aucun sens. »

Des mots leur parvinrent dans le vent :

« J'ai soif. »

Était-ce Jésus qui les avait prononcés ? Ou bien l'un des autres ?

Peu après, sa tête retomba sur sa poitrine.

« Il est mort ! » cria un spectateur.

Judas regarda son Maître. Il ferma les yeux. Non, le Maître n'était pas mort. Non. D'ailleurs la mort sur la croix ne survenait qu'au terme de plusieurs jours.

Personne ne savait l'heure qu'il était, il n'y avait pas de gnomon dans le voisinage et d'ailleurs, sous ce ciel noir l'aiguille aurait été sans ombre. Il ne devait pas être loin de la deuxième heure de l'après midi.

Les gens du Temple décidèrent qu'il était temps d'aller se restaurer. Ils étaient certains d'avoir vu le faux messie rendre l'âme.

Joseph d'Arimathie fit un signe à Nicodème, puis à Marie de Magdala et, serrant le bras de Lazare, ils s'esquivèrent, suivis de leurs serviteurs.

De la centaine qu'ils étaient, les spectateurs se réduisirent à quelques personnes. Sur un signe de Marie, son petit groupe s'en fut aussi.

Élaouia, élaouia, limash baganta !

La Porte d'Ephraïm fut presque déserte.

Le vent battait le manteau et la robe de Judas, immobile contre un mur. Il ne pouvait détacher les yeux de son Maître.

Le vent, le vent de l'Esprit, soufflait aussi là-haut sur les trois croix.

Élaouia, élaouia, limash baganta...

18.

Un soleil de sang

Marie de Magdala faisait les cent pas dans la grande salle du premier étage de la maison de Nicodème, dans la ville haute.

Marie la mère de Jésus était allongée sur une banquette, Marie de Cléophas à ses pieds.

Lazare était assis sur une chaise, s'efforçant de mettre de l'ordre dans ses pensées, sous peine d'incohérence. Elles étaient les suivantes : Joseph d'Arimathie et Nicodème étaient allés chez Pilate pour lui demander l'autorisation de déclouer le corps de Jésus de la croix afin de l'ensevelir pieusement. Personne n'avait la certitude que Jésus fût encore vivant, mais Joseph avait soudoyé le légionnaire pour qu'il ne brisât pas les tibias du supplicié, comme on le faisait rituellement pour achever la fin de ces condamnés. Or, le soleil se coucherait dans quelque trois heures et, pour respecter la coutume juive, on ne laissait pas de condamnés en croix le jour de la Pessah. Le temps pressait donc : il fallait déclouer Jésus avant le coucher du soleil. À ces soucis pressants se joignait l'image des plaies spontanées de

Judas. Celles du fouet qu'il n'avait pas reçu et celles de la crucifixion qu'il n'avait pas subie. C'était un miracle. Douloureux, certes, mais un miracle quand même. Et révélateur de l'union entre le disciple et son maître.

Mais où était Judas? Il était sans doute resté à la Porte d'Ephraïm. Il ne s'en écarterait pas jusqu'à ce que le corps de Jésus fût descendu.

La tentation vint à Lazare d'aller retrouver le disciple bien-aimé. Mais il était convenu avec Joseph qu'il l'attendrait jusqu'à son retour de chez Pilate, ou d'un messager qui l'informerait des résultats de sa démarche chez le procurateur.

Il s'efforça donc de se faire une raison, affrontant des questions sans réponse.

Judas, en effet, n'avait pas bougé. Il eût d'ailleurs été en peine de le faire, ses pieds lui faisant mal. Ils avaient cessé de saigner, mais une douleur sourde y persistait. Une rafale le cribla de pluie avec fureur et le contraignit à se réfugier dans une encoignure de la Porte d'Ephraïm, près de la guérite de pierre des légionnaires.

Une demi-heure environ après le départ de Joseph et de Nicodème, il vit arriver un centurion au pas de course. Celui-ci s'entretint de façon précipitée, accompagnée de gesticulations, avec les deux légionnaires de garde. À l'évidence, il parlait de Jésus. Puis il prit la lance de l'un d'eux, s'avança sous la croix et piqua Jésus au flanc droit.

Judas faillit crier.

Jésus ne réagit pas.

Le centurion le considéra un moment, cria aux légionnaires des mots que Judas ne comprit pas et repartit au pas de course.

Que signifiait cet épisode? Le centurion était-il venu s'assurer que Jésus était mort? Pour quoi faire? Et pourquoi à ce moment-là?

Mais enfin, il était reparti et Judas retomba dans sa semi-torpeur. Peu avant la quatrième heure, il vit arriver un groupe d'hommes pressés, tête baissée sous la bourrasque et tirant un âne. Il reconnut Joseph d'Arimathie et Nicodème, mais ils ne s'avisèrent pas de sa présence et s'élancèrent vers la colline.

L'étrangeté de leur expédition le tira de sa torpeur. Qu'allaient-ils donc faire là-haut? Croyaient-ils Jésus mort?

À distance, il vit Joseph s'adresser aux légionnaires. Quelques instants plus tard, l'un de ces derniers lui indiqua l'échelle posée par terre. Un serviteur s'en empara et la cala contre le côté gauche du pilier de la croix, puis il entreprit de l'escalader. Le vent faisait voler son manteau. D'une main, Joseph lui tendit les tenailles tandis que, de l'autre, il maintenait l'échelle. Une fois là-haut, le serviteur se livra à un exercice périlleux; en effet, s'agrippant à la branche gauche de la croix, il s'efforça d'arracher le clou qui fixait le poignet gauche du supplicié. L'exercice prit un moment. Enfin, le serviteur y parvint et le bras de Jésus retomba, inerte. Mais à ce moment, l'exercice devint encore plus risqué, car le corps du crucifié, ne tenant plus que par le poignet droit, s'affaissa vers l'avant et le serviteur dut, de son bras droit, l'enlacer à bras-le-corps, sous l'aisselle, pour le retenir. Le poignet encore cloué, en effet, risquait de se déchirer sous le poids du corps entier. Et cela au haut d'une échelle, dans un vent furieux.

Un autre serviteur s'empressa d'aider son maître à consolider l'échelle.

Judas observait la scène, fasciné, transfixé.

183

Les deux légionnaires l'observaient aussi, avec un intérêt moins passionné, sinon ironique.

La suite des prouesses, pour le serviteur, tenait de l'impossible. Il lui fallait, tout en soutenant le corps de Jésus, dont la tête retombait sur son épaule, déclouer le poignet droit. Or, il ne pouvait le faire que du bras droit, et c'était celui qui retenait Jésus.

Judas entendit Joseph crier :

« Laisse tomber les tenailles ! »

Le serviteur s'exécuta. Joseph ramassa les tenailles. L'autre put alors, au prix de contorsions extraordinaires, soutenir Jésus de son bras gauche, tandis qu'il libérait le droit.

La pluie déferla.

Judas s'élança, au pas de course. À la stupeur de Joseph, il s'empara des tenailles et grimpa au poteau, avec une agilité de singe, surhumaine, pour les tendre au libérateur.

Celui-ci les saisit et entreprit alors, au prix d'un double effort, de déclouer le poignet droit tout en soutenant le corps.

Des siècles s'écoulèrent. Mais à la fin, Judas entendit le petit bruit sourd du long clou retombé sur la terre détrempée.

« Reste là-haut ! hurla Judas. Les tenailles ! »

Elles tombèrent aussi. Et comme dans une transe, sous les yeux stupéfaits de Joseph d'Arimathie, de Nicodème, des légionnaires, des serviteurs, Judas s'échina à arracher le clou qui maintenait les deux pieds de Jésus, à hauteur de son visage. Un gros clou à tête carrée, long comme la main.

Quelle force l'animait, lui que l'épuisement, quelques heures auparavant, poussait vers la mort ? À la fin, le clou céda. Il le retira avec une délicatesse de sage-femme et le glissa dans la poche de son manteau.

Était-ce la pluie ou bien l'eau de ses larmes qui ruisselait sur son visage ?

Il dégagea les pieds du support. Il les baisa.

À sa stupéfaction profonde, il vit qu'ils saignaient. Il avait du sang sur les lèvres. Or, les cadavres ne saignent pas. Il l'avait su, il l'avait su ! Jésus n'était pas mort !

Le soleil se leva en lui, au terme d'une nuit infinie d'angoisse et de malheur. Un soleil baigné par le sang.

« Aidez-moi ! » cria le serviteur au-dessus de lui, descendant d'un échelon.

Ils attendaient. Le corps de Jésus chut dans leurs bras tendus.

Les légionnaires n'avaient cure de ces péripéties. La pluie tombait dru. Ils dévalèrent la colline pour se réfugier sous la Porte d'Ephraïm.

Des torrents célestes lavaient le corps nu de Jésus et détrempaient les manteaux des autres.

L'âne ruisselait.

Le corps fut déposé sur un linceul, déroulé sur l'herbe la moins souillée de boue. L'un des hommes présents, sans doute un médecin, s'agenouilla pour examiner les plaies et s'attarda sur celle du flanc droit. Lui aussi fut stupéfait. Le retrait des clous ayant arraché les croûtes, le sang recommençait à suinter, rouge foncé. Il leva des yeux égarés vers Joseph d'Arimathie et Nicodème, qui avaient également remarqué le phénomène.

« Pressons-nous, commanda Joseph. Les gens du Temple pourraient arriver. »

Le médecin appliqua du bout des doigts un onguent sur les plaies, puis rabattit l'autre pan du linceul par-dessus les pieds, l'extrémité libre couvrant le visage et la tête. Ce n'était pas vraiment le rituel préliminaire à l'ensevelissement ; il eût fallu laver le corps à l'eau par-

185

fumée, puis poser le linge réglementaire ou *soudarion* sur le visage, puis encore coudre le linceul, dire les prières... Mais les circonstances ne s'y prêtaient pas non plus. Et d'ailleurs, on n'allait pas coudre un vivant dans un linceul. Le corps sommairement enveloppé fut chargé sur l'âne, la tête sur l'encolure. Quatre hommes, dont Judas, le maintenaient en équilibre.

« Ils sont là-bas », grommela soudain Nicodème.

Les têtes se tournèrent vers la Porte d'Ephraïm : ils étaient une demi-douzaine là-bas, observant la scène. On reconnaissait de loin Gedaliah. Quelqu'un les avait sans doute avisés que les partisans de Jésus avaient réclamé sa dépouille à Pilate et ils étaient venus vérifier ce que signifiait cette démarche insolite : deux membres du Sanhédrin s'aventurant dans une maison païenne à deux ou trois heures seulement du coucher du soleil, la veille même de la Pessah ? Et pis que tout, ces deux notables juifs se risquaient à manipuler un cadavre ? Mais ces gens ne pourraient pas célébrer la Pessah, les rites de purification durant au moins vingt-quatre heures !

Finalement, la pluie avait été l'alliée des sauveteurs, car elle avait contraint les gens du Temple à s'éloigner.

« Tu viens avec nous », dit Joseph d'Arimathie à Judas.

Le cortège, huit hommes en tout, Joseph, Nicodème, Judas, le médecin et quatre serviteurs, s'ébranla. Quelle serait sa destination ? Judas l'ignorait, mais peu importait, il était fermement décidé à ne pas quitter Jésus. Joseph l'avait probablement compris et c'est pourquoi il s'était adjoint ce compagnon imprévu.

Judas marchait en tête, près de la tête de l'âne, indifférent à la boue dans laquelle il pataugeait comme les autres. La main glissée sous le pan supérieur du linceul, il tenait le bras gauche de Jésus, l'œil rivé sur le relief que le visage bien-aimé faisait dans le lin du tissu tout neuf et détrempé.

À un certain moment, près d'une demi-heure après le départ du Golgotha, le pan libre du linceul glissa dans les cahots. Le cœur de Judas faillit cesser de battre quand il vit la bouche de Jésus, jusqu'alors entrouverte, se refermer et la langue effleurer la lèvre supérieure. Que son Maître eût été vivant, il l'avait su par l'Esprit, mais la misère humaine est telle que l'Esprit ne croit vraiment que ce que voient les yeux du corps. Il exulta.

Les autres avaient-ils remarqué ce signe de vie ? Il répugna à le demander. S'ils ne l'avaient pas vu, c'était maintenant son secret. Cependant, le médecin avait à coup sûr prévenu Joseph et Nicodème des plaies saignantes.

Mais où Joseph les conduisait-il ? Comment tout cela finirait-il ? Il était urgent de soigner le blessé. Le cortège longeait maintenant les murs septentrionaux de Jérusalem et suivait le chemin menant à la vallée du Cédron. Les nuages se déchirèrent, le soleil couchant nimba leurs contours d'or rouge et les premiers lambeaux de ciel pur depuis la veille apparurent.

« Regarde discrètement derrière nous, ordonna Nicodème à l'un des serviteurs, pour voir si nous sommes suivis. »

La réponse vint quelques instants plus tard :

« Personne, la route est déserte. »

Joseph fit détacher une petite outre d'eau pendant aux flancs de l'âne et la fit passer de l'un à l'autre. Ce fut après s'être étanché que Judas s'avisa qu'il n'avait rien mangé depuis le matin. Il fouilla dans sa poche et y trouva un demi-pain. Il allait y planter les dents quand il songea à Jésus : lui non plus n'avait rien mangé depuis bien des heures. Il remit le pain dans sa poche.

Peu après avoir franchi le Cédron, le vent apporta une musique étrange, pareille aux trompettes des archanges. Elle éveilla les échos de la vallée. Judas sursauta, épouvanté. Puis il comprit : c'étaient les *chofars*, les grandes trompes qu'on soufflait aux quatre coins de la ville pour annoncer le commencement du Grand Sabbat.

Comment ceux qui avaient mis à mort l'incarnation de l'Esprit, le fils terrestre de Yahweh, pourraient-ils avoir le cœur de célébrer une fête ? Abel avait sacrifié Caïn le Juste, et c'étaient les fanfares de leur propre mise en terre que les gens du Temple faisaient retentir !

Ils parvinrent enfin à destination : le cimetière des tombeaux creusés dans le roc du Mont des Oliviers. Joseph fit arrêter l'âne devant l'un d'eux : pas une des majestueuses demeures funéraires des parages, aux façades à frontons et pilastres, mais une simple grotte fermée d'une pierre ronde, le *dopheq*. Le crépuscule s'achevait, Judas aspira à la nuit comme à un grand drap dans lequel il s'enroulerait pour dormir et oublier les horreurs de la vie.

Comme il eût voulu célébrer à ce moment-là l'extase du Vin de Délivrance !

Élaouia, élaouia, limash baganta...

19.

Le repas au tombeau

À sa vive frayeur, deux hommes surgirent des bosquets déjà remplis d'ombre. Ils avancèrent de quelques pas, puis s'arrêtèrent.

« Qui êtes-vous ? leur cria Nicodème.

— Des curieux, leur répondit l'un d'eux d'une voix impertinente. Nous sommes venus voir comment vous enterrez le roi des juifs ! »

Le propos fut accompagné d'un gloussement.

« Si vous étiez des juifs pieux, leur lança alors Joseph d'Arimathie, vous devriez à cette heure être dans les murailles de Jérusalem, en prière. Mais nous voyons bien ce que vous êtes, des espions d'Annas et de Caïphe !

— Nous pouvons vous renvoyer le blâme, Joseph, dit le plus hardi des deux. Que faites-vous, ici, en compagnie d'un cadavre que vous avez été réclamer dans une maison païenne ? »

Joseph avança à son tour vers eux :

« La piété autorise l'infraction aux rites, comme le précise le Talmud. Mais vous ne pouvez vous prévaloir de ce motif pour justifier votre présence ici ! »

L'autre le toisa. Nicodème, le médecin, Judas et les serviteurs prenaient déjà des postures menaçantes et l'espion calcula sans doute que lui et son compagnon ne faisaient pas le poids devant les huit hommes. Ils risquaient de recevoir une raclée mémorable, sinon de se faire assassiner et enterrer sans rites dans un caveau inconnu. Cependant l'espion crâna :

« Si tu crois m'effrayer, Joseph, tu te trompes. Une patrouille romaine viendra bientôt par ici. Je te déconseille à toi et à tes amis des projets agressifs. »

Il faisait de plus en plus obscur. L'un des serviteurs frappa des silex l'un contre l'autre et enflamma une torche. Joseph tourna le dos aux intrus.

« Vermine ! grommela-t-il dans sa barbe. Espionne donc, espionne, jusqu'à ce que tes yeux en crèvent ! Va raconter à tes maîtres ce que tu as vu ! » Puis il ordonna aux serviteurs : « Portez le Maître à l'intérieur. »

Le *dopheq* fut roulé. Sous l'œil des espions, Judas et deux serviteurs déchargèrent Jésus de la monture et le portèrent à l'intérieur. Là, ils le couchèrent sur le lit de pierre taillé dans le roc. Puis ils sortirent et, comprenant la situation, roulèrent le *dopheq* dans l'autre sens pour fermer la tombe. Le grincement de la lourde pierre poussée par trois hommes revêtit une connotation menaçante.

Joseph toisa les espions.

« Eh bien, bonne nuit, maintenant.

— Vous allez laisser ce corps-là au tombeau sans le laver ? demanda l'autre espion.

— Votre intérêt pour le rite nous émeut, couple d'hypocrites. Nous reviendrons le laver après la Pâque. »

La bisbille s'acheva là. Le cortège se reforma et, suivant le serviteur qui portait la torche, prit la direction de Jérusalem, laissant les espions sur place.

Le sang de Judas s'était changé en un venin bouillant. Le cortège était à peine sur la route qu'il saisit Joseph d'Arimathie par le bras :

« Joseph, s'écria-t-il, Jésus est vivant ! Allons-nous le laisser dans le tombeau dans l'état où il est ?

— Non Judas. Dans une heure, quand ces cancrelats auront pris le chemin de la ville, pour aller informer Caïphe des résultats de leur mission, nous y retournerons. Nous ne pouvions pas faire autrement, tu le vois bien. Si Caïphe et son beau-père apprenaient que Jésus est vivant, ils seraient capables de le faire crucifier une seconde fois. »

Judas n'y avait pas pensé ; la perspective d'un autre supplice le glaça.

« Et s'il leur prenait l'envie d'ouvrir le tombeau pour vérifier que Jésus est bien mort ? insista-t-il.

— Je doute que ces deux hommes aient la force de rouler le *dopheq*. De toute façon, nous voyant ainsi partis, ils ne pourront croire que nous ayons laissé Jésus vivant dans un tombeau. »

Judas médita la réponse et reprit :

« Mais s'ils nous suivent, reprit-il, ils verront bien que nous rebroussons chemin ?

— Paix, Judas, je ne suis pas un enfant. Il y a deux chemins qui mènent d'ici à Jérusalem, comme tu le sais. Dans quelques minutes, nous allons nous cacher dans le bois que voilà. Nous y attendrons de les voir

191

passer. Nous pourrons alors retourner porter nos soins à Jésus. »

De fait, Joseph cria un ordre et les huit hommes quittèrent la route et s'enfoncèrent dans le bois qui la longeait. La torche fut éteinte dans le sol.

L'herbe à leurs pieds était détrempée. Au-dessus de leurs têtes, les branchages secouaient leurs dernières gouttes. Une chouette ulula. Des craquements attisaient les nerfs tendus par la fatigue et la vigilance. Des bêtes filèrent çà et là, serpents, lézards, renards...

Pendant ce temps, songeait Judas, Jésus gisait seul dans la solitude d'un tombeau froid et noir.

À la fin, on entendit des pas, des voix. Les espions passèrent devant eux. Un moment plus tard, sur un geste de Joseph d'Arimathie, les huit hommes sortirent du bois. La torche fut rallumée et ils retournèrent vers les tombeaux.

« Nous allons mourir de soif et d'inanition, dit Nicodème.

— Nous avons de l'eau et des vivres, répondit Joseph. Nous allons pouvoir nous restaurer un peu. »

Nous restaurer un peu, se répéta Judas. Et Jésus ?

Une fois de plus, la torche fut éteinte, le *dopheq* fut roulé, une couverture fut tendue devant l'ouverture de la tombe, les serviteurs allumèrent deux lampes et sortirent faire le guet.

Le linceul fut rabattu. Joseph d'Arimathie glissa un manteau roulé sous la tête de Jésus. Puis, la voûte étant basse, il alla s'asseoir par terre, auprès de Nicodème et de Judas, observant le médecin qui palpait le corps blessé.

Le praticien commença par masser doucement les membres et le thorax. Dans la lumière soufrée des lampes, il sembla que le corps perdît alors sa coloration cireuse. Le médecin procéda à une nouvelle application d'onguents et enserra les poignets et les pieds dans des bandelettes, et enfin appliqua un emplâtre sur la plaie au flanc.

« Faites-le boire, dit-il. Il est fiévreux. Il est resté nu dans ce froid, dans ses postures et ses souffrances... Ensuite, il faudra le nourrir un peu. »

Judas sortit demander l'outre aux serviteurs. Le médecin y trempa un linge et le posa sur la bouche de Jésus. Un léger mouvement anima les lèvres de Jésus; il aspirait l'eau.

Pour la première fois depuis qu'ils l'avaient descendu de la croix, il ouvrit les yeux et tourna la tête vers ses sauveteurs. Ils furent saisis. Même le médecin.

Il tenta de lever le bras pour presser le linge contre sa bouche, mais la main répondit mal à l'intention, à cause de la blessure au poignet. Judas lui tint le linge sur la bouche et sentit l'haleine brûlante de son Maître sur sa propre main.

« Je veux m'asseoir », murmura Jésus.

Ils s'empressèrent pour l'y aider et couvrirent ses épaules du linceul. Il posa prudemment les pieds par terre et regarda ses mains, puis il tourna le visage vers eux.

« Je suis donc vivant. »

Les mots résonnèrent étrangement sous la voûte tombale et troublèrent Judas. Était-ce un reproche?

« Quel est ce complot? demanda-t-il.

— Maître! J'ignorais tout! s'écria Judas. Jusqu'au moment où j'ai arraché le clou de tes pieds, mon Maître, j'ignorais tout! J'ignorais que tu fusses vivant... »

Sa voix se brisa dans les larmes. Il avait déjà éprouvé la plus amère souffrance, celle de livrer son maître au

193

Sanhédrin, allait-il se voir accusé d'avoir comploté pour le sauver?

« Paix, Judas, je sais ce que tu dis. C'étaient Joseph et Nicodème que j'interrogeais. »

Joseph releva la tête :

« Leur soif de vengeance était assouvie, Maître, puisque tu avais été publiquement supplicié, répondit-il avec de la passion contenue, et peut-être de la vertu outragée. Pourquoi nous, à qui tu as enseigné la puissance de l'Esprit, pourquoi aurions-nous dû leur concéder aussi ta chair? »

Les vibrations des mots emplirent le caveau. Elles chassèrent le deuil, mais semèrent le trouble. Un ululement de chouette stria la nuit à l'extérieur.

« Ils auraient brisé les os de tes jambes et ton crâne, ils se seraient emparés de ton corps et l'auraient jeté à la fosse commune! Ils auraient exécuté tes disciples et ton enseignement se serait perdu dans les sables du temps! Non, Maître, non. Ni Marie, ni Marthe, ni Lazare, ni Nicodème et ni moi ne pouvions laisser les prêtres impies manger la viande du sacrifice fait à Yahweh! Était-ce là ta volonté? »

Le ton était presque prophétique.

Seul le tremblement de la fièvre fut perceptible sur les lèvres de Jésus. La harangue pétrifia les autres. Ils avaient oublié que Joseph d'Arimathie avait été un élève de Gamaliel.

« Non, Joseph, dit enfin Jésus d'une voix qui paraissait sourdre de sa poitrine, une voix rauque, ténébreuse comme le fut sans doute jadis celle de la magicienne d'Endor quand elle convoqua le spectre de Samuël pour le roi Saül, non ce n'était pas ma volonté que les prêtres impies mangent la viande du sacrifice. Le sacrifice était offert à Yahweh. »

Il soupira, exténué.

« Tu as fait ce que tu devais. Le Père t'en tiendra compte. Mais comment ne pas reconnaître que Sa volonté est imprévisible ? Et que j'en suis surpris.

— L'ange n'a-t-il pas arrêté la main d'Abraham, Maître ? », répliqua Joseph.

L'argument parut frapper Jésus.

« Cette fois-ci, c'est donc toi l'ange qui a retenu la main de la mort. Mais suis-je le nouvel Isaac ? »

Qui eût osé répondre ? Qui eût osé gloser sur l'horreur du sacrifice primordial, celui d'un être humain et d'un fils ? Un silence se répandit dans la grotte comme l'huile qui calme les vagues de la mer. Les flammes des deux lampes montaient droites, comme s'élèvent les flammes de l'Esprit.

« Alors c'est une autre histoire que la mienne, reprit Jésus. Ce qui devait être ne sera pas. »

Ils ne comprirent pas : quelle aurait dû être son histoire ? Et qu'est-ce qui eût dû être et ne serait pas ?

Il ajouta, comme pour lui-même :

« L'ignorance durera longtemps. Le combat sera donc plus long et combien plus cruel. »

Ils demeurèrent interdits, presque effrayés. Judas n'osa pas demander le sens de ces paroles. Cependant le temps pressait. Comme ses compagnons, il tremblait à l'idée qu'à l'aube, les gens de Caïphe revinssent au tombeau. Ils étaient assez impudents pour l'ouvrir et vérifier l'état du présumé cadavre.

Le médecin s'agita.

« Maître, dit Joseph, nous ne pouvons demeurer ici au-delà de l'aube. Le médecin a soigné ton dos, tes mains, tes pieds... Dès que tu te seras restauré, il nous faudra quitter ce tombeau.

— Soit, répondit-il au bout d'un temps. J'ai entendu que les espions vous ont suivis jusqu'ici. Ils reviendront. »

195

Il chancela, tout assis qu'il fût. Le médecin s'élança pour le soutenir et s'assit près de lui sur le lit de pierre.

« Peux-tu manger un peu ? demanda-t-il. Il faut reprendre des forces. »

Jésus hocha la tête et esquissa un sourire :

« N'est-ce pas révélateur que nous devions prendre un repas au tombeau ? Et ce sont nos agapes de Pessah ! L'Esprit a donc triomphé de la mort ! »

Les serviteurs déballèrent les vivres qu'ils avaient emportés, des œufs durs, du poulet, du fromage, des figues et des dattes sèches. Il accepta du pain et du fromage. Ses mains tremblaient.

« Mangez aussi, vous autres, dit-il. Mange, Judas. »

Celui-ci le regarda comme s'il ne comprenait plus le langage. Pourrait-il mâcher de la nourriture pour continuer à vivre ? À vivre ? Il avait été l'instrument du supplice, il avait été le fouet, la croix et les clous, le résultat de la douleur qu'il avait infligée était devant ses yeux, et il devait manger ?

« Je sais le contenu de ton cœur, Judas. Je veux l'alléger. Tu as agi selon ma volonté. Mange, je te le demande. »

Judas rampa vers son maître, lui saisit la main et la baisa. Jésus la posa sur la tête du disciple. À ce moment-là, il remarqua une cicatrice semblable à la sienne sur le pied nu de Judas.

D'un geste brusque et maladroit, il saisit le poignet du disciple et examina la plaie.

« Qu'est-ce ceci ? On t'a crucifié toi aussi ? »

Mais Judas était incapable de répondre.

« Montre-moi l'autre poignet. »

Judas s'exécuta.

Leurs regards se nouèrent.

« Ça lui est advenu pendant qu'on te crucifiait, Maître », expliqua Joseph.

Un temps passa. Personne ne fit un geste. À la fin, Jésus soupira et recommença à manger.

« Mange », répéta-t-il à Judas, qui était allé se rasseoir.

Celui-ci mit en bouche un morceau de pain, horrifié par le souvenir de celui que Jésus lui avait tendu lors de la cène à Jérusalem. Il le mâcha comme si c'était la chair de son maître. Il réapprit cet exercice étrange qui consistait à broyer des aliments entre ses dents. Leur goût même lui paraissait inconnu. Trop d'idées se bousculaient dans sa tête, trop de questions, mélangées d'un trouble qu'il ne parvenait pas à définir.

Mais les autres mangeaient, voracement même, et dehors les serviteurs aussi se restauraient. Il se résolut donc à manger, quelque frugal que fût son repas.

« Oui, dit Jésus, il faudra quitter ce tombeau. L'esprit mauvais ne s'apaisera pas de sitôt. Ils reviendront, peut-être avec des armes, cette fois. Où sont Marie, Marthe et Lazare ?

— À Jérusalem. Ils attendent que nous t'ayons conduit en lieu sûr, afin que tu puisses t'y rétablir.

— Quel lieu avez-vous prévu ?

— Bethbassi, Maître, répondit Nicodème. Il y a là une ferme qui appartient à l'un de tes disciples, Simon de Josaphat. Si nous ne tardons pas, nous pouvons y être au petit matin.

— Je ne peux pas marcher, mais je pourrai me tenir sur un âne. »

Le médecin tira de sa poche une fiole et en versa une généreuse quantité dans un gobelet d'eau qu'il tendit à Jésus.

« C'est de la rue, du quinquina et du saule blanc, Maître. »

197

Jésus esquissa un autre sourire; il connaissait les vertus de ces plantes, un tonique et deux fébrifuges. Il but le gobelet.

« Habillez-moi », dit-il.

Joseph appela les serviteurs. Il avait fait apporter des vêtements neufs, ce qui troubla Judas : il avait donc prévu que Jésus survivrait à la croix !

L'habillage prit moins de temps qu'ils l'avaient craint. Le blessé enfila sans trop de mal ses braies et sa robe, mais quand il lui fallut chausser les sandales et se tenir debout, vite il dut se rendre à l'évidence : ses pieds, transpercés de part en part et immobilisés dans les pansements, ne le supportaient pas, ils enduraient à peine son poids. Judas et Nicodème le soutinrent de part et d'autre tandis que Joseph lui ajustait un manteau sur les épaules. Sortir ainsi de la tombe dans l'obscurité fut un exercice périlleux.

« Débarrassez le tombeau de tous les vestiges de notre présence ! » ordonna Joseph aux serviteurs.

Aider Jésus à monter sur l'âne fut une autre épreuve. Quelques heures plus tôt, il avait été en croix. En dépit de sa volonté prodigieuse, le corps terrestre ne pouvait récupérer aussi vite ses facultés. Mais enfin, on l'assit en selle. Joseph monta derrière lui pour le tenir pendant le trajet, aussi bref fût-il.

Le ciel pâlissait. Le cortège prit le chemin de Bethbassi.

Ce fut à leur arrivée dans la ferme qu'une image revint à la mémoire de Judas : le *dopheq* n'avait pas été refermé. Tout occupés qu'ils étaient à vider le tombeau et à installer Jésus en selle, ils avaient oublié de rouler la porte du sépulcre.

20.

« Alors, c'est une autre histoire que la mienne. »

Quand, dans la ferme de Simon de Josaphat, à Bethbassi, Jésus se fut retiré dans sa chambre, qui donnait sur les vergers, quand le médecin eut organisé les soins nécessaires à sa convalescence, Joseph, Nicodème et Judas se retrouvèrent dans les jardins de la ferme de Simon de Josaphat pour échanger les questions et les émotions extraordinaires qui bouillonnaient de plus en plus violemment en eux depuis la déposition de croix, la veille.

Le soleil d'avril se manifestait enfin. La campagne gorgée de pluie depuis plusieurs jours s'offrait à sa fécondation.

Mais la mémoire, elle, obéit à d'autres soleils.

Jusqu'alors, l'urgence du sauvetage de Jésus avait étouffé chez ses disciples tout autre souci que celui d'arracher le Maître bien-aimé aux griffes d'Annas et de Caïphe et aux lâchetés opportunistes de Pilate. Maintenant qu'ils soufflaient, pour la première fois depuis l'arrestation au Mont des Oliviers, ils pouvaient donner libre cours à leur perplexité.

Il n'existe pas de mesure pour les tourments; à chacun son mètre. Ceux de Judas, toutefois, l'étouffaient. Quel que fût le sens qu'il convenait de donner au mot « complot », il y avait bien eu un projet, monté par Joseph d'Arimathie, Nicodème, Marie de Magdala, Marthe et Lazare, pour sauver Jésus de la croix. Et lui, Judas, n'en avait rien su. Comme Jésus.

L'amour terrestre pour le Maître avait triomphé de l'amour céleste pour le Père.

Et il ne parvenait pas à concilier l'immensité de ce conflit inimaginé.

Que restait-il donc du sacrifice divin de Jésus? Il ne pouvait s'en ouvrir ni à Joseph ni à Nicodème, qui n'avaient pas reçu les initiations de jadis dans le désert. La preuve en était qu'ils n'avaient pas compris les paroles de Jésus sur la croix...

Ce fut Nicodème qui prit la parole le premier :

« Je ne parviens pas à percer le mystère que voici, déclara-t-il. Comment ce Maître qui a tiré Lazare du tombeau, guéri les aveugles et les paralytiques, et je ne parle pas de ses autres miracles, ne parvient-il pas à guérir ses propres blessures avec la même promptitude?

— Vous l'avez entendu, dit Judas. Les premières paroles qu'il ait prononcées ont été pour s'étonner d'être en vie. Cela signifiait que le dessein de Yahweh était donc différent de celui qu'il avait prévu. Vous l'avez arraché physiquement à la mort, mais dans son esprit, il n'est pas encore revenu parmi nous. »

Joseph opina lentement.

« Tu as été l'instrument de la volonté de Yahweh, Joseph, mais tu l'as troublé. Tu as contrarié le destin qu'il s'était fait.

« Alors, c'est une autre histoire que la mienne. »

— Ne me suis-je pas défendu devant lui ? Comment pouvais-je laisser notre Maître sacrifier par la hargne meurtrière d'Annas et de Caïphe ? s'écria Joseph. Me reprocherais-tu de l'avoir sauvé ?

— Non, Joseph, non, tu le sais. Je t'explique ce que je crois savoir. Mais je ne sais pas tout. J'ignore le sens de ses paroles : "Alors c'est une autre histoire que la mienne. Ce qui devait être ne sera pas." Peut-être nous les expliquera-t-il. »

Ils remuaient ces énigmes dans leurs têtes quand Simon de Josaphat leur amena un messager de Jérusalem. Un messager le jour du sabbat de la Pessah ? C'était plus qu'étrange. Mais l'homme, ou plutôt le jeune homme, Ahmed, était un des Nabatéens au service de la maison de Nicodème à Jérusalem. Il n'était donc pas astreint au recueillement obligatoire de cette fête ni d'un sabbat, ni à l'interdiction de franchir plus de cent pas à distance de sa maison. Telle était d'ailleurs la raison de son emploi. Maintes grandes familles de Judée, de Galilée, de Samarie, de Pérée et des autres provinces employaient d'ailleurs des idolâtres pour les tâches que les juifs pieux ou du moins s'efforçant de le paraître, ne pouvaient accomplir le jour du sabbat.

Et telle était aussi la raison pour laquelle la milice de Saül était composée d'idolâtres, Nabatéens, Syriens, Ciliciens et autres.

« C'est ton hôte Lazare qui m'envoie, dit-il à son maître. La maison est cernée par les sbires du Temple. Ils en surveillent les parages et j'ai eu la plus grande peine à m'en défaire. Ils m'ont demandé avec rudesse comment j'osais sortir le jour du sabbat de la Pessah. Quand je leur ai dit que j'étais nabatéen, ils ont paru déçus de ne pas pouvoir m'arrêter pour impiété. Ils m'ont demandé aussi où j'allais et où tu étais. J'ai répondu que

201

tu étais parti pour Césarée et, quant à moi, que j'allais voir mon père dans la Décapole, raconta le garçon avec un sourire malin. Bref, mon maître, Lazare et ses sœurs sont dans une grande inquiétude. Ils ne savent pas où tu es ni ce qu'il en est de tes amis et de ta mission. »

Il ignorait évidemment ce que recouvrait ce mot.

Joseph, Judas, le médecin, Simon de Josaphat et Nicodème se consultèrent du regard.

« Ce sont eux qui t'ont envoyé?

— Non, mon maître. Mais ton épouse s'alarmait de l'agitation de tes hôtes. J'ai donc pris sur moi de venir.

— Comment as-tu su que j'étais ici? demanda Nicodème.

— Mon maître, tu avais dit à mon frère que tu passerais la Pessah dans la maison de Simon de Josaphat et je m'en suis souvenu.

— As-tu dit à quiconque où tu allais?

— Non, mon maître. Comme ton épouse et tes hôtes l'ignoraient, je me suis dit que tu voulais garder ta destination secrète.

— Bien, dit Nicodème. Tu as bien fait. »

Il donna une pièce d'argent au jeune Ahmed et le congédia pour s'entretenir avec ses amis.

« Si nous le renvoyons maintenant, il est certain que les nervis de Saül l'arrêteront de nouveau, dit-il. Et cette fois, ils ne lui feront pas de merci. Ils le tortureront pour lui faire dire où il a été.

— À l'évidence, observa Joseph, l'alerte a été donnée à Jérusalem. Annas et Caïphe se doutent qu'on les a dupés. Ils vont interroger et espionner tous les proches de notre Maître. Rien ne pourrait les inquiéter davantage que le fait que Jésus soit en vie. »

Il achevait ces mots quand Jésus lui-même apparut. À la stupeur générale, alors qu'à l'aube il ne pouvait

« *Alors, c'est une autre histoire que la mienne.* »

poser les pieds par terre, il marchait. Il s'appuyait sur un bâton, certes, mais il marchait.

Il avait entendu les dernières paroles de Joseph.

« Seul le repos du Seigneur freine encore ces hyènes mitrées, dit-il. Mais, dès demain, leurs espions se répandront dans tout le pays. Non seulement je serai de nouveau en butte à leurs persécutions et pire, mais tous ceux qui m'auront suivi et plus encore ceux qui auront eu l'audace de m'arracher vivant à la croix subiront les pires avanies de ces gens-là. Il faut que je m'éloigne encore plus de Jérusalem.

— Maître ! s'écria Judas. Maître, ce matin encore…

— Paix Judas, quelques souffrances de plus seront infiniment plus légères que celles de se retrouver face à face avec Annas, Caïphe et les idolâtres obstinés qui leur servent de troupes.

— Où veux-tu aller, Maître ? demanda Joseph.

— Jusqu'à ce que la hargne de mes persécuteurs se lasse, je serai plus en sécurité dans un autre pays. J'irai chez Dosithée, près de Damas.

— N'est-ce pas loin ? » observa Nicodème.

Jésus sourit :

« Je ne serai plus jamais loin de vous, Nicodème.

— Permets que mes serviteurs t'accompagnent, Maître », dit Joseph.

Jésus l'accepta.

« Maître, permets-tu que je t'accompagne aussi ? », demanda alors Judas.

Jésus réfléchit.

« Je permets que tu me rejoignes seul, plus tard, chez Dosithée. Mais si le Sanhédrin, comme je le soupçonne, a posté ses hommes dans les parages de Jérusalem, je crains que l'un d'eux te reconnaisse. Ton sort ne serait alors pas plus enviable que le mien. »

Joseph, Nicodème et le médecin jugèrent aussi préférable que Jésus partît seul avec deux hommes, afin de ne pas attirer l'attention.

Simon de Josaphat vint alors proposer de sacrifier, en dépit des circonstances inouïes, au rite ancestral du repas de Pessah, avant le départ de Jésus, qui fut fixé à la première heure de l'après midi. Jésus y agréa.

« Selon les rites imposés par les prêtres impies, observa-t-il d'une voix ironique, je ne serais pas digne de m'asseoir à la table de la Pessah, puisque je sors d'un tombeau. Mais le cas d'un homme qui y est entré et qui en est sorti vivant n'est pas prévu par les docteurs de la Loi. Nous sommes tous donc exemptés d'impureté. »

Des rires silencieux les secouèrent.

Simon et ses fils, Joseph, Nicodème, le médecin et Judas regardèrent, éblouis, Jésus s'asseoir à la place qui lui avait été réservée et bénir le repas. Ils parvenaient à peine à croire leurs sens : un jour, rien qu'un jour plus tôt, cet homme avait été cloué à la croix ! Il avait été livide et tremblant de fièvre... Ils l'observèrent rompre le pain, le distribuer, se servir d'olives, de salade, de l'agneau... Peut-être étaient-ils tous morts et au Paradis. Peut-être étaient-ils victimes d'une illusion collective. Mais non ; même si ses gestes conservaient une certaine raideur, il buvait du vin, il déposait les noyaux d'olives sur le bord de son plat et les mouches volaient au-dessus de la table...

Une fillette, l'une des dernières-nées du maître des lieux, s'aventura dans la salle et regarda l'inconnu. Son air intrigué fit rire Jésus ; il l'appela, lui demanda son nom, qui était Rebecca, lui caressa la tête et la bénit. Les horribles souffrances de la veille n'avaient-elles pas laissé de traces dans son cœur ? En tout cas, il avait conservé son attendrissement pour les enfants.

« *Alors, c'est une autre histoire que la mienne.* »

« Maître, demanda alors Joseph, nous aideras-tu à comprendre le sens de tes paroles quand tu es revenu à toi, ce matin à l'aube : "Alors c'est une autre histoire que la mienne. Ce qui devait être ne sera pas." »

Il but une gorgée de vin. Sa voix, d'ailleurs, s'éclaircissait de plus en plus; ils y retrouvaient les accents familiers, elle redevenait normale.

« Le sacrifice, dit-il, eût dû susciter la colère imminente du Père et sa sanction contre les diseurs de mensonges. Joseph, Nicodème et Marie, car je devine aussi son rôle dans vos efforts, vous l'avez retardée. Vous avez dupé les autres fils du Créateur et le Serviteur maléfique qui soufflait la haine dans le cœur de mes juges. Mais l'amour vous a fait changer le cours de la justice du Père. Celle-ci adviendra dans le cours des siècles à venir. Ce qui devait être n'a donc pas été. Israël apprendra son erreur dans la souffrance. Jérusalem tombera maintes fois avant de se relever. »

La dernière prédiction l'avait attristé. Il regarda la nourriture avec une moue dubitative.

« Et tes autres paroles, Maître, demanda alors Judas : "L'ignorance durera longtemps. Le combat sera donc plus long et combien plus cruel"?

— C'est une autre version de ce que j'avais dit. L'ignorance est la cause de la souffrance. Les pires aveugles sont ceux qui croient connaître le chemin. Le Cinquième Livre devait couronner les autres, mais ils ne l'ont pas lu et ceux qui l'avaient lu, n'ont pas voulu le comprendre. L'Esprit est un et ne peut s'appeler d'un nom pluriel. Eloha ne peut être les Elohim. Les Elohim sont les dieux des païens. L'Esprit est amour et ne peut donc être le Dieu des Armées qui tuent. L'Esprit n'est pas vengeur. Le Vengeur est le Démon.

— Et les Prophètes? demanda Simon de Josaphat. N'ont-ils jamais tenu compte du Cinquième Livre?

205

— Non, Simon, ils ont erré. Souviens-toi, Isaïe a dit : "Je suis le Seigneur qui fait la lumière et crée les ténèbres, je suis l'auteur de la prospérité et du malheur." Non, le Seigneur Yahweh ne peut être l'auteur du malheur ! »

Il mâcha une bouchée d'agneau et reprit :

« Souviens-toi aussi que Jérémie a osé clamer ceci : "Allez dire aux hommes de Judée et aux habitants de Jérusalem : Je suis le potier, je prépare le malheur pour vous et j'ourdis mes desseins contre vous." Le Seigneur Yahweh est bien et bonté, il ne peut ourdir le malheur contre son peuple. »

Ils furent saisis par les exemples. Les Prophètes avaient donc cru que le Seigneur voulait la perte de son peuple !

« Souviens-toi encore qu'Ézéchiel met ces paroles abominables dans la bouche du Seigneur : "Je leur ai imposé des statuts qui n'étaient pas de bons statuts et des lois selon lesquelles ils ne pouvaient pas gagner leurs vies. Je les ai forcés à se soumettre à leurs fils aînés, afin de les remplir d'horreur. De la sorte, ils sauraient que je suis le Seigneur." Non, Simon, s'écria-t-il, pris d'une soudaine colère, les Prophètes n'ont pas vu la vérité ! Le Seigneur Yahweh ne peut être ainsi perfide et conspirer pour la perte de son peuple ! Le Livre des Rois l'avait compris : "Le Seigneur a mis l'esprit de mensonge dans la bouche de tous tes prophètes." Mais le Livre des Rois lui-même est inspiré par le Démon, car le Seigneur Yahweh ne peut mettre l'esprit de mensonge dans la bouche de personne ! »

Cette condamnation sans appel de Livres auxquels ils accrochaient encore des bribes de respect les laissa pantois.

Non, ils le comprenaient maintenant dans leur cœur, le Seigneur Yahweh ne pouvait être ce Dieu-là.

« Alors, c'est une autre histoire que la mienne. »

Jésus dessillait les yeux : il était l'eau qui chasse le voile impur qui fait les malvoyants.

Quand ils eurent surmonté leur émotion, ils reprirent le repas en silence.

« Les Prêtres impies, dit-il, ont lu, mais n'ont pas compris les paroles des quatre premiers Livres qui annonçaient le Cinquième. Souvenez-vous ainsi de ce qui est advenu à Jacob, quand sa famille avait traversé le gué de Yabboq et qu'il était demeuré sur l'autre rive. Un être qui ne dirait pas son nom l'a alors attaqué et Jacob dut lutter contre lui jusqu'à l'aube.

— N'était-ce pas un ange ? demanda Simon.

— Non, les anges n'agissent pas ainsi furtivement. Et de toute façon, ils n'interviennent que sur l'ordre de leur maître. Non, ce n'était pas un ange, comme la suite du récit le montre, c'était le Très-Haut, car le matin, après que Jacob l'eut contraint à lui donner sa bénédiction, il lui a annoncé : "On ne t'appellera plus Jacob, mais Ezra-El, nom qui signifie Celui qui a lutté contre le Très Haut." Comprenez-vous ? Les Prêtres impies ont oublié l'exemple de Jacob, ils ont oublié qu'il faut lutter contre le Très-Haut. Notre père protecteur est Yahweh. Nous ne devons pas lutter contre lui. »

Lutter contre le Très-Haut, en vérité ! Ils furent stupéfaits par l'audace presque blasphématoire de l'idée. Et pourtant, elle était inscrite dans les Livres. Ils ne connaissaient l'histoire de Jacob que parce que les rabbins y faisaient parfois allusion à la synagogue, mais jusqu'à ce jour, ils n'en avaient pas saisi le sens. Aussi, lequel d'entre eux aurait eu assez de science pour oser consulter les rouleaux !

« Tu as dit un jour, Maître, demanda Joseph : "Nul ne peut venir vers moi si le Père, qui m'a envoyé, ne l'appelle." Cela signifie-t-il que le Père choisit mystérieusement ceux qui vont vers toi ? »

Jésus secoua la tête :

« Non, entends les mots : nul ne peut venir vers moi s'il ne désire le Père. Les desseins de Yahweh ne peuvent être mystérieux, sans quoi ils seraient injustes. C'est contre cette injustice du Très-Haut que Jacob s'est rebellé. »

Au bout d'un temps, Nicodème dit :

« Je me souviens, Maître, de l'un de tes sermons. Tu nous avais dit que le Cinquième Livre rectifiait les erreurs des précédents. Ainsi, il y était dit, au chapitre vingt-quatre, que les pères ne seront pas mis à mort pour le compte de leurs fils et que les fils ne seront pas mis à mort pour le compte de leurs pères : chacun mourra pour son propre péché. Alors que, dans le Premier Livre, aux chapitres vingt et vingt-quatre, il est dit que les fils paieront pour les fautes des pères jusqu'à la troisième ou à la quatrième génération.

— Louanges soient faites à ta mémoire, Nicodème, dit Jésus. Ces contradictions formelles sont la preuve que l'autorité du Cinquième Livre prime sur celle des autres.

— Mais alors, Maître, pourquoi enseigne-t-on encore le Premier et les trois autres livres et les Prophètes et ne tient-on pas compte du Cinquième ?

— À cause de l'obstination des prêtres, qui ne veulent pas renoncer aux privilèges qui leur sont concédés par le Lévitique et les Nombres, et qui ont récrit en ce sens maints versets des Premier et Deuxième Livres. »

Pareilles à la digestion des aliments matériels, les réflexions des quatre hommes les absorbèrent un moment.

« Maître, dit alors Judas, puisque tu as triomphé de tes persécuteurs, pourquoi ne retournons-nous pas à Jérusalem mener le combat final ?

« Alors, c'est une autre histoire que la mienne. »

— Ce n'est plus aux hommes de mener ce combat, Judas, répondit Jésus. Ne m'as-tu pas entendu ? L'Esprit n'est pas vengeur. Un nouveau combat ne serait pas plus concluant que celui qui m'a mené au supplice. Une fois de plus, les prêtres impies s'assureraient l'alliance des Romains pour maintenir l'ordre par la brutalité. Que servirait-il de me faire crucifier une seconde fois ? »

Judas frémit, les autres aussi se récrièrent.

« Mais comment triomphera ta parole ? demanda alors Joseph.

— Ce n'est pas la mienne, Joseph. C'est celle de Yahweh. Elle triomphera parce que c'est celle de la bonté et de l'amour. Mais comme je l'ai dit, le combat sera long, plus long qu'une vie humaine. Il sera cruel, et cette génération ne passera pas que vous n'ayez vu Jérusalem courber l'échine sous les coups. »

Ils n'osaient y penser, leurs yeux s'agrandirent d'horreur.

« Jérusalem ? murmura Nicodème.

— Ceux qui m'ont dépêché à la mort marchent en ce moment sur leurs tombeaux futurs, dit Jésus sur ce ton farouche qu'ils lui avaient jadis connu. Que nul ne s'illusionne : l'iniquité n'est pas éternelle. La mauvaise foi triomphe par le glaive, mais c'est toujours le glaive qui lui est fatal. L'Esprit, lui, ne triomphe que par l'Esprit. »

Ils furent accablés par ces prédictions.

La survie de cet homme qu'ils révéraient comme la moelle de leurs os et la prunelle de leurs yeux devenait pour eux l'épreuve suprême de leurs vies.

Ils n'avaient certes pas espéré qu'il les engagerait sur un chemin de jasmin et de roses. Mais ils n'avaient jamais aussi clairement entrevu l'épreuve suprême qu'il leur présentait. Ses injonctions à l'effort spirituel pour triompher de ce monde, ce bas empire matériel de l'un des fils du Très-Haut, ne concernaient pas leurs seules personnes, mais jusqu'aux réalités qui leur étaient les plus chères.

S'ils n'étaient pas ses prosélytes, ses soldats même, ils perdraient donc Jérusalem. C'était inconcevable et effrayant.

Que pouvait-on perdre de plus ?

21.

L'inconnu de Bethbassi

La conversation et les commentaires de Jésus sur les Écritures avaient ranimé chez les convives l'ardeur qu'ils avaient crue éteinte à jamais, ce maudit vendredi.

Non, l'histoire ne s'était pas arrêtée, et cette perspective exalta Judas.

« Maître, Maître ! J'avais sottement cru que tu nous avais tout dit, mais à chacune de tes paroles, je m'avise de mon erreur ! s'écria-t-il.

— Comment pourrait-on avoir tout dit, ici-bas, sur le mystère de l'Esprit ? Que mon enseignement vous apprenne à voir clair en vous-mêmes. Quand vous serez assurés de la primauté absolue de l'Esprit, vous prolongerez mes paroles dans vos cœurs, car elles ne viennent pas de moi, mais du Père, qui est la seule Bonté. »

Simon de Josaphat voulut l'interroger sur le sens du sacrifice consenti de la crucifixion. Mais le médecin objecta que Jésus avait déjà beaucoup parlé et qu'il avait besoin de repos, ayant un long voyage à faire le lendemain. Jésus sourit.

« Voici que les médecins des corps se soucient de l'âme », dit-il.

L'observation du prophète qui avait guéri le corps par l'âme se répercuta dans les mémoires et suscita d'autres sourires, surtout chez le médecin.

Jésus leur donna sa bénédiction, se leva de table et se retira en effet. Suivant son exemple, Joseph d'Arimathie, Nicodème, Judas et le médecin cédèrent enfin à la fatigue intense du corps et de l'âme causée par les événements qu'ils avaient vécus, par la nuit blanche, l'angoisse et les efforts physiques.

Au soir, Jésus se réveilla et procéda à ses ablutions, pour la première fois depuis son arrestation. Là aussi, les autres firent comme lui. Simon leur hôte fit servir un souper.

« Je me fais du souci pour vous, dit Jésus. Si Annas et Caïphe soupçonnaient que je n'ai pas succombé au supplice, la peur attisera leur colère. Ils séviront contre ceux qui pourraient avoir déjoué leur vengeance et tous les autres qui m'auront soutenu. Je pense particulièrement à vous, Joseph, Nicodème, Simon, et aux membres de vos maisons. Mais je pense aussi à Marie, à Marthe, à Lazare, ainsi qu'à mes disciples, les Douze et les Soixante-douze.

— Nous nous défendrons, Maître, répondit Joseph.

— Je pense qu'il sera plus facile pour vous de le faire si ces hyènes ne peuvent prouver que j'ai survécu. Quel que soit votre désir de le clamer, je vous conseille de tenir vos langues. Votre sang ne doit pas couler pour étancher leur soif de vindicte. »

Ils hochèrent la tête.

« Mais ils nous attaqueront quand même lorsque nous diffuserons tes enseignements, Maître, observa Judas.

212

— Là, ce sera différent, parce que ce que vous défendrez, ce sera le Père et l'Esprit et non ma personne. »

Joseph évoqua alors le voyage du lendemain : il en avait même prévu les premières étapes, Jéricho, Gadara, Gerasa.

« Une fois dans la Décapole, dit-il, tu seras trop loin des menées de Caïphe. La route du nord, vers la Syrie, sera sans encombres. »

Ce fut l'avis général. Sur quoi, chacun partit se coucher.

Judas tira sa paillasse aux pieds de son maître et dormit là, comme jadis, à Quoumrân. La survie de Jésus n'était-elle pas un miracle de plus ? Les menées de Joseph d'Arimathie et de Nicodème pour y parvenir n'étaient-elles pas en réalité un leurre destiné à masquer l'immortalité du Maître ? Que serait sa vie après le départ de Jésus ? Quel en serait le sens ? L'utilité ? Le poids de ces questions avait suspendu en lui l'exercice de la pensée. Il était en état de choc. Il n'existait que par l'amour d'une fleur pour le soleil qui l'a fait éclore.

Il ne parvenait pas à croire au bonheur d'être allongé auprès de celui qui, ô blasphème, était devenu son seul Dieu. Seules les limites de sa nature physique mirent fin à son extase en le tirant vers le sommeil.

Il s'éveilla seul.

Il n'avait donc pas senti que son maître s'était levé avant lui. Quelle faute !

Avant même que le sentiment de culpabilité se fût formé en lui, il perçut des exclamations dans le verger. Il s'élança hors de la chambre.

Joseph, Nicodème, Simon et le médecin entouraient un inconnu. Un homme glabre. Ils le traitaient avec un mélange de surprise et de respect. Qui était-ce donc ?

« Tu as bien dormi, Judas », lui dit l'inconnu avec un sourire.

Judas fronça les sourcils et tendit le cou. Comment cet inconnu savait-il son nom et la durée de sa nuit ? Il ne connaissait pas ce visage au menton volontaire, ni cette bouche au dessin tendre et ferme. Les yeux ? Ce regard qui s'attardait sur lui ?... Presque simultanément, il aperçut les cicatrices sur les pieds.

Il poussa un cri de terreur.

« Maître... balbutia-t-il, égaré. Maître...

— C'est bien moi, Judas. »

Jésus s'était donc fait raser la barbe et la moustache. Il ressemblait désormais à un joaillier ou bien un jardinier, bref, l'un de ces gens auxquels leur profession, réputée impure, interdisait le port de la barbe.

Judas se trouva non seulement à court de mots, mais encore, d'idées.

« Le Maître a jugé nécessaire de changer son apparence afin de ne pas ajouter à nos dangers », expliqua le médecin.

Jésus devina le trouble du disciple :

« Était-ce à ma barbe ou à mes paroles que tu étais attaché, Judas ? Suffit-il que je me sois fait raser pour que tu ne me reconnaisses plus ?

— Pardonne-moi, Maître...

— Tu es pardonné, tu le sais. Mais l'incident est utile. Il t'aura démontré la faiblesse de l'esprit humain.

— Allons faire nos ablutions du matin, dit Joseph. Le Maître a déjà fait les siennes. »

Cependant, tout en lavant les impuretés de la nuit, auprès du puits, Judas ne parvenait plus à retrouver le fil de ses pensées. Cela faisait des jours que son cœur et sa raison subissaient des épreuves violentes. La der-

214

nière surprise achevait de le désorienter. Il fallait désormais graver dans son esprit une image de Jésus intégralement différente de celle qu'il avait chérie...

Une fois rhabillé, il rejoignit les autres pour la collation du matin : du lait, du pain, du fromage, des figues sèches.

À la hauteur du soleil, on pouvait juger qu'on était proche de la neuvième heure après minuit. Les serviteurs annoncèrent que les préparatifs du voyage étaient achevés.

Alors se produisit un hourvari.

Une femme arriva, haletante, soit d'émotion soit de fatigue. Les domestiques, alarmés par l'arrivée fulminante de cette étrangère, apparemment hors d'elle, l'avaient conduite auprès du maître des lieux. À l'exception de ce dernier, ils la reconnurent tous d'emblée : Marie de Magdala. Joseph d'Arimathie, le premier, se leva pour l'accueillir.

« Où est mon Maître ? cria-t-elle. Qu'avez-vous fait de lui ? Le sépulcre est vide ! »

Elle toisa Simon de Josaphat, puis Jésus et les autres, l'air égaré.

« Marie ! », s'écria Jésus, d'un ton ferme.

La foudre n'eût sans doute pas produit un effet plus fort. L'agitation se calma. L'égarement subsista.

Les traits figés dans la stupeur, frappée d'aphonie, elle regarda celui qui l'avait interpellée.

« Marie », redit-il avec plus de douceur.

Elle parut secouée par une tempête. Elle alla vers lui, à pas infiniment lents. Il tendit les bras. Elle vit les cicatrices aux poignets. Elle s'écroula à ses pieds, enserrant les jambes. Et les sanglots éclatèrent.

Il la releva. Elle était toujours en proie aux spasmes d'un sentiment sans nom, au-delà de la joie et violent comme la douleur.

Puis elle s'écarta, se releva et le dévisagea longuement.

« Vivant, souffla-t-elle. Vivant. »

Elle posa la tête sur son épaule. Jésus la fit s'asseoir et boire du lait.

« Parle », dit-il.

Elle s'essuya le visage dans le pan de son manteau.

« Je suis partie à l'aube, dès qu'il était permis de circuler. J'étais sans nouvelles de vous. Le serviteur nabatéen que Lazare vous avait envoyé n'était pas revenu. Je suis allée au Mont des Oliviers, puisque Joseph m'avait dit que ce serait là qu'il déposerait le corps.... J'ai cherché celui des tombeaux neufs qui pouvait être celui qu'avait acheté Joseph... J'en ai trouvé un, neuf, en effet, mais le *dopheq* était roulé sur la dalle... »

Une exclamation échappa à Joseph.

« ... J'ai regardé à l'intérieur. Il était vide. Je ne savais que penser. Je me suis alarmée, j'ai craint que vous ayez été attaqués, qu'on ait dérobé le corps, je ne sais... »

Elle s'interrompit pour reprendre son souffle. Émotions et inquiétudes avaient drainé les sucs de sa beauté : elle paraissait émaciée.

« Tu étais seule ? demanda Jésus.

— Oui, comme la police du Temple et les sbires de Saül surveillaient la ville, Lazare a jugé préférable de ne pas m'accompagner, car nous serions suivis, sinon arrêtés. »

C'était bien ce qu'avaient craint Joseph d'Arimathie et Nicodème. Marie reprit son récit :

« Je suis revenue sur mes pas. Quand je suis arrivée à la maison, j'y ai trouvé ta mère, Jean et Pierre, qui voulaient aller prier au tombeau. Je leur ai dit que j'en revenais et que j'avais trouvé un sépulcre vide. Ils ont résolu d'aller voir. Je les ai accompagnés. Ils sont entrés dans le sépulcre. Jean a ramassé un *soudarion* plié près de la porte, puis lui et Pierre ont saisi le linceul que vous avez laissé et Jean a crié : "C'est bien ce sépulcre ! Ils ont laissé tomber le *soudarion* ! Il n'a pas servi ! Mais où est passé le Maître ?" Ils sont rentrés en hâte à Jérusalem, disant que tu étais ressuscité… »

La petite assemblée parut consternée. Jean et Pierre avaient dû répandre la nouvelle et Caïphe en était certainement informé.

« Il est temps de partir, dit Jésus en se levant.

— Partir ? s'écria Marie. Mais où ?

— Il faut que j'échappe aux persécutions de Caïphe et des Prêtres impies. Je dois m'éloigner. J'irai en Syrie.

— Je t'accompagne !

— Pas tout de suite, Marie. Dans quelques jours. »

Elle le regarda désolée.

« Tu pars donc seul ?

— Deux serviteurs de Joseph m'accompagneront. Je ne veux pas être arrêté de nouveau. »

Après s'être levé de table, il prit Joseph et Nicodème à part :

« Veillez sur Judas. Ceux qui ne savent pas notre communion pourraient mal interpréter ses actions et lui chercher querelle. Dès que vous le pourrez prévenez les autres disciples que je serai chez Dosithée. Sinon, je les reverrai quand je reviendrai. »

Ni l'un ni l'autre homme n'approfondirent le projet de retour ; cela suscitait trop de questions et le temps pressait une fois de plus. Nicodème tendit une bourse au voyageur. Jésus le considéra un moment, de cet air grave qui parfois donnait à craindre qu'il fît un reproche.

« Les voyageurs sur terre doivent payer leur passage, dit Nicodème.

— Oui, répondit enfin Jésus avec un sourire las, chez le Prince de ce Monde, il faut même acheter la poussière de ses sandales. » Et à Marie : « Dis à ma mère, à mes frères et mes sœurs que je vais bien et qu'ils me reverront sans doute bientôt. »

Il prit la bourse et l'attacha à sa ceinture. Quelques moments plus tard, il monta sur l'âne avec bien plus de facilité que ce n'avait été le cas quelques heures plus tôt. Les deux serviteurs allaient de part et d'autre de l'âne.

Joseph d'Arimathie, Nicodème, Simon de Josaphat, le médecin et bien sûr Judas les suivirent un moment sur la route, puis Joseph donna l'ordre de rentrer à la ferme.

Judas saisit la main de son maître et l'embrassa. Dans un geste d'affection inédit, Jésus caressa la barbe de ce disciple aimé entre tous.

« Va, Judas, mon frère. Prends garde à toi. »

22.

Remous à Jérusalem

Judas accompagna Marie à Jérusalem.

Chemin faisant, ils parlèrent peu. L'un et l'autre tentaient de reconstituer le monde après le séisme de la Pessah. Même dans la joie de savoir Jésus vivant et peut-être, oui, peut-être, de le revoir bientôt en Syrie, ils n'y parvenaient pas. Ils allaient dans le parfum des collines fleuries et le chant des oiseaux, dans une lumière qui nimbait d'argent les chênes et les acacias, mais ils ne voyaient rien de tout cela, tels deux voyageurs tardifs parcourant un désert.

Ils avaient voué leurs vies à cet homme, parce que ses mots et ses actes les avaient subjugués. Il célébrait l'Esprit qui doit dominer ce monde, empire du Malin. L'Esprit incarné par Yahweh, Dieu d'Israël et fils du Très-Haut Créateur, Yahweh, Maître de la Loi. Enracinés dans leur erreur, les Prêtres impies, eux, célébraient le Très-Haut, le Dieu multiple, les Elohim, qui avait concédé à son autre fils, le Malin, l'empire de ce monde.

Seul un sacrifice à Yahweh devait conjurer Sa colère contre Son peuple, et ç'avait été le sacrifice suprême : la Croix.

Mais l'agneau s'était échappé de l'autel, la colombe sacrificielle s'était envolée, l'ange avait retenu la main du sacrificateur et tel Isaac, Jésus avait survécu.

Ils avançaient comme dans une transe. L'espoir se changeait en une frayeur profonde. Et maintenant ?

L'avaient-ils vu, ou l'avaient-ils rêvé ? Mais qu'est-ce que voir et qu'est-ce que rêver ? Ne voit-on pas en songe aussi ?

Était-il homme ? Ou bien être surnaturel ?

Le retour dans la ville les tira de cette transe. Les rues grouillaient de policiers du Temple et de miliciens de Saül, comme l'avait rapporté Marie. Tous ces sbires dévisageaient les passants, surtout s'ils se groupaient, tentant à l'évidence d'identifier ceux des disciples qu'ils connaissaient déjà ou croyaient connaître. Mais à l'exception de quelques-uns, Lazare, Pierre, reconnaissable à sa calvitie de caillou, et deux ou trois autres, leur tâche serait difficile.

Peut-être s'attendaient-ils surtout à voir Jésus lui-même, Jésus le roi sans couronne, revenu pour fomenter une émeute au Temple. Mais en dépit de leur morgue sourcilleuse, une frayeur sourde les taraudait : si ce prophète avait vraiment ressuscité après avoir été mis en croix, allaient-ils se battre contre la puissance divine, au risque d'être foudroyés en pleine rue ?

Marie et Judas trouvèrent à la maison Jacques et Thomas en compagnie de Lazare, de Marthe, de Marie, la mère de Jésus, de Judas, de Juste, de Simon et de l'autre Jacques, ainsi que de Lydia et Lysia, les quatre demi-frères et sœurs de Jésus; ceux-ci écoutaient les propos des deux disciples sur la résurrection de leur maître. Les deux visiteurs étaient persuadés que leur

Maître avait surgi d'entre les morts, dépouillant son linceul et s'élevant vers le ciel, auréolé d'une insoutenable lumière. Ils n'y avaient pas été, mais ils le décrivaient avec véhémence.

Marie s'assit, Judas demeura debout et Jacques lui lança un mauvais regard, puis détourna la tête.

« D'où viens-tu ? lui demanda Thomas.

— Du tombeau, répondit Judas.

— Qu'as-tu vu ?

— Rien, puisqu'il est vide. Tu parlais tout à l'heure du linceul. Où est-il ?

— Jean l'a pris », intervint Jacques.

Marie et Judas se représentèrent Jean, circulant à Jérusalem en exhibant le linceul, preuve de la résurrection.

« Ne l'ai-je pas vu moi-même, Lazare ? reprit Jacques, après avoir décelé une ombre de scepticisme sur le visage de ce dernier. N'ai-je pas vu moi-même le légionnaire lui enfoncer la lance dans le flanc pour l'achever ? N'ai-je pas vu le sang couler de cette ultime blessure ? N'ai-je pas vu sa tête retomber sur sa poitrine ? »

Les serviteurs de Nicodème, rassemblés à la porte, écoutaient en silence l'apôtre, l'un des Boanergès, Fils du Tonnerre. Lazare hocha prudemment la tête.

« Et ce cri ! se lamenta Thomas. Ce cri atroce ! *Eli, eli, lamma sabbactani !* Seigneur, Seigneur, songer qu'il s'est cru abandonné ! »

Il pleura et se frappa la poitrine. Marie et les frères et sœurs de Jésus gémirent.

Là, ce fut Judas qui se garda de détromper Thomas. Il n'avait pas la force d'expliquer le cri véritable.

« Mais s'il est ressuscité, reprit Thomas, où est-il ? Pourquoi ne revient-il pas avec les nuées d'archanges punir les idolâtres !

221

— Mystère, mystère! s'écria Jacques. Notre esprit est trop petit pour comprendre l'Esprit! »

Marie et Judas, recrus de fatigue, ne jugèrent pas opportun de rapporter ce qu'ils avaient vu et vécu. Pareille nouvelle ne manquerait pas de lancer une meute de disciples et de fidèles sur la route de Bethbassi à Jéricho, ce qui susciterait à coup sûr une réaction du Temple encore plus violente que la précédente. Ces gens étaient capables de crucifier Jésus une seconde fois!

Lazare et Marthe le devinèrent; ils s'abstinrent de poser des questions à leur sœur et à Judas. Quand les visiteurs furent partis, elle déclara simplement :

« Plus tard. Je suis trop épuisée. »

Et elle se retira dans sa chambre.

Quant à Judas, il semblait frappé de stupeur; la fable de la résurrection que les disciples avaient si promptement bâtie avait achevé de le troubler. Oui, cet homme avait été mis en croix; le supplice était mortel; et même si lui, Judas, avait bien vu les pieds saigner quand il les avait décloués, il y avait peut-être bien eu résurrection.

Ni Lazare ni Marthe ne purent lui arracher d'autres mots que :

« Il est vivant. Il s'est rétabli. Il est parti. »

À la mi-journée, la nouvelle avait été propagée, d'abord par les disciples, puis par les Soixante-douze. Dans la ville haute et la ville basse, on ne parlait plus que de la résurrection du prophète Jésus, celui qui, le dimanche précédent, était entré comme un roi sur la Chaussée d'Hérode.

Dans les échoppes et sur les marchés, les Hyérosolimitains partis acheter des vivres après le sabbat ne trouvaient d'autre sujet de conversation, même si personne ne leur demandait rien. L'anxiété des policiers et des miliciens allait croissant.

Les marchands du Temple firent la plus mauvaise journée de leur histoire. Se souvenant que Jésus les avait fouettés, les fidèles venus faire leurs dévotions se passèrent de ces sacrifices qui engraissaient les tortionnaires du Saint homme. Un groupe d'entre eux s'autorisa même à crier en chœur sur le Parvis des Femmes : « Il est ressuscité ! » Les lévites se hâtèrent d'intervenir, sans grand succès.

« Qui est ressuscité ? demanda un centurion nabatéen, qui observait la scène de la terrasse de la tour Antonia.

— Quelqu'un est ressuscité ? demanda un légionnaire, intrigué.

— C'est cet homme qui a fouetté les marchands la semaine dernière, expliqua un troisième. Celui qu'ils ont mis en croix vendredi. Jésus bar Joseph.

— Comment, "ressuscité" ? insista le centurion.

— Il est sorti vivant de son sépulcre.

— Comment le saurait-on ? »

L'autre haussa les épaules.

« Et où est-il ?

— C'est ce que Caïphe et Pilate voudraient bien savoir », répondit le légionnaire en s'esclaffant.

« Maison de l'Œil Cerné », ainsi eût-on pu appeler la demeure de Caïphe ce dimanche-là, à supposer qu'on fût d'humeur facétieuse. Personne n'y avait beaucoup dormi depuis que la nouvelle de la visite de Joseph d'Arimathie et de Nicodème à Pilate y était parvenue. C'était déjà hautement suspect, et inquiétant, que ces deux membres du Sanhédrin se fussent rendus dans une maison païenne pour réclamer un cadavre, mais les rumeurs sur la résurrection du Galiléen, rapportées le matin par Saül, avaient encore plus creusé les cernes. Une morosité comparable à celle d'un grand deuil hantait les murs, à cette différence près qu'elle se doublait d'une anxiété sinistre.

Le résultat de la crucifixion de Jésus était presque aussi détestable que l'aurait été son couronnement. En effet, le grand-prêtre et son acariâtre beau-père affrontaient les appréhensions suscitées par trois possibilités.

La première était que le cadavre du crucifié avait été dérobé du tombeau; ses disciples faisaient donc courir des rumeurs extravagantes, mais non moins dangereuses pour autant. Les sectateurs du prophète risquaient d'enflammer la populace et de la pousser à des violences odieuses. La menace du bain de sang redouté l'autre dimanche se dressait de nouveau, et cette fois, rien ne garantissait que Pilate y remédierait. La pancarte qu'il avait fait clouer au sommet de la croix révélait assez ses dispositions à l'égard des juifs.

La deuxième possibilité était que Jésus aurait, d'une manière ou d'une autre, survécu au supplice. Caïphe, en effet, avait appris par Saül que les tibias du condamné n'avaient pas été brisés, ce qui était suspect, car contraire à la règle. Quelqu'un avait dû soudoyer le légionnaire chargé de la besogne. Peu importait : le fait était que, dès que ses plaies seraient guéries, ce trublion de Galilée viendrait certainement soulever les populations et infliger sa vengeance à ceux qui l'avaient cloué sur la croix. Le risque du bain de sang réapparaissait là aussi.

La troisième possibilité n'était pas formulée, mais pour obscure, elle n'en était pas moins obsédante : le Très-Haut serait intervenu dans cette ténébreuse affaire et Jésus était réellement ressuscité. Dans ce cas épouvantable, c'en serait fait, non seulement de Caïphe et de tout le Sanhédrin, mais encore de Jérusalem, légions romaines comprises. C'était l'apocalypse.

Cette dernière possibilité contrariait évidemment le bon sens, mais si l'on est un homme de religion, comment se fier au bon sens ? Surtout quand on avait affaire à un homme qui en avait tiré un autre du tombeau, Lazare de Magdala ?

L'humeur de Caïphe, de son séide Gedaliah, de son beau-père Annas et de maints autres devenait donc plus exécrable à mesure que l'heure avançait.

Les domestiques, qui avaient évidemment agité les trois conjectures, tout comme leurs maîtres, circulaient prudemment, s'attendant à voir surgir, au détour d'un couloir, le spectre étincelant du saint homme que leur maître avait fait clouer à une croix.

Par un contraste qu'aurait pu fomenter le Malin, un appétissant et même obsédant fumet d'oignons frits courait la demeure patricienne. La terreur subissait donc les titillations obscènes de la faim.

« Si ce fauteur de troubles a survécu, s'écria Annas, ce ne peut être que grâce à la complicité de Joseph d'Arimathie et de Nicodème. D'ailleurs, eux, des membres de notre saint conseil, ils ont été réclamer le corps du condamné à Pilate. Impudence ! Impudence digne de la lapidation ! glapit-il. Ils doivent être recherchés et arrêtés ! »

Caïphe le toisa d'un œil morne.

« Ils sont membres du Sanhédrin, repartit-il sans aménité. C'est hors de question.

— Je les ferai arrêter !

— Tu ne feras rien de pareil, Père. Ce serait jeter de l'huile sur le feu. Un bon tiers du Sanhédrin leur est acquis, sans parler de Gamaliel et de quelques autres. Nous n'avons pas besoin d'un problème de plus.

225

— Que vas-tu faire, alors ?

— Essayer de savoir où est le corps. »

Ce fut Gedaliah qu'en chargea Caïphe.

L'un des deux espions dépêchés la veille pour surveiller la mise au tombeau y fut mandé de nouveau. Il revint vers midi : le caveau était vide et le *dopheq* tiré sur le côté.

Il répéta son témoignage devant Caïphe et Annas.

« Mais tu nous as rapporté, dit Caïphe, que cette nuit Joseph d'Arimathie et Nicodème avaient déposé le corps dans le sépulcre et qu'ils avaient refermé celui-ci.

— Oui, Éminence. J'étais avec mon camarade Alif, nous avons vu de nos yeux transporter le corps du crucifié à l'intérieur du caveau.

— Comment avez-vous pu voir cela, il faisait nuit noire ?

— Les serviteurs avaient allumé une torche.

— Le linceul était-il cousu ?

— Non. Il était resté tel qu'il était quand Joseph et son groupe, huit hommes en tout, ont emmené le corps du Golgotha.

— Et après, Joseph et ses hommes sont repartis ?

— Oui, nous les avons vus repartir pour Jérusalem. Ils nous ont déclaré qu'ils retourneraient au tombeau pour laver le corps et coudre le linceul. »

Inconcevable histoire. D'abord, une inhumation défiant les règles, sans lavement du corps et sans couture du linceul, puis la disparition du corps et du linceul.

« Va à la maison de Nicodème, ordonna Caïphe, et dis-lui que je demande à les voir, lui et Joseph d'Arimathie. »

Un moment plus tard, les deux hommes se présentèrent à la maison de Caïphe. Par bonheur, ils venaient de rentrer de Bethbassi ; la requête de Gedaliah ne les avait guère surpris.

Vu les circonstances, ils semblèrent à Caïphe étonnamment sereins. En fait, ils étaient patelins : ils avaient, dès leur arrivée, appris que des sbires de Saül avaient interrogé leurs domestiques et qu'ils n'en avaient obtenu que des réponses vagues. C'était maintenant aux maîtres que Caïphe tentait de tirer les vers du nez.

Il leur fit un accueil sans chaleur, mais courtois.

« Je vous ai appelés, mes frères, pour éclaircir un point qui me trouble, dit-il. Cette nuit, quand vous avez déposé dans le sépulcre le corps de Jésus bar Joseph, non lavé et dans un linceul non cousu, vous avez déclaré à deux hommes que vous retourneriez aujourd'hui pour achever le rite funéraire. Y êtes-vous retournés ?

— Non, répondit Nicodème, parce que nous avons été informés que le sépulcre est vide. J'ai envoyé un serviteur qui me l'a confirmé.

— Cela ne vous étonne pas ?

— Cela ne peut signifier que deux choses, grand-prêtre. Ou bien le corps a été dérobé par des gens impies et malveillants pour des raisons que nous ignorons, ou bien le Maître Jésus est ressuscité, ainsi que la rumeur le suggère.

— Vous croyez à une telle rumeur ?

— Pourquoi nous étonnerions-nous qu'un homme qui a tiré Lazare du tombeau s'en tire lui-même ? répliqua Nicodème.

— Mais c'est une rumeur dangereuse ! s'écria Caïphe.

— Dangereuse pour qui, grand-prêtre ? Certainement pas pour ses disciples. »

Le grand-prêtre ravala son irritation. Ces deux compères se moquaient de lui. Il prit un air sévère :

« N'avez-vous pas considéré que vous vous exposiez à l'impureté en vous rendant dans une maison païenne

227

à la veille de la Pessah, et plus encore en touchant un cadavre ? »

Évidemment, il n'aurait su manquer une aussi belle occasion de se venger de leur soutien à Jésus ; ils s'y étaient attendus.

« C'eût été une faute bien plus grave, grand-prêtre, repartit Joseph, de laisser un saint homme exposé toute la nuit aux bêtes sauvages, ou jeté à la fosse commune par des mains d'idolâtres. Nous nous sommes conformés au précepte de notre Maître, selon lequel la Loi est faite pour l'homme et non l'homme pour la Loi. »

Le ton était sans réplique et Caïphe ne se sentait pas d'humeur à ranimer une querelle encore fumante, ni à se lancer dans des discours talmudiques.

On entendit tousser dans la pièce voisine ; c'était Annas qui, bien sûr, écoutait la conversation.

« Vous étiez huit pour une mise au tombeau ? demanda Caïphe.

— Pas un de trop. La déposition de croix a été laborieuse.

— *Six* serviteurs ? » insista Caïphe.

Joseph et Nicodème hochèrent la tête.

« Qu'est-ce qui te trouble, grand-prêtre ? demanda Joseph.

— Mais... la disparition de ce corps, vous pensez bien... »

Joseph observa d'un ton détaché :

« Je ne vois rien là d'alarmant. S'il gît dans une fosse commune, nous ne le saurons jamais. S'il est au ciel, nous le verrons bien. Son enseignement et ses bienfaits, eux, demeurent. »

Sur quoi les visiteurs prirent congé du grand-prêtre, le laissant à ses alarmes.

23.

L'extase

« Judas ? »

Les sonorités du nom lui parurent vaguement familières. À peine plus que le visage qui les avait propagées dans l'air. Judas ? Une intuition lointaine l'effleura : ce mot devait avoir un sens, mais lequel ? Peu importait. D'ailleurs, qu'est-ce qui pouvait revêtir quelque sens, sinon l'unité spirituelle avec son Maître ?

Un visage au regard inquiet se pencha vers lui, mais ce n'était pas celui du Maître. Une image parasite, qu'il s'efforça de chasser de sa conscience.

Il était en union avec le Maître. Il se fondait en lui. Il était le Maître. Il baignait dans la béatitude de l'Esprit.

« Judas ? »

L'Esprit est bonté, il ne peut agir dans le Mal, il ne connaît pas la colère. Mais ce son « Judas » était importun. Un effort de plus et il ne l'entendrait plus. Judas ? Ç'avait été son nom. Mais qu'est-ce qu'un nom ? Il n'était plus, il n'est plus de nom, il n'est plus d'individu dans la lumière de la foi...

Dans sa communion spirituelle, il devenait le Maître crucifié, supplicié dans la gloire et l'extase d'être l'agneau du sacrifice, d'être Isaac, que la main de son père Abraham allait égorger pour l'offrir à la divinité...

Le son disparut, en effet, et le visage avec.

Maître, tu m'as appris l'oubli de soi dans l'ascension de la flamme... Maître, je partage tes plaies, parce que rien d'autre ne mérite d'être vécu que la béatitude qui fut la tienne sur la croix...

« Judas ? »

Encore ! C'était une autre voix. Il cilla à peine, la merveilleuse douleur pointait dans ses poignets et ses pieds. La douleur du Maître aimé, celle des clous qui transpercent ses extrémités... Elle répandait son fluide enflammé dans tout le corps. Il écarta les bras, il tendit les pieds...

Un cri retentit.

Ô mon esprit, qu'il est difficile de surmonter les accidents de ce monde, bruits, odeurs, images ! Emporte-moi, Maître... Libère-moi de ce monde, libère-moi de l'Empire du Malin ! Ta douleur est la mienne, je suis Toi, je suis enfin Toi !

Il entrevit le nouveau visage, celui-là aussi familier.

« Lazare ! » cria-t-elle.

Lazare ? Quel mot étrange.

« Lazare, regarde ses poignets ! Ses pieds ! »

Il perçut un sanglot. Des exclamations étouffées. Des mots et des pas précipités.

« Non, ne le touche pas ! »

Mon maître, je te vois, je te suis, je monte... Tu es la splendeur du ciel...

« Judas, c'est moi Marie, tu ne me reconnais pas ?... »

Elle vit des yeux qui ne la voyaient pas.

Elle et Lazare demeurèrent un long moment fascinés par ce visage qu'ils croyaient connaître et qui s'était transfiguré, comme aspiré de l'intérieur par un tourbillon d'une puissance inouïe.

Celui de l'amour céleste.

« Cet homme est ressuscité d'entre les morts », annonça au repas du soir Procula, l'épouse de Ponce Pilate.

Depuis son arrivée en Orient, ce dernier avait entendu beaucoup de fables, de récits extraordinaires donnés pour véridiques, d'histoires de magie, de mauvais œil et surtout de miracles accomplis par de saints hommes de la région. Apollonius de Tyane devenait invisible à volonté et confectionnait des talismans préservant de la peste, de la foudre et de la noyade, Simon le Magicien volait au-dessus des maisons, Dosithée le Samaritain ressuscitait les morts... Mais que l'homme qu'il avait lui-même interrogé trois jours auparavant fût ressorti du royaume des morts, voilà qui défiait la crédulité. Si ce juif jouissait de pouvoirs aussi extraordinaires que de ressusciter les autres et lui-même, que ne s'était-il tiré du mauvais pas où il s'était fourré ? Et s'il était invincible, que ne revenait-il transformer ce vieux hibou de Caïphe en charpie ?

« Je le croirai quand je le verrai, se contenta-t-il de répondre, dégustant la première gorgée d'un excellent vin de Galilée dont le tétrarque Hérode Antipas lui avait fait livrer deux jarres en présent, ensemble avec six gobelets de verre bleu de Syrie, à liserés d'or.

— Ne crois-tu donc que ce que tu vois ?

— Oui.

— Alors Rome n'existe pas. »

Il rit. Néanmoins, cette extravagante affaire concernait sa mission de procurateur de Judée. Les rapports des espions faisaient état d'une agitation croissante depuis que la rumeur de la résurrection s'était répandue à Jérusalem. Loin d'apaiser les esprits, la crucifixion avait fouetté en eux une véhémence de mauvais augure.

Il ferait bien d'interroger Caïphe là-dessus. Ne fût-ce que pour lui damer le pion. Ce géronte et son cacochyme beau-père avaient tenu à faire crucifier Jésus ? Eh bien, qu'ils en subissent les conséquences.

Aristomenos, médecin grec de Césarée, traitait quelques jours plus tard son ancien élève Démétrios, devenu collègue à Scythopolis et toujours ami.

L'avril s'étant radouci, les deux hommes avaient décidé de souper sur la terrasse, face à la Méditerranée et au couchant. La brise marine charriait vers eux les parfums des premières roses de l'année, garnissant les balustrades.

Sur la table dont la nappe palpitait à l'unisson des flambeaux, des filets de hareng marinés, des saucisses chaudes, des lentilles à l'ail, des pigeons grillés, des crevettes frites et deux vins.

Toute l'après-midi, les deux praticiens avaient échangé des recettes de baumes et thériaques, de réduction de fractures, de traitements de telle ou telle maladie endémique.

Le souper fut consacré à la chronique de la vie ordinaire.

« Figure-toi, annonça Aristomenos, que ce matin, j'ai été mandé par la famille d'une dame juive, parce que celle-ci était tombée dans une sorte de pâmoison à l'annonce d'une nouvelle extraordinaire apportée de

Jérusalem. Un certain prophète, crucifié vendredi dernier, était ressuscité dimanche avant l'aube. »

Il émit un petit gloussement. Démétrios hocha la tête :

« J'ai entendu la même histoire sur le chemin. Et tu as trouvé un remède contre le sentiment religieux de cette femme ? »

La question les fit rire tous les deux.

« Allons, Démis, tu sais bien que l'inventeur d'un tel remède devrait être mis à mort sur-le-champ comme ennemi de la race humaine ! Que ferions-nous sans le sentiment religieux ? Nous serions pareils à des bêtes sauvages désespérées.

— Il est vrai, concéda Démétrios. Les dieux permettent d'expliquer un monde incompréhensible. Mais quel besoin les juifs ont-ils donc d'un nouveau dieu ? Car je ne doute pas que ce prophète finira par être déifié. S'il a ressuscité, c'est qu'il est voué à la vie éternelle...

— Je l'ignore. Mais à l'évidence, ils en ont besoin. Leurs derniers prophètes sont déjà anciens et ils les connaissent par cœur. De toute façon, l'on crée un dieu chaque fois que le besoin s'en fait sentir. »

Démétrios goba un poireau à l'huile et suça une cuisse de pigeon, puis se rinça le gosier d'une longue gorgée de vin de Galilée.

« Si je te comprends bien, leur ancien dieu ne leur suffit plus ?

— Il n'a pas été très efficace, observa Aristomenos. Il était censé être leur protecteur, mais voilà quelque sept siècles qu'ils subissent des dominations étrangères. D'abord celle des Babyloniens, puis celle des Perses, ensuite celle des Grecs et maintenant celle des Romains. La première a été la pire. Ils ont été déportés, Jérusalem et leur Temple ont été détruits... Il faut convenir que ce dieu a failli à sa mission.

— Avons-nous créé, nous Grecs, de nouveaux dieux quand les Spartiates, puis les Romains nous ont subjugués ?

— Non. Nous avons emprunté ceux des autres. »

Des sourires entendus accompagnèrent le constat.

« Oui, convint Démétrios, nous avons, comme les Romains, été prendre Isis aux Égyptiens, Mithra aux Perses... Nous avons confondu Apollon et Horus pour en façonner Horapollon...

— Et ce n'est sans doute pas fini.

— En conclusion, les dieux sont donc nos créatures ? »

Le constat tira un gloussement à Aristomenos.

« Ah cher Démis, je vois là que l'Orient n'a pas émoussé ton esprit attique ! Bien sûr, les dieux sont nos élus ! Redoutable situation que la leur : nous leur conférons la toute-puissance et les chargeons d'exaucer nos vœux, et quand ils tardent à le faire, nous nous adressons à leurs rivaux ou bien nous les chassons de nos autels. Que les dieux me gardent d'être dieu ! »

La mer se teignait de pourpre, comme le décrit Homère, et pour célébrer la transmutation, ils vidèrent leurs gobelets, que les serviteurs s'empressèrent de regarnir.

« Mais enfin, les juifs... reprit Démétrios sans achever sa phrase.

— Leur dilemme est aisé à comprendre. J'ai consulté chez le tétrarque Hérode la traduction grecque de leurs cinq livres sacrés. Ils s'étaient jadis donné un dieu omnipotent et farouche, solitaire et célibataire, beaucoup plus redoutable que notre Zeus dans ses exigences. Il commandait le bien et le mal dans tout l'univers. Apparemment, il leur a tenu rigueur d'une faute mystérieuse, puisqu'il les a réduits au cours des siècles aux servages que je t'ai dit. Je ne suis donc pas

234

étonné qu'ils en attendent un autre, tel que ce crucifié de l'autre vendredi.

— Mais celui-là était un homme!

— Et alors? N'avons-nous pas, nous aussi, fabriqué des dieux humains? Prends donc ce pauvre Héraklès, fils de Zeus et d'une mortelle.

— Pauvre diable! lâcha Démétrios. Il a fini sa vie en montant sur un bûcher à cause de la perfidie de sa femme Déjanire. Les femmes ne lui ont pas porté bonheur, à celui-là, depuis Héra jusqu'à Déjanire...

— Aussi, quelle idée de vouloir libérer l'humanité de ses maux! L'hydre de Lerne, les oiseaux du lac Stymphale, les écuries d'Augias, les chevaux de Diomède, le sanglier d'Érymanthe... À propos de sanglier, ces saucisses sont succulentes!

— Heureusement que grâce aux Romains, il reste des éleveurs de porcs dans ce pays. Les juifs ont fait tout un raffut quand ils ont appris que l'on élèverait de nouveau ces animaux, mais les Romains ont tenu ferme. On n'allait quand même pas priver les troupes de jambon.

— Dis-moi, connaît-on le nom de ce nouveau dieu?

— Patience, il ne l'est pas encore. Son nom? Oui, attends... Jésus.

— Jésus?

— C'est la forme hellénisée d'un vieux nom hébreu, Josué. Joshua. Cela signifie, dit-on, "Dieu est avec nous".

— Ah oui, celui dont les trompettes ont fait s'écrouler les murailles de Jéricho... »

Les deux médecins s'absorbèrent dans la contemplation du soir, où mer et ciel se fondaient dans des noces mystiques. Une étoile scintilla, comme un œil qui se penche sur un visage aimé. Puis une autre. Le vin

235

Judas le Bien-aimé

de Galilée entraîna les deux hommes, telle une divinité nocturne qui les aurait pris par la main pour les emmener sur la mer, les pieds frôlant l'écume, génies de la brise et des embruns. Ils s'arrachèrent difficilement à l'extase.

Le pouvoir infini de celle-ci tient au fait qu'elle suspend l'effort de vivre. C'est d'ailleurs l'arme secrète des dieux, des tyrans et des séducteurs que de libérer leurs victimes de la liberté.

La malice du Créateur est, en effet, d'avoir donné la vie à des créatures que celle-ci épuise et que la liberté tourmente.

24.

« C'est le Messie qui nous a été envoyé par le Seigneur ! »

« En dépit de mes prières, il a refusé de quitter Jérusalem. »

Les mots de Lazare tombèrent avec tristesse, tandis que les serviteurs achevaient de charger les ânes de leurs bagages. Ni Marie ni Marthe ne protestèrent.

Trois jours s'étaient écoulés depuis le lundi convulsif où Lazare et ses sœurs avaient vu apparaître les stigmates sur les poignets et les pieds de Judas dans la maison de Nicodème. Celui-ci et Joseph d'Arimathie étaient rentrés dans leurs terres et, comme eux, pour fuir l'agitation délirante et dangereuse des disciples de Jésus, Lazare et ses sœurs quittaient la ville pour Béthanie, où ils attendraient les nouvelles de Syrie.

Plusieurs disciples étaient, à diverses reprises, allés au Temple exhorter les fidèles à chanter des hosannas pour l'homme qui avait triomphé de la mort, le Messie successeur de David. Or, cela avait suscité des algarades, non seulement avec les lévites, mais encore avec des juifs qui s'en tenaient aux dénis véhéments du clergé et des rabbins. Et ni Lazare ni ses sœurs ne voulaient se laisser entraîner dans pareilles provocations. À la fin, elles risquaient de susciter une réaction de Caïphe, sinon de Pilate.

Judas resterait donc dans la maison de Nicodème, aux soins des sept serviteurs de garde, dont il partageait l'ordinaire.

« Je m'inquiète pour lui, dit Marie, alors que le cortège franchissait la Porte des Esséniens, en sens inverse des fermiers qui menaient des ânes chargés de vivres destinés aux marchés de la ville. Les conversations que j'ai eues avec Jean et Jacques, mais aussi avec Pierre et les autres montrent qu'ils n'ont rien compris de sa visite nocturne à Caïphe, jeudi soir. En dépit de ta garantie, ils semblent penser que Judas a trahi son Maître. Ils ne le comptent d'ailleurs plus parmi les leurs et, quand j'ai vu Thomas, hier, ils parlaient de le remplacer par l'un des Soixante-douze, Matthias ou Barsabbas, je ne sais plus. Je crains qu'ils lui fassent un mauvais sort. »

Lazare soupira.

« Et les Soixante-douze et tous les autres ! Ils vont chercher un bouc émissaire et ce sera évidemment Judas, ajouta Marie.

— Nous ne pouvions quand même pas l'enlever de force !

— Pourquoi pas ? insista Marthe. Nous l'aurions fait séjourner à Béthanie, le temps qu'il reprenne ses esprits.

— Judas ne reprendra pas ses esprits, dit sombrement Lazare. Son esprit a été troublé parce qu'il a dû dénoncer son maître sur l'ordre même de celui-ci, qu'il s'est résigné à sa mort et qu'il l'a ensuite vu renaître. C'en était trop pour lui. Il est désormais dans un domaine dont personne, sauf Jésus lui-même, ne peut le tirer.

— Son salut est donc auprès de Jésus », dit Marie.

Lazare hocha la tête. Mais c'était une notion étrange que celle d'un disciple incapable de survivre sans son maître. À la fin, Judas s'était fondu dans Jésus. Son existence matérielle n'était plus qu'un vestige dérisoire de l'homme qu'il avait été. Il n'avait plus prise sur sa destinée, il n'avait plus rien qu'un destin.

« Ressuscité. Sorti d'entre les morts, tu comprends ce que cela veut dire ? »

L'homme dans le petit groupe qui écoutait Matthias, entre les navets et les salades, sur la place du marché de la ville basse, cligna des yeux. Il disait oui de la bouche, mais à l'évidence, il trouvait ce propos insensé. Comment, ce Jésus qu'il avait vu prêcher au Temple, avait été condamné à mort et crucifié. Et il serait sorti vivant du tombeau ?

« C'est la preuve que le Seigneur a voulu nous révéler sa nature divine ! » clama Matthias, celui que les Douze avaient élu en remplacement de Judas, disparu et suspect.

Trois vieilles femmes, dont l'une prétendait avoir été guérie de ses rhumatismes par le contact avec une sandale de Jésus, émirent des sons d'approbation indistincts autant que véhéments.

La matinée avait tout juste dépassé la huitième heure et les servantes et les mères de famille venues faire leurs emplettes s'interrompirent, intriguées, puis troublées, enfin dévastées par l'irruption des puissances maîtresses de l'univers dans leur misérable quotidien.

« C'est le fils du Seigneur ! » clama encore Matthias, auprès duquel se tenait André, à charge de mentor.

Le groupe grossissait. La seule expression « Fils du Seigneur » suffisait à frapper les oreilles avant les esprits et à attirer les curieux.

L'étrangeté de la proposition fouetta dans les assistants le sens du prodige, et d'autant plus ardemment qu'ils avaient vu le ressuscité, oui, ils l'avaient vu à Jérusalem, mais aussi à Béthanie, à Béthphagé, à Aîn Shemesh. Rien que de ce fait, ils auraient donc participé à la manifestation de la puissance céleste, à la naissance d'un dieu !

« Oui, le fils du Seigneur ! cria un jeune homme que nul ne connaissait. Le Fils du Seigneur est venu pour nous délivrer ! C'est le Messie que nous attendions !

— C'est le Messie qui nous a été envoyé par le Seigneur !

— Pour nous racheter ! corrigea André.

— Pour nous racheter de l'esclavage !

— De l'esclavage du péché et de l'erreur ! rectifia encore Matthias.

— De l'esclavage du péché et de l'impiété ! »

À la neuvième heure, une véritable petite foule s'agglutinait autour de Matthias. Les marchands d'huile et de vin, au milieu de leurs jarres, s'inquiétèrent. Ils devinaient vaguement l'objet de l'agitation, qu'ils avaient d'abord sous-estimée : la mise à mort et la résurrection supposée d'un prophète de Galilée auquel ils n'avaient pas auparavant prêté tant d'attention. Les affaires iraient mal ce matin. Peut-être les gens n'avaient-ils plus faim.

Les espions de Saül observaient la scène, s'efforçant de repérer les agitateurs. Vaste tâche ! Des badauds indistincts s'échauffaient soudain et se mettaient aussi à clamer des louanges à l'immortel Jésus, Messie des juifs. À la fin, l'un des miliciens alla prévenir son supérieur, Ben Sifli, lequel partit transmettre les informations à son maître ; tous deux étaient intrigués par ce mot de « Messie », qu'ils n'avaient jamais entendu.

Saül parut troublé. Lui, d'ordinaire avisé, n'avait pas évalué la puissance de cette lame de fond qui avait commencé à déferler quand le Galiléen Jésus était entré dans la ville, la veille de la semaine de la Pessah. Il en fut vexé. Il eût voulu s'en entretenir avec quelqu'un de compétent, un docteur de la Loi, mais le seul qu'il connût, Gamaliel, lui témoignait une réserve proche du mépris. Que signifiait donc ce nouveau mot, « Messie » ?

Il décida, faute de mieux, de se rendre chez Caïphe. Il y trouva le vestibule et la cour bourdonnant de gens alarmés, rabbins, notables, chefs de famille venus quérir des explications ou des assurances sur la fermentation inconnue qui secouait leur quotidien. Allait-on voir se renouveler le schisme samaritain ?

Annas, Caïphe, Gedaliah et des rabbins dévoués à leur cause se mêlèrent à eux, dispensant des explications et bientôt entourés chacun d'un groupe.

« Une imposture ! déclara Annas d'une voix forte, accompagnée de rires sonores. Voyons, mes frères, comment l'un de vous a-t-il pu un instant prêter crédit à cette histoire de résurrection ?

— Mais comment l'expliques-tu, Père ? demanda un petit homme au visage garni d'une barbe à moitié aussi longue que son corps.

— Le cadavre a été dérobé, voilà tout. Faut-il que des esprits soient fragiles pour imaginer des prodiges pareils !

— Mais dérobé par qui ?

— Des gens ténébreux, vomis par l'Enfer !

— Dérober un cadavre, en vérité !

— Ils parlent d'un Messie ?...

241

— Qu'est-ce en vérité qu'un Messie, grand-prêtre ? murmura Saül, saisissant l'occasion.

— Simplement ce que dit ce mot, quelqu'un qui a reçu l'onction de roi et de grand-prêtre.

— Mais il ne l'a pas reçue ?

— Évidemment non.

— L'on raconte partout que ce Jésus faisait des miracles ? avança un notable.

— Quelqu'un ici en a-t-il été le témoin ? Et qui peut affirmer en son âme et conscience que ces prodiges n'étaient pas opérés par l'entremise des démons ?

— Dieu nous garde ! s'écria un autre. Mais en attendant, les rues de Jérusalem et des hameaux proches retentissent de ces histoires…

— Nous allons y mettre bon ordre ! » déclara Caïphe, qui avait entendu ces derniers mots.

Quand ces gens furent satisfaits, ou du moins le semblèrent, Caïphe manda Gedaliah et Saül à l'intérieur de la maison.

« Il faut sévir, déclara-t-il en s'asseyant dans l'un des deux sièges cérémoniaux de la salle, l'autre étant réservé à son beau-père. Voilà que Pilate nous tient maintenant pour responsables de l'agitation qui règne à Jérusalem. Cela ne peut durer. Il faut lui clore le bec, à ce Romain. En premier lieu, il faut savoir ce qu'est devenu ce cadavre. Ou bien ce Jésus a survécu, et dans ce cas, nous le reclouerons à la croix et nous nous assurerons qu'il y mourra. Ou bien le cadavre a été dérobé, et dans ce cas, il faut savoir où il se trouve.

— Ce ne sera pas facile s'il est enterré dans un lieu anonyme, dans les bois, par exemple », observa Gedaliah, prenant l'un des sièges plus bas.

Saül, énervé sans savoir vraiment pourquoi, prit également un siège, ce qu'il n'avait jamais encore fait sans y être invité. Après tout, il était un prince hérodien. De brefs regards du grand-prêtre, de son beau-père et de Gedaliah lui signifièrent qu'ils avaient enregistré la revendication de son rang.

« En deuxième lieu, dit Caïphe, il faut interroger tous les témoins possibles, et donc complices de cette machination.

— Ce sont Joseph d'Arimathie et Nicodème qui ont été réclamer le corps de Jésus à Pilate… commença à dire Saül quand il fut interrompu par Annas :

— Nous les avons interrogés. Ils disent ne rien savoir. À mon sens, ils mentent, mais nous ne pouvons rien contre eux. La mise au tombeau dont ils étaient responsables me semble cependant suspecte. Ils sont allés avec six serviteurs. Je ne sais pas ce que cela signifie, mais cela me paraît étrange. Deux ou trois serviteurs auraient suffi. Les autres n'étaient donc pas des serviteurs.

— En tout cas, ni Lazare ni sa sœur Marie n'en faisaient partie, dit Saül : mes hommes surveillaient la maison où ils se trouvaient, celle de Nicodème, et ils ne l'ont pas quittée cette nuit-là.

— Alors, qui ? » s'écria Caïphe, visiblement exaspéré.

Un silence boueux succéda à ce bref éclat. On eût cru entendre des bulles exhalées par des bêtes marécageuses éclater mollement à la surface et des bruits gluants maculer cette radieuse journée d'avril.

Les regards se posèrent sur Saül.

« Où sont maintenant Marie de Magdala, sa sœur et sa serpillière de frère ? demanda Gedaliah.

— Ils sont partis avec leur sœur Marthe ce matin, apparemment pour Béthanie, répondit Saül.

— Voilà quand même un comportement étonnant de la part de tous ces gens, observa Gedaliah. Ce maî-

tre qu'ils s'apprêtaient à faire couronner roi a été crucifié, supplice infamant entre tous, et son cadavre vénéré
a disparu du tombeau quelques heures à peine après
avoir été inhumé, deux événements pour eux boule-
versants, on s'en doute. Or, que font-ils? Ils partent
tranquillement pour leurs terres! On se serait attendu
à ce qu'ils fassent rechercher les restes de ce prétendu
Messie, en tout cas qu'ils participent à l'agitation qu'en-
tretiennent ses disciples, eh non. Ils s'en vont à la campagne.

— C'est, en effet, singulier, admit Caïphe.

— Vous avez interrogé Nicodème et Joseph, mais
vous n'en avez pas obtenu d'éclaircissements. Nous en
aurions tiré encore moins de Lazare et de ses sœurs,
puisqu'ils n'ont pas quitté Jérusalem, observa Saül.

— Et Marie, la mère de Jésus, ses frères, ses sœurs?
demanda Gedaliah.

— Nos espions n'ont vu au tombeau que Joseph,
Nicodème et six serviteurs, mais aucune femme. Cela
exclut donc Marie et ses belles-filles.

— Six serviteurs, c'est beaucoup, je l'ai fait remar-
quer à Joseph, reprit Caïphe.

— Il est vrai que le déclouement a été laborieux,
dit Saül.

— Y étais-tu?

— Non, mais deux de mes hommes en ont suivi les
étapes.

— Le mystère est donc entier! » s'écria Annas d'un
ton impatient.

Les quatre hommes demeurèrent silencieux, livrés
au bourdonnement de leurs conjectures, tandis que les
mouches y faisaient écho.

« Et ce disciple qui était venu nous livrer son maître, Judas? demanda Gedaliah.

« C'est le Messie qui nous a été envoyé par le Seigneur ! »

— Pas trace de lui. Il est peut-être parti se réfugier dans un hameau.

— Quand on apprendra son rôle dans cette affaire, conclut Saül, son sort ne sera pas enviable.

— C'est étrange, releva Caïphe, il n'est pas venu réclamer son argent. »

25.

Judith et la purification

Des cris scandés jaillirent dans la rue, devant la maison de Nicodème.

« C'est le Messie ! »

Un cortège d'une cinquantaine de personnes, hommes à l'avant, femmes à l'arrière, chantait le refrain avec exaltation, en se dirigeant vers la Porte d'Ephraïm.

« Jésus, c'est le Messie ! »

En fait, un ou deux défilés de ce genre passaient chaque jour dans Jérusalem : ils partaient d'un point de ralliement dans la ville basse ou la ville haute et se dirigeaient tous vers le Golgotha, où les partisans récitaient des lamentations et chantaient des hymnes nouveaux à la gloire du roi disparu et futur.

Ce cortège-là était le premier qui passait devant la maison de Nicodème.

Son fracas tira Judas de sa torpeur. Les domestiques demeurés à Jérusalem pour garder la maison de Nicodème ouvrirent la porte sur la rue, afin d'observer la manifestation. Ils repérèrent aussitôt, de l'autre côté de la rue, deux sbires de Saül qui, la veille, étaient venus leur tirer les vers du nez. Pour quelle raison surveillaient-ils encore la maison? Judas alla jeter un coup d'œil par-dessus les épaules des domestiques et reconnut, pour sa part, non les sbires, mais quelques-uns des Soixante-douze dans le défilé. Il secoua la tête et jugea inutile de se montrer, sauf à se quereller avec eux. Ils étaient bien à l'aise de faire les bravaches, maintenant que tout était consommé! Que ne s'étaient-ils manifestés avant le jugement et la sentence de Pilate...

Alors la question qui n'avait cessé de le tarauder depuis le départ de Jésus revint le tourmenter : que se serait-il passé si Pilate avait obtenu ou imposé l'acquittement de Jésus? Le nabi Jésus aurait-il été couronné roi et grand-prêtre? Une guerre civile aurait éclaté et la punition des Prêtres impies serait tombée avec tout le fracas du ciel...

Il s'apprêtait à quitter le pas de la porte quand il identifia trois Esséniens qui avaient, eux aussi, observé le défilé. On les reconnaissait à leur tenue austère, la même pour tous, une robe de chanvre grossier d'un brun délavé. Judas la connaissait assez : ne l'avait-il pas portée dans le désert, comme son Maître! Ils venaient sans doute de leur quartier, non loin du palais hasmonéen. Car ils avaient leur quartier, constitué autour d'une vaste bâtisse, consacrée à la poterie et à la copie des Écritures. Jugeant vain de ranimer une querelle où ils risquaient toujours de perdre des plumes, les gens du Temple toléraient leur installation avec des grimaces, puisque les Romains refusaient d'interdire à ces hérétiques l'accès de la Ville sainte.

Leur présence intrigua Judas. Quelle était leur attitude à l'égard des événements de ces derniers jours? Jésus avait été des leurs. Puis ils s'étaient opposés sur des points de la Torah. Oserait-il, lui, Judas, les interroger ? Mais à quoi bon ? Tout avait été dit, tout était consommé.

Il s'apprêta à regagner sa chambre à l'arrière de la maison, sur le patio où des lauriers-roses dodelinaient dans la brise. Presque une cellule, garnie d'une simple paillasse et d'un broc d'eau. La fille de l'un des serviteurs, Judith, seize ou dix-sept ans, lui lança un regard qui arrêta son pas. C'était celle qu'il avait sauvée de la mort dans la bousculade du Temple, quelques jours auparavant. Ils se firent face et elle le dévisagea avec une audace proche de l'effronterie.

« Que veux-tu dire, fille ? » demanda-t-il à la fin, sourcilleux.

Elle prit son temps pour répondre.

« Pourquoi méprises-tu ton corps ?

— Comment cela ?

— Tu as les mains et les pieds noirs des croûtes d'un sang mystérieux. Tes yeux suintent, tes cheveux sont une crinière de sanglier. Tu ne manges quasiment pas. Tu sembles te destiner à une mort précoce. Veux-tu y entrer dans cet état ? Te crois-tu digne de ton Maître ? »

Il fut stupéfait par l'autorité et la franchise du propos, chez une fille qui n'eût pas osé lever les yeux sur son frère.

« Que sais-tu de moi ? Et pourquoi t'intéresses-tu à moi ? » répliqua-t-il, pris de court.

C'était la première fois depuis le départ de Jésus qu'il échangeait des paroles avec quiconque, sinon pour demander de l'eau.

« Ne suis-je pas une servante de Nicodème ? Ne sommes-nous pas tous ici des disciples du Maître ? Ne m'as-tu pas épargné d'être écrasée au Temple ? Tu fais pitié. Je ne sais pas l'origine de tes plaies, mais certains disent que tu te les es infligées toi-même. Notre Maître est l'espoir et tu es l'image du désespoir. »

La stupeur de Judas monta d'un autre cran. De quel droit cette péronnelle lui faisait-elle des reproches ? Il faillit lui rétorquer qu'elle ferait mieux de se mêler de ses propres affaires, mais il se ravisa. L'intention de cette fille n'était pas malveillante ; elle témoignait au contraire d'intérêt, sinon de charité pour lui, et le reproche était plus profond qu'il y paraissait : « Notre Maître est l'espoir et tu es l'image du désespoir. » Se pouvait-il, grand ciel, que cette jouvencelle de Judith eût compris mieux que lui le message du Maître ? Mieux que lui ?

Il s'apprêta à répondre. Elle lui avait coupé la parole.

« Tu devrais exulter, dit-elle encore. Notre Maître est vivant.

— Tais-toi, imprudente !

— Rien de ce qui est dit dans cette maison ne sort des murs. Je le répète, notre Maître est vivant, réjouis-toi. »

Il la considéra un moment, incrédule. Puis, pour réparer son amour-propre, il lui tourna le dos et s'en fut dans sa tanière.

Mais que pouvait-il faire d'autre que se rendre au bien-fondé des injonctions de Judith ? Il en débattit un moment en lui-même et se rendit à l'évidence. Il devait donner un triste spectacle. Il aurait fait honte à son Maître, qui ne manquait jamais les ablutions du matin ni du soir et dont le peigne lustrait régulièrement les cheveux et la barbe. À Quoumrân, nul n'eût osé se présenter au repas du soir s'il ne s'était soigneusement baigné, brossé les pieds et les mains et convenablement débroussaillé le poil. Certains, même, ceux qui travaillaient aux champs, ne manquaient jamais de se curer au couteau la terre sous les ongles.

250

Comment avait-il déchu à ce point ?

Oui, pourquoi était-il désespéré ? S'il eût jamais dû, depuis qu'Ève et Adam avaient été chassés du Paradis, sous les sarcasmes tonnants du Créateur, oui, s'il eût jamais dû être un homme désespéré, c'eût dû être le Maître lui-même.

Il conclut avec humeur qu'il était désespéré parce qu'il nourrissait une trop haute opinion de lui.

Cela étant, il lui fallait procéder à ces ablutions. Or, il n'avait ni broc ni savon ni peigne ni brosse à bouche. Il avait perdu sa besace il ne savait plus où. Peut-être dans la maison de Simon de Josaphat. Ou sur la route. Il se résolut à aller prier le chef des serviteurs, Hicham, personnage altier autant qu'amène, de lui en prêter.

« Je peux même t'apporter de l'eau chaude », répondit Hicham.

Proposition éloquente : à l'évidence, Hicham aussi estimait qu'il était grand temps d'ablutions. L'eau chaude décaperait mieux la crasse que le disciple élu accumulait depuis des jours, sur le scalp, le pubis, les pieds... Hicham s'offrit même à l'aider dans cette exhumation. Judas l'accepta. Puis le regretta.

Car, accroupi dans un baquet sous les yeux vigilants du majordome, il dut gratter doucement, au crin végétal, les croûtes qui mollissaient sur ses pieds et ses poignets bleus.

« Mais tu n'as pas été crucifié, toi ?

— Non, ce sont des blessures accidentelles. »

Qu'eût-il pu alléguer d'autre ? Judith ne lui avait-elle pas révélé que, pour les domestiques, il se les était infligées à lui-même ?

Hicham lui frictionna énergiquement le dos au crin savonneux, Judas s'affaira au reste. Il se fût presque reproché le plaisir voluptueux avec lequel il se lava les cheveux, puis la face et les oreilles à l'eau tiède, entraînant le suint des graisses impures, petits excréments insidieux de la chair, de surcroît alourdis par la poussière. Ce n'étaient plus des ablutions, mais un baptême où l'âme renaissait, rajeunissait, ressuscitait avec le corps.

Oui, pourquoi avait-il désespéré? se demanda-t-il en savonnant délicatement ses orteils. Parce que l'attente de l'amour de son Maître était devenue insupportable? Parce qu'il avait secrètement aspiré à rejoindre son Maître dans la mort? Parce qu'il ne pouvait se fondre en lui?

Parce qu'il n'était pas Jésus?

Le majordome le rinça d'une longue potée d'eau fraîche. Judas se leva, désemparé, et se sécha.

« Je t'ai apporté une robe propre. »

Il n'avait pas seulement apporté une robe, mais aussi des braies et une chemise. Judas affronta un regard teinté de commisération. Était-il donc la honte de la maison de Nicodème, le sanglier impur, comme Judith l'avait suggéré? La honte, en tout cas, le frappa en retour. Il revêtit les braies, puis la robe et lava ses sandales maculées de terre avec l'eau du baquet, avant de les enfiler. Il se savonna les dents, les frotta avec le doigt, puis se rinça la bouche à l'eau fraîche et cracha dans le baquet la salive épaisse et rance. L'air même prit un autre goût.

Hicham lui tendit un peigne. Judas le prit, fit un pas maladroit en avant et manqua choir; les blessures le faisaient encore souffrir. Hicham regarda les pieds.

« Tu as beaucoup souffert. »

Judas fouilla les yeux du serviteur. Cette pitié devenait insupportable. Mais elle n'était cependant pas méprisante. Il se peigna énergiquement, mécontent et perplexe.

Hicham appela un domestique; un jeune homme vint tirer le baquet vers la porte du patio et le vida dans la rigole qui courait jusqu'à la rue, puis aux murailles de la ville et dévalait sur la colline; là-bas la terre buvait l'impureté des humains. Puis il ramassa les vêtements sales, braies, chemise et robe, pour les donner à laver.

« Tu as souffert plus que nous tous, dit encore Hicham. Tu es affaibli. Il faut te nourrir un peu plus que tu ne l'as fait depuis que tu es ici.

— Que dites-vous de moi entre vous? demanda Judas en le suivant vers la cuisine.

— Mon maître et Lazare t'ont recommandé à nos soins avant de partir et nous parlons parfois de tes épreuves. »

Il reconstitua la situation : les hommes n'avaient pas osé lui faire de remontrances, mais Judith s'en était faite l'interprète à leur insu. Il se laissa convaincre de boire un bol de lait chaud et de manger une salade et quelques miettes de bœuf avec du blé cuit.

La nature qu'il avait si durement maltraitée ces derniers jours prit sa revanche : après ce repas modeste, mais pour lui babylonien, il fut précipité dans un sommeil animal, comme il n'en avait pas connu depuis longtemps.

Il s'éveilla sur une vision qui le glaça : une forme émergeant à peine de l'obscurité et tenant une lampe au-dessus de sa tête. Qu'était-ce? Une ombre venue du Shéol pour l'interpeller? Il poussa une exclamation. La forme frémit.

« Nous ne t'avons pas vu de la soirée, alors je me suis inquiétée », dit-elle.

Judith! Un coup d'œil à la lucarne informa Judas que la nuit était tombée depuis belle lurette; il avait dormi de longues heures. Le silence alentour lui indiqua que la maisonnée était plongée dans le sommeil, comme la ville.

Il s'assit sur la paillasse et reprit son souffle. Elle posa la lampe par terre, près d'une cruche d'eau qu'elle avait apportée, à côté de la porte :

« Voici pour la nuit, dit-elle.

— Je te remercie. »

Il se leva pour prendre la cruche. Il se trouva confondu. L'attitude qu'il avait prise pour de la commisération était de la sollicitude. Et cette fille l'avait arraché à la mort lente, une extinction par momification progressive, cessation générale des besoins et désirs.

En se penchant pour soulever la cruche, la douleur surgit brusquement dans un pied. Il poussa un cri, perdit l'équilibre et se raccrocha à elle. Elle le saisit par les aisselles pour l'aider à se rétablir. Ils se trouvèrent plaqués l'un contre l'autre. L'égarement inonda l'esprit de Judas, liqueur sauvage qui balayait souvenirs et raison. À trente ans, il n'avait jamais touché de femme depuis sa lointaine adolescence, quand il courait les prostituées sacrées des tribus voisines. Pas à Quoumrân, où le célibat constituait la règle tacite, où il n'y avait pas de jeunes filles et où les couples étaient assignés à des quartiers séparés. Ni plus tard, quand il avait suivi le Maître. Il était alors loin de Karyoth. La coutume voulait qu'il ne prît femme que là-bas. Les incessants voyages, eux, exigeaient qu'il ne prît pas de femme du tout.

Peu importait, d'ailleurs.

Ils se firent face dans l'obscurité, à peine diluée par la flamme timide de la lampe. Un menton délicat nimbé par le bas, des orbites éclairées à l'envers, où scintillaient des étoiles infinitésimales.

Il la serra contre lui. Elle appuya son front contre le sien. Il caressa la nuque. Puis le haut des seins. Il avait oublié comment était un corps de femme, mais

254

pressentait qu'il ne tarderait pas à se le rappeler. Il souleva maladroitement la chemise pour en découvrir davantage. Le corsage en était lacé par-devant, il défit le nœud. Elle le laissa faire. Les seins apparurent. Il fut confondu. Il les caressa, les baisa et ses mouvements s'enfiévrèrent. Le corps de Judith se redressa. Leurs haleines se rapprochaient, formant entre leurs lèvres comme un troisième corps. Il pencha la tête vers elle. Ils s'avalèrent réciproquement l'âme.

Était-ce elle qui gémissait? Ou bien lui? Quand il se défit de sa robe et qu'elle lui caressa le torse, il fut pareil à un chiffon dans le vent.

Ils se déshabillèrent.

Aucun alcool... songea-t-il, sans jamais achever sa phrase. Quand ils se joignirent, il flamba comme l'étoupe. Judas n'exista plus. Des orteils aux oreilles, une flamme qui se tordait et montait vers le ciel, comme elles le font toutes. Ses cendres s'envolèrent haut, puis un vent inconnu les éparpilla dans la lumière. Son âme se délivrait du corps et bientôt elle s'effilocha, se déchira, s'éparpilla. Il ne resta plus que l'Esprit, abolissant la pensée, Judas s'était évanoui. La tendre chair de Judith se consuma aussi, un habit de peau, soies et velours, que les spasmes de l'âme agitèrent un moment et désertèrent aussi.

Et pourtant ils n'avaient pas bu du Vin de Délivrance. Mais peut-être celui-ci coulait-il d'autres sources. Avant de s'endormir, Judas se rappela des discours murmurés, très anciens, des récits où des prostituées sacrées servaient une boisson de délivrance et se changeaient en flammes... Il ne se rappelait plus ces récits, mais il se souvint des paroles du Maître : « Le corps est transitoire, mais il n'est pas impur. Seule l'âme peut être impure. »

Éclairé par une lampe qu'il ne connaissait pas, il se laissa flotter, une main sur le sein qui l'avait nourri.

L'eau froide de l'aube ruissela sur lui et l'éveilla. Il était seul. Il s'affola, égaré. Avait-il été la proie d'un démon? La vue de la cruche le détrompa. Il se rappela qu'ils l'avaient vidée ensemble, lui et Judith. Il s'habilla, titubant pour aller la remplir à la cuisine. Il aperçut alors Judith qui lavait ses vêtements dans le jardin et son cœur recommença à battre. Mais les domestiques allaient et venaient et ce qui s'était passé la nuit ne les concernait pas.

Un peu plus tard, elle revint le voir.

« Lazare dit que tu es le bien-aimé de Jésus. Alors, tu es deux fois bien-aimé. »

Leur échange s'interrompit sur des éclats de voix dans le vestibule. Éclats brefs et clos par un claquement de porte. Judith quitta Judas pour aller s'en informer.

À la même heure, à Césarée, Hérode Antipas leva des yeux cernés sur la mer d'argent. La brise agitait doucement le rideau tiré sur la terrasse fleurie.

Il n'avait pas dormi.

Les nouvelles étaient arrivées la veille : Jésus ne gisait pas au tombeau et certains disaient qu'il était ressuscité.

Le tétrarque avait alors été pris de terreur : le crucifié allait apparaître et exiger vengeance pour la mort du Baptiste. Aussi, Téléon, astrologue, médecin et magicien personnel du potentat, était-il venu prononcer les formules qui repoussent les démons et les créatures du Shéol, les lampes avaient-elles brûlé toute la nuit et le majordome avait-il, lui, dormi aux pieds de son maître.

Comme si les vaticinations, les lumières et le majordome pouvaient tenir en respect un prophète sorti de sa tombe.

Un serviteur entra, apportant la première collation de la journée. Un gobelet de lait d'amandes, des pains au sésame et d'autres aux raisins secs, des dattes confites à la girofle... Hérode les considéra d'un œil chassieux et but une gorgée du lait, puis tâta une datte. Tout en les mâchouillant du bas de la tête, il ruminait du haut.

« Appelez Téléon », ordonna-t-il.

Quelques instants plus tard, l'employé aux affaires d'outre-monde accourut, melliflu, et présenta ses compliments et ses souhaits à son maître. Sans trop y croire, d'ailleurs, car la mine de ce dernier trahissait la nuit blanche. Grec replet mâtiné de Syrien et maîtrisant maintes langues du ténébreux Orient – oxymore s'il en fut jamais – Téléon savait que la grande faiblesse des puissants est de croire à leur puissance. Hérode Antipas avait longtemps cru que la faveur de Rome garantissait sa fortune et soudain, l'irruption de la religion dans la vie de l'ancien royaume de son père l'affolait.

Il craignait que Jésus vînt le déposséder. Et Téléon disposait du pouvoir que le tétrarque ne maîtrisait pas : la connaissance de l'ineffable. De ce fait, il disposait d'un pouvoir sur le tétrarque lui-même.

« Répète-moi ce que tu m'as dit hier sur les juifs ennemis de Caïphe. »

Téléon s'assit sur l'un des tabourets bas de la pièce, tous d'un niveau évidemment inférieur au siège d'Hérode.

« Quel est le chapitre qui a retenu ton attention, prince ?

— Celui des mauvais dieux.

— Il est simple. Le Dieu qui a créé l'univers a créé le bien et le mal, qui ont chacun leur gouverneur. Les juifs honorent le Créateur. Leurs ennemis les accusent d'adorer donc le mal autant que le bien.

— Et c'est le cas de ce Jésus qu'ils ont fait crucifier?

— Oui, prince.

— Mais lequel des dieux détient le pouvoir?

— Le Créateur.

— Et le dieu du bien?

— Il commande l'esprit.

— La belle jambe, s'il est impuissant!

— Ah, c'est là le point. Il n'est pas impuissant : il rejette de son royaume tous ceux qui ne l'ont pas adoré.

— Et où vont-ils?

— À l'épouvantable Shéol, où ils croupissent pour l'éternité. »

Sur cette funeste représentation, Hérode Antipas reposa son verre de lait d'amandes et rota.

« Ce Dieu bon ne règne donc que dans l'autre monde, déclara-t-il avec son gros bon sens, entamant un des petits pains aux raisins secs.

— Non, prince, selon leur prophète Jésus, il dispute ce monde-ci au dieu du mal et il y fait des prodiges par l'entremise de l'Esprit. »

L'inquiétude du tétrarque dressa de nouveau l'oreille. Le Baptiste et Jésus étaient des serviteurs du bon Dieu et comme tels, ils détenaient donc des pouvoirs.

« Crois-tu qu'un homme puisse ressusciter?

— S'il est serviteur de l'Esprit, n'est-il pas soutenu par la puissance infinie de son dieu? »

L'idée tourmenta évidemment Hérode Antipas, guère différent de tous les princes de ce monde : l'évocation d'une puissance sur laquelle ils n'auraient d'autre moyen d'action que les manigances et récitations de sorciers produisait sur lui le même effet que la vue d'un chien sur un chat. Il roula des yeux et haussa les épaules.

« Les juifs ont donc fait un mauvais choix?

— L'avenir le dira, prince.

— L'avenir, l'avenir! Qu'en disent les astres? Et pourquoi ces illuminés apparaissent-ils maintenant? »

L'épreuve, ce matin-là, était décidément redoutable pour Téléon : comment dire la vérité à son maître sans risquer ses foudres? Il joua son va-tout :

« Les juifs ont, depuis la victoire de Babylone, la destruction du Temple et leur exil en Asie, le sentiment que leur dieu ancien les a abandonnés. Certains d'entre eux en ont conclu que ce n'était pas le bon et ils se tournent donc vers un autre. C'est celui que prêchait l'homme crucifié par Pilate. Quant aux astres, prince, ils ont annoncé depuis bien des années une longue période de souffrances pour le peuple d'Israël. Saturne, son protecteur, est en déclin. »

Hérode mâchait pensivement son pain. Oui, il était évident qu'Alexandre, puis les Romains avaient changé l'ancien royaume d'Israël en province.

Mais enfin, Jésus n'avait pas été couronné. Il eût fait beau voir que Pilate y eût consenti!

26.

Le piège

« Il y a quelqu'un dans la maison de Nicodème qui n'appartient pas à la domesticité de garde », dit l'espion.

Saül le considéra tout en achevant de mâchonner des grains de sésame échappés à la mastication d'un pain de son déjeuner.

« Cette domesticité, reprit l'autre, comporte quatre hommes et trois femmes chargés de veiller à ce que la maison soit habitable et achalandée au cas où Nicodème reviendrait à l'improviste de voyage ou bien y enverrait des amis, comme il l'a fait avec Marie de Magdala et les siens. Nous connaissons tous les domestiques mâles, car nous les avons interrogés sur leur expédition nocturne dans la nuit précédant la Pessah. Or, hier, les quatre commis de garde se sont groupés à la porte pour voir défiler un cortège de partisans de Jésus ben Joseph. Et mon collègue et moi avons aperçu pardessus leurs épaules un cinquième homme dont la tête nous est inconnue.

— Peut-être n'êtes-vous pas informés de l'existence d'un cinquième domestique », suggéra Saül.

L'espion parut sceptique.

« Nous surveillons cette maison sur tes ordres depuis le départ de Nicodème, de sa femme et de ses deux fils, ainsi que de Lazare, de Marie de Magdala et de sa sœur Marthe. Nous en connaissons tous les occupants.

— Cet inconnu n'est jamais sorti ?

— Non. C'est bien ce qui nous intrigue. Tous, hommes et femmes, sortent de temps à autre, pour aller acheter du bois, des vivres, du vin, que sais-je, mais pas celui-là.

— Ce ne peut être Jésus ?

— Non, nous le connaissons trop bien, se récria l'autre.

— Interrogez les femmes.

— Nous l'avons tenté. Elles nous ont envoyés promener avec rudesse. »

Saül était piqué. Aucune autorité à Jérusalem ne lui permettrait de forcer la maison d'un homme de bien, sur la base d'une curiosité sans objet. Il ignorait qui se trouvait dans la maison et ne pouvait donc requérir aucune aide. Si l'espion disait vrai, et Saül connaissait assez son furet pour lui faire confiance, la maison de l'un des personnages-clefs de la mystérieuse disparition du corps de Jésus bar Joseph abritait cependant un homme non moins mystérieux. Quelqu'un peut-être qui expliquerait cette disparition. D'où le secret qui entourait sa présence dans la maison de Nicodème.

« Écoute, dit-il à l'espion. Voici ce que nous allons faire. »

« Mon maître, dit Hicham à Judas quelques moments après le fracas, il semble que des puissances malveillantes soient informées de ta présence dans cette maison et s'en inquiètent. »

Judas fut surpris.

« Les sbires de Saül, le chef de la milice du Temple, sont venus tout à l'heure demander qui donc se cachait ici. C'étaient les mêmes qui nous avaient interrogés l'autre dimanche sur l'inhumation du nabi Jésus et nous les avions déjà mal reçus. Ils ont récidivé. Nous leur avons répondu qu'il n'y avait personne. Cependant, leur curiosité même est révélatrice. Notre maître Nicodème nous a appris que rien de bon ne peut venir de ces gens. Il n'est pas un seul d'entre nous qui leur fournira la moindre information. Mais je te mets en garde. Ne sors pas d'ici. Tu es déjà recherché par les disciples qui ignorent ton attachement au nabi.

— Vais-je demeurer ici toute ma vie ?

— Non. Notre maître et Lazare nous ont laissé des instructions : quand le jour sera venu, nous t'escorterons nous-mêmes à Béthanie. »

Judas le remercia et dissimula son désarroi.

Pourquoi avait-il donc refusé de suivre Lazare et Marie à Béthanie ? Pourquoi avait-il voulu demeurer à Jérusalem ? Il n'y comptait désormais que des ennemis. En dépit de la défense que Lazare avait prise de lui, l'attitude de Jacques et de Thomas, à leur dernière rencontre, l'avait informé. Ils se méfiaient de lui, ils le soupçonnaient, comme les autres disciples et les Soixante-douze, sans doute, d'être celui qui avait trahi Jésus.

Il avait choisi de rester à Jérusalem parce qu'il ne pouvait, dans sa déréliction, se résoudre au confort d'une demeure amie, comme celle de Marie. L'affection lui serait importune. Il voulait être seul. La maison de Nicodème, désertée, serait son refuge. Il ne supporterait plus aucune compassion ni consolation. Il ne pouvait plus, il ne voulait plus parler. Il ne connaîtrait plus de paix que le jour où il reverrait son Maître.

Mais le reverrait-il ? La Syrie lui paraissait un pays imaginaire.

Et maintenant, il était prisonnier de cette maison et de Jérusalem.

Il regretta que Judith l'eût tiré des limbes où il avait flotté.

Il sortit dans le patio. Judith arrosait les lauriers-roses. Il s'émut : elle avait arrosé son âme. Quand elle leva les yeux vers lui et sourit, il se sentit pareil à ces roseaux que le vent fouette de part et d'autre. Elle vint vers lui et le sonda d'un long regard velouté.

« Le jour s'est-il levé en toi ? » demanda-t-elle enfin.

Comment cette fille savait-elle sa nuit ?

« Tu es toi-même belle comme le jour, répondit-il.

— Tu veux dire que ta nuit est longue. Espère, Judas. Nous le reverrons. Il a vaincu. Te désoleras-tu de sa victoire ?

— C'est à mon sort que je songe, Judith. Je suis prisonnier de cette maison. »

Elle secoua la tête.

« Je sais ce que t'a dit Hicham. Tu sortiras sans encombre quand il le faudra. Si tu veux quitter Jérusalem à tout prix avant cela, Hicham et ses hommes t'accompagneront aussi bien, à condition que vous partiez avant l'aube.

— Le Seigneur te bénisse », dit-il.

Elle savait à chaque moment d'affliction dispenser les paroles qui rassérénaient. Elle lui serra l'épaule avec une assurance familière et reprit sa besogne.

Quitter Jérusalem ? Cette ville lui était désormais aussi hostile qu'elle l'avait été à son maître. Leurs ennemis y avaient tissé un réseau de haines mortelles et, dans son propre cas, celles de ses anciens amis s'ajoutaient aux autres. Mais cette ville était aussi le lieu où tout s'était accompli. C'était là que lui, Judas, s'était détaché de lui-même. Il s'habituait mal à l'idée de l'abandonner, comme ce voyageur qui répugne à jeter des sandales déchirées, parce qu'elles ont fidèlement soutenu ses pas dans ses tribulations. Il eût voulu se rendre une dernière fois au Golgotha et prier là-haut.

Il mesura l'imprudence d'un tel projet et soupira. Il ne restait plus qu'à attendre le message de Marie, qui l'inviterait à partir pour Béthanie et rejoindre son Maître.

Le lendemain, vers la neuvième heure, les clameurs d'un nouveau cortège retentirent dans la rue, mais cette fois, elles se changèrent en cris furieux. Des injures fusèrent et l'on perçut les chocs d'un affrontement. Que se passait-il ?

Judas courut vers le vestibule. Les domestiques y étaient rassemblés. Hicham se refusait à ouvrir la porte, sur laquelle retentissaient des chocs violents. Sans doute des corps projetés contre elle, dans une bagarre furieuse.

« C'est juste devant la maison, expliqua-t-il. Si j'ouvre, ils déferleront à l'intérieur. »

Ils montèrent observer la scène depuis les fenêtres de l'étage.

Deux ou trois cents hommes, certains armés de bâtons, s'étaient engagés dans une empoignade brutale et des corps-à-corps forcenés, assortis de vociférations. Impossible de distinguer les deux camps. Déjà l'on emportait des blessés.

« Mais que se passe-t-il donc ? » demanda un domestique.

Question superflue : tout montrait que le cortège des partisans de Jésus se heurtait à des séides du Temple, excédés par leurs hosannas.

D'en haut, ils virent un homme tomber devant la porte et deux autres s'acharner sur lui. Était-ce un partisan de Jésus ? Ou du Temple ? Peu importait, la raclée tournait au massacre et Hicham s'impatienta. Il descendit, suivi des autres, pour mettre fin à cette tentative d'assassinat. Judas les suivit.

Hicham ouvrit la porte. Lui et les autres domestiques furent projetés à l'intérieur et des hommes déboulèrent dans la maison. Ils parcoururent les hommes des yeux et, sur l'ordre d'un des assaillants, Judas fut saisi par trois sbires et emmené brutalement hors de la maison, tandis que les domestiques, indignés et stupéfaits, tentaient mais en vain de s'interposer.

Peu après, d'ailleurs, les bagarres s'espacèrent, puis cessèrent. Le blessé qui avait paru sur le point de rendre l'âme s'était promptement redressé et avait décampé.

Ç'avait été un piège.

Judith, hagarde, regarda Hicham refermer la porte et affronter les regards consternés.

27.

Le chacal céleste

Judas ne comprit l'affaire que lorsqu'il fut poussé dans une maison inconnue et mis en présence d'un personnage connu : Saül. Ils s'étaient vus, en effet, dans la maison de Caïphe, la nuit de la fausse délation.

« C'est celui-ci », dit le chef des ravisseurs.

Saül hocha la tête.

« Que signifie cet enlèvement ? » demanda Judas.

Saül esquissa un sourire.

« Que signifie ta présence secrète dans la maison de Nicodème ? » demanda-t-il.

Judas, debout, toisa l'autre et joignit les mains devant lui, dans l'attitude de quelqu'un qui ne répondra pas. Au bout d'un certain temps, Saül reprit :

« Tu répondras Judas, que ce soit à moi ou bien aux hommes de Caïphe. Et si ce n'est pas à ceux de Caïphe, ce sera enfin à ceux de Pilate. »

Il eût aussi bien menacé une statue.

Soudain, il s'avisa des cicatrices aux pieds de Judas et se pencha brusquement pour les examiner.

« Tu as été crucifié? s'écria-t-il, au comble de l'émotion. Toi? Et tu t'en es tiré? Tu es descendu vivant de la croix? Mais parle, parle au nom du Très-Haut! »

Devant le silence de Judas, il saisit une des mains de celui-ci et en examina le poignet. Sa stupeur redoubla.

« Quand as-tu été crucifié? »

Pas de réponse. Saül appela, un milicien apparut :

« Va immédiatement prévenir Gedaliah d'une découverte extraordinaire et le prier de venir sur-le-champ. »

Les deux hommes se firent face, l'un impassible, l'autre agité.

Saül fit les cent pas dans la pièce où l'entrevue avait lieu : deux portes, l'une sur le vestibule, l'autre sur une cour intérieure, trois sièges, une table, une lampe à trois becs accrochée au plafond.

Gedaliah arriva enfin, les sourcils froncés et l'air contrarié d'un dignitaire que l'on dérange à la légère. Il salua Saül, puis considéra Judas, l'air étonné.

« Tu m'as fait appeler, dit-il à Saül. C'est pour cet homme?

— Oui.

— Mais je le connais déjà. C'est Judas.

— Oui, mais tu ignores qu'il se cachait dans la maison de Nicodème.

— De Nicodème?

— Ce n'est pas tout. Regarde ses pieds. »

Gedaliah écarquilla les yeux, se pencha, toucha les cicatrices, se releva, dévisagea Judas et se tourna vers Saül, médusé.

« Ce n'est pas tout. Regarde ses poignets. »

Gedaliah à son tour saisit un poignet, puis l'autre et murmura :

« Par le Très-Haut... Et il marche? Il marche?

— Je ne t'ai pas fait venir pour rien, comme tu le vois. Cet homme sait, j'en jurerais, le secret de la disparition du cadavre du Galiléen. Mais il connaît à coup sûr d'autres secrets. »

Ils se consultèrent du regard.

« Cela... Tout cela, marmonna Gedaliah, est trop important... Il faut l'emmener chez Caïphe. »

Un moment plus tard, ils furent chez le grand-prêtre, avec Judas encadré par des miliciens.

Caïphe ne les attendait pas; il apparut, étonné de revoir chez lui Judas sous bonne garde et accompagné du chef de la milice et de son homme de confiance. Ils résumèrent la situation. Et l'interrogatoire recommença :

« As-tu été crucifié ? »

Judas jugea plus cruel de leur dire la vérité telle qu'elle était. Enfin, presque toute la vérité.

« Je l'ai été en esprit.

— En esprit ? répéta Caïphe, abasourdi.

— Les plaies sont apparues alors que j'assistais au supplice de mon Maître. »

Les trois hommes se regardèrent, décontenancés. Rien n'était pour eux plus menaçant que le surnaturel. Caïphe n'approfondit donc pas la réponse de Judas.

« Que faisais-tu dans la maison de Nicodème ?

— Est-ce une maison interdite ?

— Elle eût dû l'être pour un homme qui nous a livré ce faux Messie, le maître de ces égarés.

— Ils savent tous que j'ai agi sur son ordre.

— Sur l'ordre de qui ?

— De mon Maître. »

Nouvelle stupeur.

« Tu nous aurais livré Jésus sur son ordre ?

— C'est bien cela.

— Tu te moques de nous ? »

Il secoua la tête.

« Non, il s'est offert en sacrifice à Yahweh. »

Caïphe ravala sa salive. Pour autant qu'il sût de l'enseignement du Galiléen, les dires de Judas étaient plausibles. Voilà pourquoi Nicodème avait donné asile à celui que lui, Caïphe, avait pris pour un délateur.

« Il savait qu'il serait condamné à la croix ?

— Il ignorait si ce serait la croix ou la pierre. »

Les trois hommes furent confondus. Ils avaient cru mener le jeu, ils n'en avaient été que les osselets.

« Où est son corps ?

— À la droite de Yahweh.

— Il est donc mort ?

— Non, puisqu'il est sorti du sépulcre.

— Comment en est-il sorti ?

— Je l'ignore. »

Il ne trahirait personne, même sous le fouet. Ni Marie, ni Lazare, ni Joseph…

« Vous l'avez enfermé dans le sépulcre de Joseph d'Arimathie dans la nuit qui précédait la Pessah. Il n'a pu en sortir vivant.

— Nous devions revenir le lendemain achever l'ensevelissement, on nous a prévenus que le sépulcre était vide.

— Tu faisais donc partie de ceux qui l'ont mis au tombeau ? »

Judas hocha la tête. Caïphe s'énerva.

À ce moment-là, Annas, prévenu, entra d'un pas de spectre et s'assit.

« Tu es l'un de ceux qui savent la vérité sur la disparition du cadavre ! Je peux te faire fouetter pour te forcer à vomir l'infecte vérité !

— Tu le peux, en effet, mais le fouet ne changera pas la vérité.

— Avoue que vous avez dérobé le corps pendant la nuit !

— Tes hommes, grand-prêtre, nous ont vus rouler le *dopheq* pour fermer la tombe, non ? Ils nous auront aussi bien vus repartir pour Jérusalem. »

C'était confondant.

« Mais tu sais qui a dérobé le cadavre ? insista Annas.

— Je ne sache pas qu'on ait dérobé un cadavre et je ne vois pas pourquoi on aurait commis pareille profanation.

— Comment avez-vous appris que le sépulcre était vide ?

— Marie de Magdala s'y était rendue à l'aube. Elle est revenue nous prévenir.

— C'est elle qui a dérobé le cadavre ? »

Judas s'autorisa à sourire, ce qui fouetta l'exaspération des interrogateurs.

« Elle était partie seule et elle est revenue de même. Je ne vois guère une femme seule rouler un *dopheq* ni dérober un cadavre, comme tu dis, et je ne vois pas non plus pour quelle raison. Son émoi prouvait assez que ce qu'elle disait était véridique. »

La seule conclusion à tirer de ses paroles était que Jésus était ressuscité et, il le savait, cette seule idée les rongeait comme un chacal dévore une brebis encore vivante. Il en tira une profonde jouissance. Il était le chacal céleste.

Gedaliah prit Saül à part :

« Cet homme porte les marques de la crucifixion, pour laquelle il donne des explications invraisemblables. Il faut vérifier qu'il n'ait pas été crucifié à la place du Galiléen. »

Saül secoua la tête :

271

« C'est bien Jésus qui a été crucifié, Gedaliah. Il a été suivi par mes hommes tout le long du trajet. Les deux hommes ne se ressemblent pas. Il n'existe aucune possibilité de confusion. Quant à Judas lui-même, il n'y a aucune raison pour laquelle il aurait été crucifié par Pilate. Et de toute façon, il ne serait pas descendu vivant de la croix.

— Mais alors, ces blessures aux pieds et aux poignets ? »

Saül leva les bras au ciel, en signe d'ignorance. L'autre fit une longue grimace ; ils retournèrent auprès de Caïphe et d'Annas. Force était d'admettre qu'ils se trouvaient dans une impasse. La découverte du mystérieux occupant de la maison de Nicodème n'avançait pas leurs affaires d'un iota. Et qu'allaient-ils faire de Judas ? Ils ne pouvaient rien lui reprocher. Ils étaient contraints de le libérer.

Se balançant imperceptiblement d'un pied sur l'autre, en prenant soin de faire reposer son poids sur les talons, il les observait chacun à son tour, Caïphe, sombre masse de rancœurs drapées d'un manteau brodé, Annas, bilieux vieillard desséché par le fanatisme, Gedaliah, chien de garde au croc avide, et le dernier, le nabot, grosse tête bourdonnant de fermentations ténébreuses et vissée sur un corps d'enfant disgracié.

Il humait la peur qui suintait d'eux et sa compagne obligée, la haine. Il les avait contraints à penser l'impensable. Ils s'étaient, probablement, non, certainement trompés en dépêchant le Maître à la mort.

Ils avaient commis le même crime qu'Hérode Antipas, quand il avait consenti au meurtre de Jean le Baptiste. Ils avaient envoyé un Juste au trépas. Mais leur erreur avait été plus grande : le nabi crucifié avait été désigné par le Très-Haut pour triompher de la Mort.

Il était donc la Vie.

Que diraient-ils à leurs fidèles ? Seraient-ils condamnés, eux, au cauchemar d'une révision des Livres ?

« Tu peux aller », lui dit enfin Caïphe.

Quand Judas fut sorti, après les avoir gratifiés d'un regard énigmatique, le grand-prêtre ordonna à Saül :

« Que tes hommes ne le perdent pas de vue. Je serais surpris que, tôt ou tard, il n'aille pas prévenir ses complices. »

Saül hocha la tête sans conviction. Une fois de plus, les faits montraient qu'il n'avait pas eu l'intelligence de la situation.

Ce n'était pas une affaire terrestre que celle-là.

À peine avait-il franchi la porte cochère de la maison de Caïphe que Judas aperçut Judith, éplorée, de l'autre côté de la rue. Elle s'élança vers lui, sous l'œil glauque du gardien. Elle tremblait.

Son élan avait attiré l'attention d'un groupe de passants.

« Le Seigneur soit loué ! murmura-t-elle. Tu es sain et sauf ! »

Le contraste entre la caverne emplie de poisons et de vapeurs méphitiques qu'il venait de quitter et l'image de cette toute jeune femme, débordant de tendresse sous le soleil d'avril, saisit Judas. En quelques instants, comme d'un cauchemar au rêve, il était passé du domaine de la vengeance à celui de l'amour.

« Comment as-tu su qu'ils m'emmenaient chez Caïphe ?

— Jérusalem est une toile d'araignée au centre de laquelle gîte Caïphe. Hicham l'a dit : ce n'était pas Pilate qui t'aurait fait enlever de cette façon sournoise,

il aurait délégué pour cela un centurion et des légionnaires.

— Et pourquoi est-ce toi qui es venue ?

— Hicham ne voulait pas attirer l'attention sur toi
en venant lui-même avec les autres serviteurs. Des disciples de Jésus auraient pu s'étonner de leur présence
devant la maison de Caïphe. Il m'a donc envoyée en
éclaireur. Mais éloignons-nous d'ici », dit-elle.

Ils marchèrent vers les remparts. Les collines de
Jérusalem brûlaient d'une lumière dorée sous un ciel
d'argent. Judas cligna des yeux, ébloui par sa première
rencontre avec le grand horizon depuis qu'il était sorti
de sa nuit. Il fut aspiré par l'infini. Il n'avait pas bu le
Vin de Délivrance, mais celui-ci coulait du ciel, goutte
à goutte, dans ses yeux, ses narines, sa bouche... Les
paroles montèrent dans sa poitrine. *Elaouia, Elaouia,
limash baganta !* La paix enfin lava son angoisse et ses
yeux se mouillèrent. Il regarda au loin, là où le regard
terrestre ne portait pas ; là-bas, au-delà de la mer de
Galilée s'étendait la Syrie, là-bas son Maître reprenait
ses forces terrestres.

C'était un jour sans fin qu'il contemplait, aucune
nuit ne l'obscurcirait plus jamais. Le Maître avait déchiré la Nuit pour toujours. La poitrine du disciple se
gonfla et son cœur s'allégea, s'échappa, s'envola.

« Je t'accompagnerai, Judas. »

Elle avait deviné où allait le regard de son amant.
Mais l'audace de la déclaration le jeta dans le désarroi.
Il n'avait jamais pensé se marier, jusqu'à la nuit dernière, les affaires de sexe lui avaient paru abstraites
et limitées à des étrangers. S'il n'avait revu Judith à sa
sortie de la maison de Caïphe, il eût aisément conclu,
quelques jours plus tard, que leur nuit de passion avait
été un épisode proche de l'égarement. En ce moment

même, il s'avisait qu'il ignorait tout des convenances dans les rapports avec l'autre sexe. Le seul geste qui lui vînt à l'esprit fut de serrer le bras de sa compagne. Il se força à sourire.

« Je ne sais où mes pas me porteront, Judith. Le Maître nous a enjoints d'aller semer sa parole dans le monde. Quelle vie serait-ce pour toi ?

— Marie ne l'a-t-elle pas acceptée ? Et quelle vie serait-ce pour moi de t'avoir perdu ? »

L'argument le décontenança. Marie, oui... Quelle sorte d'épouse était-elle donc pour Jésus ?

« Tu m'as prise, dit-elle, mais tu ne savais pas que je m'étais donnée. »

La bouche de cette fille était une source de surprises.

« Je t'admirais déjà. Tu m'as sauvé la vie. Tu vis ailleurs... Je ne sais pas... dans l'Esprit. »

L'envers de Salomé, songea-t-il, celle qui avait désiré le Baptiste, mais que le rejet de ce dernier avait humiliée. Les femmes sont donc attirées par les Fils de la Lumière. Pourquoi s'en étonnait-il ? L'exemple de Marie de Magdala ne le prouvait-il pas assez éloquemment ?

« Tu m'as tiré de la nuit, tu m'as lavé et tu m'as donné à boire, répondit-il. Tu m'as donc enfanté.

— Et toi, tu as allumé ma lampe », dit-elle, la tête basse, comme si elle avait honte de ses mots.

De nouveau il tourna le regard vers le ciel.

« Judith, je ne veux plus rester à Jérusalem. Nous partirons demain pour Béthanie. »

Elle regarda les pieds de cet homme. Pourrait-il marcher ? Hicham aviserait. Ils reprirent le chemin de la maison de Nicodème. Chemin faisant, absorbés dans leurs pensées, ils ne firent pas attention à un groupe d'hommes qui revenaient de la Porte d'Ephraïm.

28.

Une vengeance du Très-Haut

Seulement, ces hommes qui avaient sans doute été prier au Golgotha, ne suivirent pas leur chemin, mais Judas et Judith. Ils leur emboîtèrent le pas et soudain, quand Judas, étonné de les entendre souffler dans son cou, se retourna, c'était trop tard ; ils l'avaient maîtrisé.

« Tu es Judas l'Iscariote ? dit l'un d'eux.

— Oui, qu'est-ce que… ? »

Judith protesta. Un des hommes la repoussa avec brutalité. Elle s'obstina. Un deuxième coup la projeta sur un mur. Un homme sortit un couteau. Judas se débattit. Un coup au visage l'étourdit. Judith cria. L'homme au couteau se rua sur elle. Elle poussa un cri et s'en fut à toutes jambes.

La rue était déserte.

Les nouveaux geôliers de Judas firent demi-tour, vers les remparts. Où l'emmenaient-ils ? Un moment plus tard, ils parvinrent à la Porte d'Ephraïm et, devinant sans doute la tentation qu'aurait leur prisonnier de crier pour alerter les gardes, l'homme au couteau lui piqua les reins de son arme, avec un regard mauvais. Les gardes les laissèrent donc passer. Dès qu'ils furent hors de la vue des légionnaires, ils lièrent les mains de Judas à l'arrière. Il réprima un cri quand ils maltraitèrent ses blessures. Ils prirent alors le chemin du Golgotha. Un nouveau crucifié pendait sur une croix. Judas les dévisagea. Il ne connaissait aucun d'eux. Allaient-ils le crucifier là? Sur quelle croix?

Mais ils ne gravirent pas la colline. Ils s'arrêtèrent en bas.

« Regarde, regarde de tous tes yeux! grommela un des ravisseurs. Regarde, c'est à une croix pareille que ton infamie a cloué notre Maître! »

Que pouvait-il répliquer? Que pouvait-il expliquer?

« Nous t'avons vu tout à l'heure sortir de la maison de Caïphe, dit un homme. Tu la fréquentes beaucoup, cette maison, hein?

— C'est Caïphe qui m'a fait enlever comme vous le faites et conduire chez lui, dit-il avec force.

— Ah oui? Et pourquoi?

— Pour savoir où est notre Maître! »

Un coup sur la nuque le fit trébucher.

« Je t'interdis de dire "notre Maître", sale traître! C'est toi qui l'as trahi! Nous le savons!

— Vous faites erreur, murmura-t-il. Demandez à Lazare!

— Nous n'avons rien à demander à personne, nous savons ce que nous savons. »

Ils s'engagèrent sur la route de Bethphagé, mais ne la suivirent pas longtemps.

« Là », dit un homme qui semblait être leur chef.

Ils bifurquèrent vers un flanc de colline boisé et, au bout d'une centaine de pas, ils s'arrêtèrent sous de vieux chênes.

« Judas, dit le chef, en raison de ton infamie et de ton ignoble trahison de notre Messie Jésus, nous te condamnons à mort. »

Ils soufflaient autour de lui comme des fauves en rut.

« Vous n'avez aucun pouvoir de vie ou de mort, répondit-il calmement, et votre seul jugement vous condamne vous-mêmes aux yeux de notre Maître. Il a dit : "Ne jugez pas et vous ne serez pas jugés."

— Ha, s'écria l'un des ravisseurs, voilà qu'il se rappelle l'enseignement du Maître !

— Nous ne te jugeons pas, nous te sacrifions à la justice divine avant que la colère du Très-Haut, suscitée par ton forfait, ne s'abatte sur nous tous. »

C'était donc lui, l'agneau sacrificiel. Le Très-Haut triomphait sur Yahweh. Ces vengeurs n'avaient donc rien compris.

« Yahweh ne laissera jamais laver le sang de vos mains, répondit-il.

— Assez tergiversé ! » cria le chef.

Il fit un geste et Judas poussa un han de douleur. Un couteau lui avait pénétré le ventre et, d'un geste de boucher, le sacrificateur l'ouvrit de bas en haut.

Le souffle ne vint plus. La dernière vision fut celle de Jérusalem, là-bas, entre les arbres...

Il s'écroula.

« Justice est faite ! cria le chef.

— Justice est faite ! » répétèrent-ils.

Ils regardèrent le cadavre à leurs pieds. Le sang jaillissait des artères avec des bruits de ruisseau. Ils s'écartèrent pour qu'il ne tachât pas leurs pieds.

« Cela n'est pas assez éloquent, jugea le chef. Les gens qui viendront ici seraient capables de prétendre qu'il a été assassiné. Il faut leur signifier qu'il a été dévasté par le remords et qu'il s'est lui-même donné la mort. Pendez-le.

— Mais nous l'avons ouvert ? observa un autre.

— Ce seront les bêtes sauvages qui l'auront fait. »

Le bourreau planta son couteau en terre et sortit de sa poche une corde, confectionna un nœud coulant et l'enfila autour du cou du cadavre. Puis il regarda au-dessus de lui, traîna le corps sous une grosse branche de chêne et jeta l'autre bout de la corde par-dessus. Il tira. Le corps s'éleva en l'air comme une misérable loque et se balança un moment, ses entrailles pendantes. L'homme attacha la corde à un moignon de branche cassée, puis revint prendre son couteau, essuya la terre et le sang avec des feuilles et alla trancher les liens enserrant les poignets du sacrifié. Enfin, il rengaina son arme d'un air satisfait.

« Allons », dit le chef.

Ils étaient partis depuis un moment quand un rai de soleil traversa les branches et tomba sur le visage de Judas. Il en éclaira longuement le front. Puis le cours du soleil le détourna.

Ils avaient découvert le cadavre, racontèrent-ils, en revenant de Bethphagé. Ils prétendirent qu'ils avaient cru reconnaître l'un des anciens disciples de Jésus, Judas l'Iscariote, et clamèrent haut et fort qu'ils n'étaient pas étonnés de son suicide, puisqu'il avait trahi son Maître pour trente pièces d'argent. Quelques curieux allèrent voir, et s'étonnèrent d'un pendu éventré. La police du Temple écouta le récit avec mauvaise humeur, car sa juridiction ne s'étendait pas au-delà des parages du lieu saint. Elle prévint celle du procurateur, qui rechercha les coupables sans grande conviction.

Hicham se lamenta :

« Nous avons failli à la mission que nous avaient confiée Nicodème et Lazare.

— Qui lui donnera une sépulture ? » demanda Judith.

Ils allèrent tous sept, le lendemain, équipés d'une pelle, d'un linceul, d'un sac d'aromates et de bâtons. Aucun rabbin ne voulut se déplacer pour réciter des prières sur la tombe d'un mort escorté par des rumeurs de suicide, et qui plus était, un disciple de l'abominable Jésus.

Les bâtons servirent à chasser les loups et les oiseaux de proie qui avaient commencé à dévorer le cadavre. Une fosse fut creusée, le corps dépendu et posé sur le linceul. On ne pouvait le laver, vu l'état dans lequel il se trouvait. Hicham répandit sur lui les aromates. Judith et les deux autres servantes cousirent le linceul et tous récitèrent les prières des morts. Puis on le recouvrit de terre.

L'un des serviteurs suggéra que ceux qui avaient touché le cadavre devraient se soumettre aux rites de purification.

« Non, objecta Hicham. Nous avons enterré un pur. Il suffit que nous nous soyons lavé les mains. »

Quelques jours plus tard, quand Marie, Marthe, Lazare, Joseph d'Arimathie et Nicodème allèrent enfin voir Jésus chez Dosithée, en Syrie, ils lui rapportèrent le meurtre. Ses yeux s'embuèrent.

« C'est une vengeance du Très-Haut, dit-il. Il voulait aussi un sacrifice. Il a choisi mon bien-aimé. »

Postface

La trahison de Judas a été pendant près de deux mille ans l'un des épisodes les plus obscurs autant que célèbres de la littérature et de l'iconographie chrétiennes. Puis en 2005 et 2006, deux informations ont traversé le maquis des nouvelles d'un monde en furie, où la religion servait de prétexte à des affrontements sanglants bien plus qu'à la communion dans la transcendance.

La première était la découverte et la publication prochaine d'un texte dont seuls quelques érudits soupçonnaient l'existence, l'*Évangile de Judas*. S'il avait jamais existé, avait-on raisonné, la fureur des premiers chrétiens l'aurait depuis longtemps détruit comme elle l'avait fait de maints autres textes qui contredisaient les prédicats de l'Église primitive. Or, un exemplaire en avait bien été retrouvé dans le désert égyptien. Massacré, certes, mais présentant quand même assez de cohérence, dans les fragments échappés au temps et à la cupidité des trafiquants de manuscrits, pour jeter à bas la tenace légende du traître Iscariote.

La seconde nouvelle, quelques semaines plus tard, n'était pas moins retentissante : le *Times* de Londres, en date du 12 janvier 2006, annonçait en manchette que le Vatican s'apprêtait à reconsidérer le cas de Judas.

Évangile de Judas? Les mots mêmes piquent l'oreille. Le premier signifie « bonne nouvelle ». Comment, se demanderait une personne de bonne foi, attendre une bonne nouvelle de ce vendu? Toute l'affaire est là : Judas fut apôtre et jamais un vendu.

Le texte lui-même, les spécialistes en conviennent, n'a pas d'autre valeur historique – au sens moderne de cet adjectif – que de prouver l'existence d'un courant chrétien convaincu de l'innocence de Judas. Écrit dans la seconde moitié du IIe siècle, comme la quasi-totalité des autres textes évangéliques, il se fonde sur des traditions orales, sans doute remaniées, d'un courant puissant du judaïsme et du christianisme primitif, le gnosticisme. Toutefois, même tronqué, il occupe déjà une place exceptionnelle dans le corpus des écrits apocryphes chrétiens, égale à celle de l'*Évangile de Thomas* et du *Protévangile de Jacques*.

C'est un témoignage de plus sur la très grande hétérodoxie des origines du christianisme, contrairement à la version linéaire expurgée des Églises actuelles. Il s'inscrit sans heurts dans l'analyse historique des événements de cette période et, quant à moi, il complète des conclusions bien antérieures : Jésus fut un gnostique juif, formé par le gnosticisme éssénien qu'inspirait le Deutéronome, et Judas fut l'instrument d'un dessein qui aspirait à remplacer le culte des Elohim par celui d'un Dieu spirituel de bonté.

Les pages qu'on vient de lire ne sont donc pas opportunément inspirées par cette découverte; elles étaient depuis longtemps à l'œuvre, et sur d'autres

Postface

bases : l'Iscariote est, en effet, le second personnage le plus important du christianisme. S'il n'avait pas « trahi », Jésus n'aurait pas été crucifié et le christianisme aurait été bien différent.

En effet, en ce qui touche à la trahison de Judas, les récits apostoliques, pris pendant des siècles pour « parole d'Évangile », étaient trop singuliers, trop chargés de mystères, de lacunes et de contradictions pour ne pas arrêter l'attention sur l'un des épisodes qui ont changé l'histoire du monde. Ceux qu'en offrent les Évangiles canoniques, pourtant les plus diserts sur le sujet, sont historiquement, psychologiquement et théologiquement incompréhensibles. Ainsi, Matthieu écrit ceci :

> Alors l'un des Douze, celui qu'on appelait Judas Iscariote, alla dire aux chefs des prêtres : « Combien me paierez-vous pour que je le trahisse ? » Ils lui consentirent trente pièces d'argent. Depuis ce moment, il chercha une occasion de le [Jésus] trahir. (XXVI, 14-16)

De quelle manière Judas l'Iscariote pouvait-il trahir Jésus ? Depuis sa triomphale entrée à Jérusalem, ce dimanche ensuite dit « des Rameaux », celui-ci était connu de toute la ville. Il allait faire ses dévotions au Temple. Il attirait les foules et de surcroît, le Temple disposait de sa propre milice, celle que dirigeait Saül, qui eût pu renseigner les prêtres à tout moment sur le lieu où Jésus se trouvait quand il était à Jérusalem. Les prêtres n'avaient aucun besoin de Judas l'Iscariote pour leur besogne.

À quel moment de la semaine de la Pessah Judas aurait-il donc décidé de trahir Jésus ? Selon Matthieu, ce fut après le dîner chez Simon le Lépreux, à Béthanie, où Marie de Magdala répandit des parfums coûteux sur Jésus et annonça l'Évangile. Judas se serait indigné par « avarice » du gaspillage de 300 deniers en parfums, argent qui eût mieux servi l'aide aux démunis. Or, 300 deniers représentaient une somme énorme, dix fois le prix du rachat d'un esclave selon la loi mosaïque, et l'esprit de pauvreté et de charité enseigné par Jésus justifiait largement le scandale de Judas. Le geste de Marie était une extravagance qui ne servait qu'à démontrer publiquement la passion d'une femme très riche de Magdala pour le nabi qu'elle suivait depuis trois ans. Il n'y avait là aucune vilenie de la part de Judas, auquel Matthieu, bien décidé à noyer son chien, fait un pur procès d'intention.

De plus, ce récit ne présente aucune logique : pourquoi Judas aurait-il tourné casaque à ce moment-là ? Après trois ans de fidélité ? Ce n'était pas Jésus qui avait versé les parfums sur sa tête et il n'était aucunement responsable du geste de l'amoureuse.

Par ailleurs, l'auteur de Matthieu ignore la réalité historique : les maîtres du Temple ne disposaient d'aucune autorité juridique en dehors de l'enceinte et des parages immédiats de celui-ci ; ils ne pouvaient arrêter personne, ce pouvoir étant exclusivement réservé à l'occupant romain. À la rigueur, les prêtres du Temple auraient pu tenter un coup de main, comme ceux où la milice de Saül semble s'être spécialisée, et enlever Jésus à Béthanie ou au Mont des Oliviers ; là, ils n'auraient pas risqué de provoquer un soulèvement populaire. Mais un tel rapt n'aurait pas eu de conséquence, puisque le Sanhédrin n'avait pas non plus le droit du glaive, celui de condamner à mort un accusé et de l'exécuter. Judas ne pouvait l'ignorer et son initiative paraît étrangement inepte.

Cependant Matthieu poursuit Judas de son hostilité jusqu'à la dernière Cène :

> Dans la soirée, il [Jésus] s'assit à table avec ses douze disciples et durant le souper, il annonça : « Je vous dis ceci : l'un de vous me trahira. » Dans leur grande détresse, ils protestèrent l'un après l'autre : « Veux-tu dire que c'est moi, Seigneur ? » Il répondit : « L'un de ceux qui ont trempé sa main avec moi dans ce plat me trahira. Le Fils de l'Homme suivra le chemin qui a été tracé pour lui dans les Écritures ; mais hélas pour cet homme par lequel le Fils de l'Homme est trahi ! Il vaudrait mieux pour lui qu'il ne fût jamais né. » Alors Judas, celui qui allait le trahir, demanda : « Rabbi, est-ce moi que tu désignes ? » Jésus répondit : « Les mots sont les tiens. » (XXVI, 20-25).

Si l'on se conforme à l'hypothèse officielle de la trahison et qu'on fait abstraction de l'*Évangile de Judas*, ces versets sont encore plus énigmatiques : dans son omniscience, Jésus est prévenu que Judas Iscariote va le trahir ; cependant, il ne prend aucune mesure pour le neutraliser, et plus étrange encore, les Apôtres non plus. Il eût pourtant été simple de l'écarter du groupe, sinon de le remettre à la garde d'une personne de confiance. La suite est tout aussi singulière, sinon invraisemblable : Jésus est à Gethsémani avec ses disciples. Pendant qu'il leur annonce, derechef, qu'il va être trahi...

> ... Judas, l'un des Douze, apparut ; une grande foule armée de glaives et de bâtons l'accompagnait, envoyée par les chefs des prêtres et les anciens de la nation. Le traître leur donna ce signe : « Celui que j'embrasserai est votre homme ; saisissez-le. » Et s'avançant sur-le-champ, il dit : « Salut, rabbi ! » et il l'embrassa. Jésus

dit : « Ami, fais ce que tu es ici pour faire. » Alors ils entourèrent Jésus et le ligotèrent. (XXVI, 47-50).

Le récit de Matthieu défie la vraisemblance : il indique d'abord que Judas n'était pas des disciples présents à Gethsémani, ce qui eût dû susciter la méfiance et les alarmes de Jésus et des Apôtres. Une fois de plus, Jésus dispose d'une indication évidente de l'arrestation imminente et ne fait rien pour s'y dérober, et Judas se comporte comme si personne d'autre que lui ne pouvait reconnaître Jésus. Enfin, celui-ci accueille le « traître », celui dont il aurait dit qu'il aurait mieux valu pour lui de n'être pas né, par le mot « Ami ». De plus, Judas appelle Jésus « Rabbi », alors que celui-ci n'est pas rabbin.

Un détail du récit de Matthieu, visiblement destiné à « faire vrai », révèle que bien au contraire, il est reconstitué d'après des ouï-dire inexacts : aucun des délégués envoyés par les autorités religieuses juives ne pouvait porter de glaive ; il s'agirait donc de légionnaires romains.

La raison de la trahison présumée de Judas serait la cupidité : une récompense de trente sicles. Incidemment, elle a alimenté l'antijudaïsme chrétien avant l'antisémitisme tout court. On ignore combien contenait la bourse commune des Apôtres, mais on ne peut s'empêcher de songer que Judas, qui semble avoir été leur économe, avait eu maintes occasions de s'enfuir avec son contenu, plutôt que de trahir le maître qu'il suivait depuis quelque trois ans pour des raisons bien autres que pécuniaires.

Le récit de Marc est plus sommaire :

Dans la soirée, il [Jésus] arriva dans une maison avec
les Douze. Quand ils s'assirent pour le souper, Jésus
annonça : « Je vous le dis, l'un de vous me trahira, l'un
de ceux qui mangent avec moi. » Ils s'indignèrent; et
l'un après l'autre, ils dirent : « Pas moi, à coup sûr ? »
« C'est l'un des Douze, dit-il, qui plonge la main avec
moi dans ce plat. Le Fils de l'Homme suivra le chemin qui a été tracé pour lui dans les Écritures; mais
hélas pour cet homme par lequel le Fils de l'Homme
est trahi ! Il vaudrait mieux pour lui qu'il ne fût jamais
né. » (XIV, 17-21)

Ce récit, y compris la description de l'arrestation,
est une évidente reprise de Matthieu, mais sans la question de Judas. Marc ajoute cependant à celle-ci un épisode absent de Matthieu :

L'un de ceux qui étaient présents dégaina son glaive
et frappa le serviteur du grand-prêtre et lui coupa
l'oreille. Alors Jésus parla : « Me prenez-vous pour un
bandit, que vous soyez venus avec des glaives et des
bâtons pour m'arrêter ? Jour après jour, j'ai été à votre portée alors que j'enseignais dans le Temple, mais
vous n'avez pas levé la main sur moi. Que les Écritures
soient accomplies. » Puis tous les disciples s'enfuirent.
(XIV, 47-50).

L'ajout est à l'évidence une autre fabrication : aucun disciple de Jésus n'aurait été autorisé à porter un
glaive. Tout au plus peut-il s'agir d'un couteau. L'objet
de cette vignette littéraire est de signaler que le nar-
rateur a conscience des invraisemblances du thème
de la trahison et surtout de la passivité des Apôtres
jusqu'alors.

Luc réduit encore plus que Marc la révélation de la trahison annoncée par Jésus :

> « Rappelez-vous ceci : celui qui me trahira est ici, sa main est avec la mienne sur la table. Car le Fils de l'Homme suivra le chemin qui a été tracé pour lui dans les Écritures ; mais hélas pour cet homme qui l'aura trahi ! » Sur quoi ils se demandèrent lequel d'entre eux pouvait commettre une pareille action. (XXII, 21-23).

La malédiction selon laquelle il aurait mieux valu que cet homme ne fût jamais né est omise, de même que la question de Judas.

La suite du récit donne toutefois à entendre que Simon-Pierre ne serait pas hors de cause :

> « Simon, Simon, prends garde : Satan a reçu licence de vous passer tous au crible comme du blé... [...] Je te le dis, Pierre, le coq ne chantera pas cette nuit que tu ne m'aies trois fois renié. » (XXII, 31-34).

C'est dire, incidemment, la confiance que Jésus portait aux Apôtres, y compris à celui qu'il aurait désigné, dans un texte douteux, comme fondateur de son Église.

Le récit de l'arrestation est encore plus déconcertant que les précédents : là, c'est Judas qui mène la bande de policiers venus arrêter Jésus ; il n'est plus un traître, mais un dissident. Et quand il vient donner le baiser à Jésus, celui-ci lui objecte : « Judas, trahirais-tu le Fils de l'Homme avec un baiser ? » Ce qui fait que le baiser n'est pas donné, contrairement aux trois récits précédents. Enfin, dans l'épisode de l'oreille coupée, Jésus accomplit son ultime miracle : il touche le serviteur du grand-prêtre et l'oreille est recollée. Pur conte de fées : Jésus ne guérissait que ceux qui avaient foi en lui.

Tout le récit de Luc retire la vedette à Judas, réduit au rang de comparse. Celui de Jean lui restitue son importance, mais dans un épisode qui défie toute logique :

> « Je sais qui j'ai choisi. Mais il y a un texte des Écritures qui doit être accompli : Celui qui mange du pain avec moi s'est retourné contre moi. Je vous dis ceci maintenant, avant ce qui doit advenir, afin que vous croyiez alors que je suis ce que je suis. En vérité, je vous le dis, celui qui reçoit n'importe lequel de mes messagers me reçoit ; et s'il me reçoit, il reçoit Celui qui m'a envoyé. » Disant cela, Jésus s'écria dans une grande agitation d'esprit : « En vérité, en vraie vérité, je vous le dis, l'un de vous me trahira. » Les disciples se regardèrent avec stupéfaction : de qui pouvait-il parler ? L'un d'eux, le disciple qu'il aimait, était allongé près de lui. Simon Pierre lui fit alors signe et dit : « Demande-lui ce qu'il veut dire. » Et ce disciple se pencha vers Jésus et lui demanda : « Seigneur, qui est-ce ? » Jésus répondit : « C'est celui à qui je donnerai ce morceau de pain quand je l'aurai trempé dans le plat. » Après l'avoir trempé dans le plat, il le tendit à Judas, fils de Simon Iscariote. Dès que Judas l'eut pris, Satan entra en lui. Jésus lui dit : « Fais rapidement ce que tu dois faire. » Personne à table ne comprit ce qu'il entendait par là. Quelques-uns supposèrent que Judas étant chargé de la bourse commune, Jésus lui ordonnait d'aller acheter ce qui était nécessaire pour la fête ou de faire des aumônes aux pauvres. Dès que Judas eut pris le pain, il sortit. Il faisait nuit. (XIII, 18-30)

Le texte l'indique sans aucune ambiguïté : la « trahison » de Judas est une affaire entendue entre lui et

Jésus; c'est un pacte. L'incise « Dès que Judas eut pris le pain, Satan entra en lui » est un ornement apologétique qui défie la logique autant que la vraisemblance : pourquoi Judas aurait-il pris le pain, alors qu'il savait que ce geste le désignait comme traître? Ce détail est destiné à masquer l'évidence : en fait Jésus a donné à Judas l'ordre de préparer son arrestation.

Mais l'incompréhension des disciples défie la crédulité : Jésus leur déclare clairement que celui auquel il donnera le morceau de pain trempé de sauce sera le traître, et après que Judas l'a pris, ils croient que Jésus l'a envoyé faire des emplettes? Si ce n'est une preuve de la sottise profonde des Apôtres, c'est une absurdité éclatante, et l'on n'avait guère besoin d'attendre l'*Évangile de Judas* pour conclure que les Évangiles tissaient du vent sur ce point crucial.

On peut douter pareillement que, lors du Lavement des pieds, Jésus ait ajouté à sa réponse à Pierre que tous les disciples n'étaient pas propres, bien qu'ils se fussent lavés, « parce qu'il connaissait celui qui allait le trahir » (Jn. XIII, 11).

Néanmoins, ce récit éclaire le discours de Jésus qui précède; celui-ci équivaut à cette affirmation : « Il faut que quelqu'un d'entre vous me fasse arrêter, car c'est prédit par les Écritures. »

Rien n'est plus éloigné de ce qu'eût été la véritable dénonciation d'une trahison : le traître eût été appréhendé, rossé, et mis hors d'état de nuire. Point. Ici, il est quasiment protégé par celui qu'il va dénoncer.

De surcroît, la scène comporte une contradiction formidable : les paroles de Jésus indiquent qu'il sait déjà qui va le trahir, sans révéler d'ailleurs comment il le sait. Or, c'est *après* que Jésus a donné le pain à Judas que Satan serait entré dans ce dernier. Est-ce donc à dire qu'auparavant, l'intention de trahison aurait été eschatologique?

En tout cas, c'est une contradiction formelle de la version de Matthieu, selon laquelle Judas aurait décidé de trahir Jésus après l'épisode des parfums.

L'auteur de l'Évangile de Jean, en effet, croit expliquer un acte en apparence abominable en renchérissant sur Matthieu, à propos de l'indignation de Judas sur le gaspillage des 300 deniers des parfums de Marie de Magdala : « Il dit cela, non par souci des pauvres, mais parce qu'il était voleur et que, chargé de la bourse, il dérobait ce qu'on y mettait. » (XII, 6) Accusation ad hoc et doublement gratuite : Judas s'est justement indigné parce que cette somme aurait pu servir à secourir des miséreux ; si son indélicatesse avait été vraiment établie, on lui aurait retiré la bourse commune pour la confier à un autre, par exemple Matthieu le Publicain. Quelle que fût l'indulgence de Jésus, il n'allait quand même pas encourager le vice en conservant un trésorier qui continuait à voler. Le commentaire de Jean fait plutôt injure au bon sens de Jésus.

Quant au baiser de Judas, haut lieu de la mythologie chrétienne, il est, lui aussi, tout bonnement invraisemblable ; Judas n'avait qu'à indiquer Jésus de la main et n'avait nul besoin de l'embrasser pour le dénoncer ; l'évangéliste Jean omet d'ailleurs ce baiser dans le récit de l'arrestation. Quelle serait donc l'origine de cette invention célèbre ? Il nous paraît plus vraisemblable que le baiser ait été donné par Jésus à son disciple, quand celui-ci était venu lui annoncer qu'il avait exécuté son ordre. Les témoins virent l'inverse ; vu leur panique, on conçoit qu'ils aient mal interprété. D'ailleurs, ils dormaient à l'arrivée des trublions ; leur témoignage est celui de gens somnolents.

Le baiser de Judas fut le baiser à Judas.

Au-delà des invraisemblances et des contradictions évangéliques dans l'histoire de Judas, il en est deux qui s'imposent du point de vue théologique : si l'Iscariote fut, selon la volonté de Jésus et comme l'Église semble l'admettre tardivement, l'exécuteur d'un dessein cosmique, ses motifs personnels ne revêtent aucune importance. Rapportant la « trahison » comme un fait-divers crapuleux qui serait venu interrompre le cours d'un drame sacré, les Évangiles canoniques donnent le sentiment d'une absurdité monstrueuse et de l'inachèvement. Comment ne pas considérer alors que la Passion de Jésus serait le résultat d'une péripétie humaine, de l'infamie d'un Apôtre et de la passivité des autres ? Comment ne pas se demander ce qui serait advenu sans cet épisode ?

Et si, dans son omniscience, Jésus a connaissance de sa Passion prochaine comme accomplissement de la volonté divine, Judas, instrument de celle-ci, ne peut pas être un traître, puisqu'il est serviteur du dessein suprême décrit par Jésus. Jésus ne peut donc pas à la fois se soumettre à cette volonté et qualifier de traître celui qui en est l'instrument.

De toute façon, Jean le signifie clairement, aucun des témoins présents n'a rien compris à la scène énigmatique du morceau de pain. Les onze apôtres ignorent même que Judas a été chargé de la terrible mission : seul Judas en a saisi le sens. Sur l'ordre cryptique de son Maître, « Fais rapidement ce que tu dois faire », il quitte la réunion pour s'exécuter. La seule explication possible est que le don du morceau de pain est un signal convenu entre lui et Jésus. Judas s'est dévoué pour que les Écritures soient accomplies.

À l'exception de l'*Évangile de Judas*, aucun évangile apocryphe n'offre non plus la moindre lumière sur l'affaire.

La preuve me semble faite : il n'y a pas eu trahison de Judas, et le revirement du Vatican deux mille ans plus tard démontre qu'il n'était plus possible de soutenir la mystification. Jésus a organisé sa propre arrestation, comme il avait mis en scène son entrée royale à Jérusalem.

Jésus a exigé de Judas un acte d'amour sans bornes : assumer l'acte atroce de la trahison apparente, afin d'accomplir les Écritures.

Mais pourquoi a-t-il choisi Judas ? Pourquoi lui ?

Seule la Gnose permet de le comprendre.

Selon la Gnose, vaste courant qui traverse la pensée religieuse et philosophique du monde antique et s'étend jusqu'à nos jours, le Dieu créateur, le Démiurge, est distinct du Dieu bon que doit adorer l'être humain. Dans le cadre du judaïsme, il ne s'agit pas, comme on pourrait le croire, d'un courant mineur et donc négligeable, entretenu par quelques dissidents : il est inscrit dans le Cinquième livre du Pentateuque, la Torah ou Loi de Moïse, auquel il est souvent fait référence dans ces pages.

« Quand le Très-Haut donna aux nations leur héritage,
quand il répartit les fils d'homme,
il fixa les limites des peuples suivant le nombre des fils de Dieu ;
mais le lot de Yahvé, ce fut son peuple,
Jacob fut sa part d'Héritage. »

(Dt. XXXII, 8-9)[1]

---

1. *La Bible de Jérusalem en gros caractères*, Le Cerf, Paris, 1973.

Entièrement ignorée du christianisme, la notion même d'une différence, voire d'une antinomie entre le Créateur et le Dieu bon peut surprendre, sinon scandaliser. Elle n'en demeure pas moins formelle : Yahweh est un fils du Très-Haut et il n'est pas identifiable à son Créateur, Dieu incompréhensible, injuste et fou, le Dieu cruel d'Ézéchiel, de Jérémie et d'Élie.

Ainsi s'explique l'existence de deux des quatre courants qui ont présidé à la rédaction du Pentateuque[1] : celui qui appelle Dieu Yahweh et celui qui l'appelle Elohim, nom pluriel qui désigne plusieurs dieux et dont l'exégèse dépasse le cadre de cette postface; il inclurait le Créateur et ses Fils. Les déductions théologiques qu'il conviendrait d'en tirer sont immenses et sortent également du cadre de ces pages. Et l'on comprend l'émoi qui saisit le monde juif lorsque les rouleaux du Deutéronome furent découverts dans les fondations du Temple, lors de sa reconstruction, sous le règne de Josias, au VIe siècle avant notre ère.

Cette distinction entre les deux Dieux, le Très-Haut Créateur et Yahweh, entre le monde matériel d'ici-bas et le monde spirituel d'en haut, est exactement celle des Esséniens, qui opposent dans le monde les Fils de Lumière aux Fils des Ténèbres. Et c'est tout aussi exactement celle à laquelle Jésus se réfère quand il évoque « le Prince de ce Monde », à l'évidence Satan, et quand il déclare : « Mon royaume n'est pas de ce monde. »

Ses affirmations répétées de son ascendance divine sont également la pierre de touche essentielle de la Gnose, dans toutes les religions : la créature peut,

---

1. Voir *Les Cinq Livres secrets dans la Bible*, de l'auteur, éditions J-C Lattès, 1996.

par l'élevation spirituelle, se fondre et s'identifier à la divinité. L'Homme devient ainsi Dieu.

Le conflit entre le Dieu bon, Yahweh, et le Très-Haut se prolonge dans l'histoire du peuple juif jusqu'à l'antagonisme entre les Esséniens et le clergé de Jérusalem, qualifié par les premiers de Prêtres impies. Et Jésus reprend la querelle à son compte, accablant les prêtres d'invectives et allant jusqu'à déclarer qu'il peut détruire le Temple et le reconstruire en trois jours.

Et c'est dans ce conflit que la Passion de Jésus et le rôle de Judas s'éclairent pleinement. Jésus prêche selon le Deutéronome et le Dieu spirituel de bonté Yahweh, opposé au Dieu multiple Elohim, qui inclut le Prince de ce Monde. Il estime que la prééminence des prêtres d'Elohim expose désormais Jérusalem et le peuple juif au courroux imminent de Yahweh. L'entrée royale à Jérusalem est l'annonce de l'avènement imminent de Yahweh, par l'entremise de son envoyé. L'alarme de Caïphe et du haut clergé du Temple est à son comble. Pour conjurer la colère divine, Jésus s'offre en sacrifice et, dans un symbolisme éclatant, il est crucifié le jour même où l'agneau pascal doit être sacrifié.

Seul un initié pouvait servir les intentions de Jésus ; ce fut Judas. L'un des intérêts majeurs de l'*Évangile de Judas* est de confirmer ce point :

> Compte rendu secret de la révélation faite par Jésus en dialoguant avec Judas l'Iscariote sur une durée de huit jours, trois jours avant qu'il célèbre la Pâque [...] Jésus dit : « [Viens] que je t'instruise des [choses cachées] que nul n'a jamais vues. Car il existe un Royaume grand et illimité, dont aucune génération d'anges n'a vu l'étendue, [dans lequel] il y a le grand [Esprit] invisible, qu'aucun œil d'ange n'a jamais vu,

qu'aucune pensée du cœur n'a jamais embrassé, et qui n'a jamais été appelé d'aucun nom. » [...]

Sachant que Judas réfléchissait encore au reste des réalités sublimes, Jésus lui dit : « Sépare-toi des autres, et je te dirai les mystères du Royaume. Il te sera possible d'y parvenir, mais au prix de maintes afflictions. Car un autre prendra ta place, afin que les douze [disciples] puissent se retrouver au complet avec leur Dieu. » [...]

L'initiation offerte par Jésus à Judas, dans le texte de l'apocryphe, correspond exactement aux principes gnostiques de la connaissance transcendantale ; elle mène à la fusion en Dieu, au-delà de tout concept humain.

Judas se laissa convaincre de jouer le rôle que lui indiquait son Maître et le sacrifice eut donc lieu, du moins dans sa première partie, la deuxième n'ayant pas été accomplie, puisque Jésus survécut.

Ce sacrifice exemplaire constitue le paroxysme du conflit cosmique entre l'Esprit, Yahweh, et le Démiurge indifférent, El, le Très-Haut, père de Yahweh selon le Deutéronome, et des Elohim.

Il est aussi l'illustration patente du gnosticisme essénien, où les Fils de Lumière s'opposent aux Fils des Ténèbres.

Mais Judas fut-il initié, comme l'assure l'Évangile de son nom, dans les jours précédant la Pâque ? Historiquement, c'est plus que douteux. L'initiation gnostique exigeait une préparation spirituelle bien plus longue, comme en dispensaient les Esséniens dans le désert.

D'où mon hypothèse que Judas appartint à l'une des communautés esséniennes et, le plus probablement, celle de Quoumrân.

Vers 159, selon le *Dictionnaire des hérésies* de Pluquet, apparut une secte gnostique, les Caïnites, qui révisa l'enseignement du Tétrateuque sur le meurtre d'Abel par Caïn, postulant que Caïn s'était indigné de voir son frère sacrifier au Démiurge et non au bon Dieu. Caïn était considéré par ses sectateurs comme habité par l'esprit du Bien, Hystère. Les Caïnites vénéraient aussi les personnages condamnés par la Torah, tels Esaü, Coré, les Sodomites. L'empereur Michel II (820-829) portait une grande vénération à Judas et tenta de le faire canoniser. L'*Évangile de Judas* semble un ouvrage directement inspiré par les Caïnites, et ce n'est d'ailleurs pas le seul, car on leur attribue aussi l'*Ascension de Paul*.

Les Caïnites sont parfois rapprochés des Nicolaïtes, secte née plus tôt et dont ils partageaient les idées sur la création du monde et la dualité des dieux.

Le choix de Judas par Jésus, qui semblait intrigant et même gratuit, d'autant plus qu'il est le seul non-Galiléen des Douze, cesse de l'être : c'était au contraire un choix naturel, puisque l'apôtre fut initié par son maître aux secrets de la création.

Que signifie d'abord le nom « Iscariote » ? Rien en hébreu ni en araméen. Une hypothèse suggère que ce serait une déformation de « Sicaire », assassin à gages, en latin *sicarius* ; j'ai moi-même supposé que Judas aurait pu être l'un des Zélotes, ces terroristes qui attaquaient les Romains ; dans ce cas, ce n'aurait pas été un nom, mais un sobriquet, difficilement transmissible de père en fils, Simon, père de Judas, étant lui aussi nommé Iscariote. Phonétiquement, cette déformation aurait donné *Iscarios* et non *Iscariot*.

Il semble plus vraisemblable que ce nom dérive de la localité de Karioth Yearim, en Transjordanie, dans l'ancien pays de Moab, riverain de la mer Morte. Lors du partage de la Palestine, celui-ci avait été dévolu à la tribu de Reuben[1], qui figura plus tard parmi les « dix tribus perdues ».

Judas, « Celui de Karioth », fut donc un Judéen qui vécut les premières années de sa vie non loin de la mer Morte.

Son redoutable privilège ne peut tenir qu'à des liens anciens l'unissant à Jésus et inconnus des onze autres apôtres. Le plus probable qui vient à l'esprit est une appartenance à la communauté de juifs vivant sur les rives orientales de la mer Morte, dans la région de Quoumrân et dont la célébrité n'a cessé de croître depuis la découverte des fameux manuscrits au milieu du XXe siècle.

Que Jésus ait fait partie de cette communauté, farouchement hostile au clergé de Jérusalem et au judaïsme officiel, cela est tacitement attesté dans l'Évangile de Jean par le baptême que lui donne le prophète Jean : le baptême était un rite exclusivement essénien, qui marquait l'entrée du néophyte dans la communauté.

Depuis la découverte des Manuscrits de la mer Morte, de très nombreux travaux ont dégagé les autres points démontrant l'influence du mysticisme essénien sur Jésus.

Judas ne fut d'ailleurs pas le seul personnage initié par Jésus en dehors du cadre de Quoumrân : le passage manquant de l'Évangile de Marc recopié par Clément d'Alexandrie au IIe siècle et retrouvé au XXe siècle au monastère de Mar Saba, indique que Lazare aussi fut, après sa résurrection, initié par Jésus[2].

---

1. Ladislaus Szepancski, S. J., *Geographia Historica Antiquae Palestinae*, Scripta Pontificii Instituti Biblici, Rome, 1928.
2. Voir *Évangile secret de Marc* in *Écrits apocryphes chrétiens*, Gallimard-La Pléiade, 1997.

Postface

La métamorphose historique de Judas est donc un événement majeur. Sa transformation, du traître le plus infâme des histoires religieuses en un personnage majeur de l'histoire de Jésus, éclaire celle-ci d'un jour intégralement nouveau. Elle explique enfin le conflit incompréhensible entre Jésus et ceux que les Évangiles, canoniques ou apocryphes, désignent comme les « Pharisiens » et que Jésus accable mystérieusement d'injures tout au long de son ministère, les traitant de « sépulcres blanchis » et de « vipères ».

Car ces Évangiles ne font jamais que décrire le conflit et n'en suggèrent pas la moindre explication. Ils sont des narrations *a posteriori*, pour ceux qui connaissent déjà l'histoire.

L'interprétation du cri poussé par Jésus sur la croix, *Elaouia, Elaouia, limash baganta!*, transcrit par Matthieu et Marc (mais non Luc ni Jean) par *Eli, Eli, lama sabbachtani*, ou dans d'autres versions, *Eloi, Eloi, lama sabbachtani!* surprendra peut-être certains lecteurs. Elle n'est pas de mon fait. Je la dois au Pr. John Allegro, spécialiste des langues sémitiques, qui fit partie de la première équipe de déchiffrement des Manuscrits de la mer Morte et qui l'analyse dans son livre *Le Champignon et la Croix*[1].

Cette exclamation est singulière à deux égards. D'abord, elle est transcrite par Matthieu et Marc sous une forme phonétique, ce qui est unique dans les Évangiles, qui reproduisent les paroles de Jésus dans la même langue que le reste du texte. De ce fait, elle donne à penser que, pour ces deux évangélistes, Jésus

1. Albin Michel, 1971. Le Pr. Allegro offre une vaste grille de déchiffrement linguistique de nombreuses paroles de l'Ancien et du Nouveau Testament, y compris celles de Jésus, fondées sur le rite sumérien de consommation de l'amanite panthère.

sur la croix aurait parlé une autre langue que celle qu'il utilisait d'ordinaire. Ensuite, cette exclamation, censée signifier, selon Matthieu, « Mon Dieu, mon Dieu, pourquoi m'as-tu abandonné ? » est, comme le dit Allegro, « de l'araméen étrange » ; plusieurs autres exégètes partagent la même opinion. Outre qu'elle exprimerait un désespoir déconcertant du point de vue théologique, elle ne fut d'ailleurs pas comprise par les témoins. Selon Matthieu (XXVII, 47) et Marc (XV, 36), ils dirent : « Voilà qu'il appelle Élie. » Or, il est douteux que si ç'avait bien été de l'araméen, les témoins l'auraient interprété de travers. L'incertitude sur le sens de ce cri explique sans doute que ni Luc ni Jean n'en font mention et mettent d'autres paroles dans la bouche du crucifié.

Pour Allegro, c'est une « mauvaise interprétation » d'une formule rituelle sumérienne, *Elaouia, Elaouia, limash ba[la]ganta*, récitée lors de la consommation cultuelle d'une boisson sacrée, la *soma* ou *haoma* ; celle-ci contenait de l'amanite panthère ou mouchetée, champignon hallucinogène utilisé dans les cérémonies de très nombreuses religions antiques, dont les sectes gnostiques, pour parvenir à l'extase mystique. *Limash ba[la]ganta* est le nom de ce champignon divin, invoqué à l'égal de la divinité parce qu'il libérait l'âme. Les milieux religieux juifs étaient informés de ces rites et c'est la raison pour laquelle Jésus est appelé dans le Talmud *Bar Pandera*.

Rien n'indique que Jésus ait consommé cette boisson sacrée avant la crucifixion. Cependant, il faut évoquer un détail singulier des Évangiles, qui est celui de la boisson offerte à Jésus avant qu'il soit cloué à la croix. Matthieu rapporte qu'on lui offrit du « vin à la noix de galle », mais qu'il refusa de le boire (XXVII, 34) ; nous n'avons trouvé dans aucun traité de référence à pareille boisson; cependant, cette précision se retrouve dans le *Diatessaron* d'Ephraïm, version primitive du Nouveau Testament, et dans l'*Évangile de Bartholomé* (61) apocryphe. Selon Marc, ç'aurait été du « vin drogué », qu'il refusa (XV, 23). Selon Luc, les soldats romains auraient, par moquerie, offert à Jésus de leur vin aigre (XXIII, 36); proposition étrange, car si les soldats buvaient ordinairement de la piquette, leur offre n'aurait pas comporté de dérision. Selon Jean, enfin, Jésus sur la croix aurait dit qu'il avait soif et l'un des légionnaires aurait trempé une éponge dans une jarre de vin aigre, l'aurait piquée au bout d'une javeline et l'aurait portée à la bouche de Jésus, après quoi celui-ci aurait rendu son dernier souffle (XIX, 28-30).

Il n'existe guère de concordance entre ces quatre versions, sauf sur le point qu'il y aurait eu sur le Golgotha une jarre d'une boisson à base de vin aigre, contenant probablement une drogue, dont les auteurs des Évangiles, canoniques et apocryphes aussi bien, auraient ignoré la nature. Il faut, en effet, rappeler que les premiers récits évangéliques furent transmis oralement et que ce ne fut que plus d'un siècle plus tard qu'en apparurent les premières versions écrites. À cet égard, il semble que Marc ait été le plus proche de la vérité; en effet, les dames pieuses de Jérusalem offraient aux suppliciés un vin drogué destiné à atténuer leurs souffrances. Si Jésus d'abord le refusa, il en but dans l'éponge tendue par le légionnaire.

Mon hypothèse est que l'ivresse induite par cette boisson ait évoqué pour lui celle de la soma, Vin de Délivrance de l'esprit. D'où l'exclamation, en fait une célébration rituelle.

Judas le Bien-aimé

Les circonstances de la mort de Judas ne sont rapportées que par Matthieu et les *Actes*, et de façon singulièrement contradictoire. À tel point que les autres évangélistes jugèrent sans doute préférable de faire l'économie de ce récit.

Selon Matthieu, Judas, pris de remords, alla rendre les trente sicles, soit cent vingt deniers, aux chefs des prêtres, qui les refusèrent; sur quoi il jeta les pièces dans le Temple et alla se pendre. Ne pouvant reverser cet argent dans le trésor du Temple, les prêtres l'employèrent à acheter un cimetière pour étrangers, dit Champ du Potier et depuis lors Arpent du Sang (XXVII, 3-9).

Selon les *Actes*, communément attribués à Luc, Pierre aurait annoncé aux Apôtres que Judas avait acheté un terrain avec le prix de sa forfaiture, et qu'à la suite d'une chute, il « creva par le milieu » et que ses entrailles se répandirent sur la terre; en foi de quoi le terrain fut appelé Arpent du Sang ou *Haceldama* (I, 17-20). Il est à noter que les *Actes* n'évoquent ni remords, ni suicide.

Plusieurs auteurs ont relevé l'invraisemblance de la version des *Actes* : on ne voit guère, en effet, que quelqu'un « crève par le milieu » à la suite d'une chute, sauf à tomber sur un soc de charrue, à plus forte raison s'il s'est pendu. L'histoire fleure plutôt la fabrication vengeresse. Et les deux récits combinés donnent fortement à penser que Judas fut exécuté sauvagement par des partisans de Jésus qui ignoraient le rôle véritable de l'apôtre. Sans doute éventré, puis pendu.

La foi, on ne le sait que trop, fouette la sauvagerie chez l'humain jusqu'à le rabaisser au rang injustement assigné à l'animal. Les bêtes ne tuent que pour survivre.

Postface

Le personnage de Saül, futur saint Paul, tel que je le dépeins, n'aura surpris que ceux des lecteurs qui n'auraient pas pris connaissance de *L'Incendiaire*[1]. La réflexion et l'approfondissement des recherches n'ont fait que renforcer mes conclusions : membre de la famille des Hérodiens, Saül fut le chef d'une milice parallèle du Temple, chargée de persécuter les dissidents ralliés autour de Jésus et présida à la lapidation du proto-martyr Étienne. Les *Actes* et lui-même (Cor. I, XV, 9) sont suffisamment clairs sur ce point. Tant pis pour ceux que ce rappel contrarie. Paul n'a pas compris le message de Jésus, comme en attestent d'innombrables passages de ses Épîtres, tel celui-ci : « Celui qu'aime le Seigneur, il le châtie, et il châtie tout fils qu'il agrée » (Heb. XII, 6); le Dieu auquel il se réfère ici est le Dieu terrible et vengeur du Tétrateuque et non celui du Deutéronome, qui tend les bras à la créature égarée. On passera sur ses contradictions, comme celles qu'on trouve dans l'*Épître aux Galates*, où il écrit : « Portez les fardeaux les uns des autres et accomplissez ainsi la Loi du Christ » (VI, 2) et trois lignes plus loin : « Tout homme devra porter son fardeau personnel. » (VI, 5)

On passera également sur ses hâbleries, comme celle où il prétend avoir été « élevé aux pieds du rabbin Gamaliel », alors que celui-ci ne formait que des rabbins aux finesses des interprétations de la Loi, et que Saül ne fut jamais rabbin, exerçant alors ses détestables activités de milicien et ne pouvant évidemment pas combiner les deux.

---

1. *L'incendiaire, Vie de Saül Apôtre*, Robert Laffont, 1991.

Le lecteur de ces pages y aura relevé des différences avec les récits des Évangiles, notamment dans l'épisode de la comparution devant Pilate. De toute évidence, destinés à un auditoire bien postérieur, ceux-ci ont été reconstitués d'imagination, aucun apôtre n'ayant assisté à l'entretien de Jésus avec le procurateur de Judée ; la preuve en est qu'ils diffèrent tous entre eux. Dans Matthieu (XXVII, 13), Pilate aurait demandé à Jésus : « N'entends-tu pas toutes les preuves portées contre toi ? » alors que le Romain ne pouvait les connaître, le procès ayant eu lieu peu auparavant et les accusations ne lui ayant pas été communiquées. Dans Jean (XVIII, 35), au contraire, Pilate aurait demandé à Jésus : « Qu'as-tu fait ? »

Cette contradiction essentielle entre les récits des Évangélistes, récits fondateurs rappelons-le, confirme ce que l'on avait conclu de longue date : les Évangiles sont des reconstitutions littéraires tardives, réalisées à partir d'éléments hétérogènes, transmis oralement et suspects d'altérations et d'inexactitudes.

De surcroît, les rédacteurs de Matthieu et Jean, qui s'adressent à un public étranger, méconnaissent tous le fait que l'entretien n'a pu se dérouler comme décrit, pour la simple raison que le fonctionnaire romain ne parlait pas l'araméen, mais le grec, *lingua franca* de l'Orient, et qu'il est hautement douteux que Jésus ait parlé cette langue. Les échanges ne purent se faire que par l'intermédiaire d'un interprète. Ce que fut l'exactitude des traductions reste sujet à conjectures.

Parmi bien d'autres points obscurs d'une histoire cruciale, il restera également à expliquer comment Caïphe convoqua le Sanhédrin pendant la semaine de la Pessah, alors que cela lui était interdit par la Loi.

L'épisode de la déposition de croix et de l'inhumation provisoire de Jésus, l'un des plus fameux de l'histoire iconographique, hagiographique et mythologique
du christianisme traditionnel, suscite la perplexité tel
qu'il est raconté par les Évangiles. Il est, en effet, truffé
d'invraisemblances.

Il rapporte que Joseph d'Arimathie et Nicodème,
deux notables à l'évidence, ont été réclamer à Ponce
Pilate le corps de Jésus et que le premier a fait inhumer
Jésus dans un tombeau neuf, après l'avoir enveloppé
d'un linceul neuf et couvert d'aromates. Piété singulière pour un juif : elle supposerait, en effet, que ces
deux juifs ont enfreint deux des prescriptions majeures
du judaïsme pour la célébration de la Pessah, celle
de la pureté rituelle, qui exclut tout contact, pendant
les vingt-quatre heures précédant la Pâque, avec une
femme « impure », i.e., ayant ses règles, ou avec un cadavre, et qui interdit le franchissement du seuil d'une
maison païenne.

Or, les deux hommes se sont rendus au Prétoire ou
dans la résidence de Pilate, première infraction. Ensuite, Jésus, selon les Évangiles, étant mort quand il a
été descendu de la croix, ils ont donc sciemment en-
visagé le contact avec un cadavre, à quelques heures à
peine du coucher du soleil, qui exigeait qu'ils fussent
purs, dans les murailles de la Grande Jérusalem. Les
rites de purification durant un jour, les deux notables,
sans parler de leurs serviteurs, affrontaient donc la
faute grave de célébrer la Pâque dans l'impureté. Cela
semble douteux.

La déposition de croix elle-même comporte des
aspects singuliers, qui ont peu retenu l'attention des
exégètes et historiens, en dépit de leur signification fon-
damentale. Il faudrait donc, si l'on en croyait les Évan-

307

giles, que Joseph d'Arimathie, Nicodème et leurs complices se soient résolus à défier une fois de plus les rites juifs, c'est-à-dire à déposer Jésus sur le linceul sans qu'il eût été lavé, ni que le linceul même eût été cousu, ce qui demandait des ouvriers spécialisés. Contradictions révélatrices de leur secret : ils savaient Jésus vivant et ils se hâtèrent de l'emporter vers le sépulcre du Mont des Oliviers afin d'échapper à la surveillance du Temple.

L'histoire de Jésus fut donc très différente de celle qui fut transmise puis imposée, sous peine de sanctions redoutables, pendant les vingt derniers siècles. Celle de son apôtre Judas l'éclaire de façon radicalement nouvelle. Il ne sera plus possible de présenter l'une sans l'autre, comme j'espère en avoir convaincu le lecteur. Cela ne change rien à l'enseignement de Jésus, mais bouleverse bien des points d'une tradition qui s'ancra sur des dogmes.

Paris, juin 2006

Table

Impression réalisée sur CAMERON par
BRODARD ET TAUPIN
La Flèche
en décembre 2006

N° d'édition : 88370/01 – N° d'impression : 38863
Dépôt légal : janvier 2007
Imprimé en France